Keltâ

Dhun Gharsain

[die Elfenburg]

Yvonne Taddeo

bearbeitet und herausgegeben von der
Geschichtswerkstatt Büdingen
Joachim Cott
Am Wildenstein 11, 63654 Büdingen
Tel. 06042/952334
info@geschichtswerkstatt-buedingen.de
www.geschichtswerkstatt-buedingen.de

Titelbild: Pascal Rohe

Kapitel 1

„Wenn mich gestern jemand gefragt hätte, ob ich das hier jemals in meinem Leben tun würde, dann hätte ich ihn gefragt, ob er noch ganz dicht ist“, kommentierte Cat unsere Aktion und stach zum wiederholten Male die Schaufel in die harte Erde. „Und wie kann man um Himmels Willen vergessen, wo man eine Leiche versteckt hat? Tust du das etwa so oft, dass du dir eine Karte anlegen musst?“

Daniel, ganz das Ziel ihrer Attacken, schwieg betreten. Ihm war es mehr als unangenehm, was hier stattfand. Und ich wusste, dass Cat ihn verletzte, indem sie ihn als einen Mann hinstellte, der gewohnheitsmäßig tötete.

„Erna Walding, zwei Schritte hinter der Mauer links. Michael Gimmel, fünf Schritte rechts vom Haus. Friska Bommel ...“

„Halt die Klappe Cat!“, war es Magnus, der ihren Redefluss unterbrach. „Du weißt verdammt genau, was damals war. Dieses Schwein hätte Lilly umgebracht, um sich vor seinem Boss zu beweisen. Es ist einfach, mit dem Finger auf Daniel zu zeigen und ihm das, was er tun musste um sie zu schützen, jetzt vorzuwerfen. Aber verdammt, bei den Latène herrschen nun mal andere Regeln und das weißt du. Also hilf uns entweder, dieses Schwein auszubuddeln, oder hau ab. Aber in beiden Fällen: Halt die Klappe!“

Uuuups. Na, das war ja mal eine Ansage. Seit Magnus aus dem Kloster zurückgekehrt war, strotzte er nur so vor Selbstvertrauen – tat jedoch nur selten so konsequent seine Meinung kund. Zu meiner Überraschung reagierte Cat ganz und gar nicht angegriffen. Stattdessen grub sie einfach einen Moment weiter, ehe sie sich zu Daniel umdrehte und ihn entschuldigend anlächelte.

„Sorry, Daniel. Ich glaube, ich habe gerade irgendwie Panik oder so etwas bekommen. War nicht so gemeint.“

„Schon gut“, erwiderte mein Freund nickend. „Ich bin nicht stolz auf das, was geschehen ist. Und es gefällt mir nicht, dass ihr da nun mit drin hängt. *Mir* tut es leid.“

„Ich glaube, wir hängen da mit drin, seit wir Lilly kennen. Also mach dir keinen Kopf. Und jetzt lass uns endlich diesen Idioten ausbuddeln und von hier verschwinden, ehe das Kamerateam auftaucht und feststellt, dass hier ein richtiger Krimi gedreht werden kann.“

Der Krimi. Damit fing alles an. Es war einige Tage her, dass ich am Frühstückstisch einen Artikel über den Glauberg entdeckte. Darin ging es darum, dass ein Wissenschaftler die Behauptung aufgestellt hatte, die Pfähle am Grabhügel hätten einst aus einem anderen Material bestanden. Derzeit waren es einfache Holzpfähle. Es gab Kritiker, die generell bezweifelten, dass sie überhaupt dort gestanden hätten – eine Kritik, die ich dank meines genuinen Gedächtnisses zurückweisen konnte. Jedenfalls gab es schon lange kontroverse Meinungen und Thesen über die Pfähle.

Nun wurden Untersuchungen deswegen angestrebt und weitere Fachleute herangezogen. Das konnten sie sich eigentlich sparen. Ich wusste, dass es auch zu keltischen Zeiten Holzpfähle waren, die den Prozessionsweg säumten – doch da ich das ja nicht beweisen konnte, blieb mir nichts anderes übrig, als sie einfach machen zu lassen. Sie würden schon merken, dass sie einer falschen Idee folgten.

Ich wollte die Zeitung gerade kopfschüttelnd beiseitelegen, als Daniel sie mir praktisch aus der Hand riss und von einer Sekunde auf die andere kreidebleich in seinem Stuhl zusammensackte.

„Ist etwas nicht in Ordnung? Man könnte meinen, du seist einem Geist begegnet“, erkundigte ich mich nach dem Grund seiner Reaktion. Wobei, wenn man es recht bedachte, eine Begegnung mit einem Geist ihn aufgrund seiner Erfahrungen vermutlich nicht in diesen Zustand versetzt hätte.

„Das könnte man so sagen“, erwiderte er, ließ die Zeitung sinken, verschränkte mit ratlosem Blick die Arme vor der Brust und schnaufte. „Erinnerst du dich an Marlon?“

Was für eine Frage. Ich konnte mir nicht vorstellen, dass man je einen Menschen vergessen könnte, der einem nach dem Leben getrachtet hatte.

„Natürlich.“

„Du weißt, dass ich ...“ Er stockte.

„Dass du dafür sorgen musstest, dass er verschwindet? Ja.“

Daniel wusste, dass ich über diese Tat im Bilde war. Ich verstand nicht, weshalb er das nun auf den Tisch brachte. Aber dass er es nicht beim Namen nennen konnte und um den heißen Brei herumredete zeigte mir, wie sehr er noch immer darunter litt, es getan zu haben. Getötet zu haben. Obwohl ich Mitleid für meinen Freund empfand, machte mich das auch glücklich, denn es bewies wie so vieles, dass selbst all die Jahre unter Ariax den wunderschönen Kern nicht zu brechen vermochten, der in ihm steckte.

„Das Fernsehen möchte einen Krimi auf dem alten verlassenen Hofgut in Ranstadt drehen."

„Das an der Hauptstraße? Dort, wo man Richtung Reichelsheim abbiegt?"

„Ganz genau dort."

„Sag jetzt nicht, du hast Marlons Leiche auf dem Hofgut versteckt? Die liegt da nicht irgendwo herum, oder?"

„Natürlich liegt sie nicht ‚irgendwo herum'. Ich habe sie vergraben. Irgendwo hinter der Mauer links neben der Villa, oder was auch immer das einmal gewesen ist."

„Irgendwo?" Was zum Henker meinte er mit *irgendwo*?

„Es war dunkel."

„Ich verstehe."

Eigentlich verstand ich es nicht. Jedenfalls nicht im ersten Augenblick. Selbst wenn man bei den Dreharbeiten auf die Leiche stoßen sollte: Wer sollte Daniel damit in Verbindung bringen? Als der Groschen nur wenige Sekunden später schließlich gefallen war, muss ich ebenso kreidebleich gewesen sein wie Daniel zuvor.

„Mein Blut. Es muss an ihm kleben. Und Hautschuppen von den Schlägen, die er mir verpasste. Meine DNA! Daniel, wenn sie ihn finden, haben sie meinen genetischen Fingerabdruck!"

„Und meinen vermutlich auch."

Ja, natürlich. Schließlich hatte Marlon sich Daniel nicht kampflos ergeben. Der schreckliche Abend spielte sich noch einmal vor meinem geistigen Auge ab. Doch es gab zu viele Lücken. Marlon hatte mich ausgeknockt. Hatte Ida ihn berührt? Oder Magnus? Ich wusste es nicht, doch allein die Vorstellung, auch ihre DNA könnte mit der Leiche vergraben sein, brachte Panik in mir hervor.

„Oh verdammt Daniel, wir müssen ihn ausgraben! Und zwar schnell! Was, wenn sie uns auf die Schliche kommen? War das eigentlich gemeinschaftlicher Mord?"

„Nein, es war Notwehr", fiel Magnus in unser Gespräch.

„Seit wann bist du hier?", fragte ich ihn verdutzt, denn ich hatte ihn gar nicht hereinkommen hören. Wer hatte ihn eingelassen? Die ganze Marlon-Sache beunruhigte mich wirklich ungemein, denn sonst wäre mir das gewiss nicht entgangen.

„Wir. Du meinst, seit wann sind *wir* hier." Hinter ihm trat nun auch Cat durch die Küchentür. „Lange genug, um mitzubekommen, worum es geht. Es war Notwehr."

„Das trifft auf mich nicht zu", wendete Daniel ein. „Auch, wenn ihr gern so tut, als wäre dem nicht so, bleiben die Fakten dennoch bestehen. Ich habe ..."

„Lilly das Leben gerettet", fiel Magnus ihm ins Wort. „Das ist alles was ich wissen muss. Der Rest interessiert mich einen Scheiß. Es war Notwehr. Basta."

Daniel nickte. Doch jeder von uns verstand, dass er Magnus nicht wirklich zustimmte. Seine Zustimmung galt lediglich der Tatsache, dass Magnus und auch Cat um unserer Freundschaft Willen eine Ansicht vertraten, die es ihnen erlaubte, weiterhin mit ihm zu verkehren. Was hätten sie auch anderes tun können, als sich dieses Konstrukt zu bilden? Ihre Erziehung, ihr Leben, ihre Wertvorstellungen hätten es sonst unmöglich gemacht, Daniel weiterhin zu akzeptieren. Meine Freunde hatten ihre Erklärung gefunden, mit dem sie leben konnten. Ich brauchte diese Ausflüchte nicht. Ich wusste, Daniel hatte getötet. Nicht aus Notwehr, sondern um mich zu schützen. Und ich wusste, wie er sich fühlte, denn es gab Taten meiner Ahnin, die schwer auf meinem eigenen Gewissen lasteten. Die Last, die Daniel seiner Tat wegen bedrückte, würde nie gemildert werden. Das wusste ich. Mein genuines Gedächtnis verdeutlichte mir das nur allzu gut. Doch es tröstete mich zu erkennen, dass er unseren Freunden die Vergebung zubilligte, die er sich selbst nie gewähren würde.

„Ganz genau. Außerdem war es wirklich langsam Zeit für etwas Aktion. Es wurde ja schon fast langweilig", setzte Cat nach. „Ich war zwar noch nie Verbrecherklamotten shoppen, aber das könnte interessant werden. Wo kauft man so etwas?"

„Verbrecherklamotten?"

Nicht zu fassen, dass sie mich auch jetzt zum Lachen bringen konnte.

„Na klar!", gab der Wuschelkopf mit einer Unschuldsmiene zurück, die mir bewusst machte, dass sie das tatsächlich ernst gemeint hatte – was die Sache natürlich umso komischer machte. „Mein Kleiderschrank hat jedenfalls nichts zu bieten, das aussagt: Ich grabe heute eine Leiche aus. Deiner etwa?"

Grinsend schüttelte ich den Kopf.
„Nicht, dass ich wüsste."
„Na also! In einer halben Stunde kommt ein Bus. Hopp, hopp!"
„Ihr geht dafür shoppen?", fiel Daniel verständnislos ein, worauf Magnus ihm auf die Schulter klopfte und sich auf dem Stuhl niederließ, den ich nun räumte.
„Oh Mann, du bist echt nicht der Schnellste, was?", foppte er nun meinen Freund. „Für Cat ist absolut ALLES ein Anlass, Klamotten zu kaufen. Das solltest du inzwischen aber echt gecheckt haben. Geburtstage ... Schulveranstaltungen ... eine Eins in Mathe ... eine Fünf in Mathe ..."
„Inklusive des Ausgrabens eines toten Latène?"
„Jepp. Und das Ausgraben eines toten Latène."

Also fand ich mich kaum eine Stunde später beim Schaufensterbummel in Büdingen wieder. Ob das, was dabei herausgekommen war, dann jedoch die Aussage traf, nach der Cat eigentlich suchte, wagte ich zu bezweifeln. Nach einem beinahe zweistündigen Shopping-Marathon glichen wir eher zwei aus Hollywoodfilmen entsprungenen Superspioninnen statt Friedhofsgärtnern. Sie war jedenfalls vollends zufrieden mit dem Ergebnis und mir war es im Grunde ohnehin egal. Ich hätte auch einfach meine graue Jogginghose angezogen.

Tags darauf besorgte Magnus im Baumarkt Schaufeln – wir hatten gemeinsam beschlossen, nicht die von zu Hause zu verwenden, weil es doch echt übel wäre, bei jeder Gartenarbeit an diese Aktion erinnert zu werden – und wir verabredeten uns für den Abend des nächsten Tages. Die Verzögerung war dem Umstand geschuldet, dass wir nicht alle gemeinsam in Daniels Melkus passten und er unterwegs war, um ein anderes Fahrzeug zu besorgen. Mal ganz davon abgesehen, dass sein Auto auch viel zu auffällig war. Noch immer zog es die Aufmerksamkeit eines jeden Passanten auf sich – und Aufmerksamkeit war das Letzte, was wir in dieser Nacht brauchten.
Während Daniel also samstagsmorgens unterwegs war in Sachen *fahrbarer Untersatz*, lag ich auf dem Bett und blätterte in der Fernsehzeitschrift. Wenn ich sonst einen Blick dort hineinwarf,

dann gewöhnlich nur, um im Abendprogramm nach einem guten Film zu suchen, doch diesmal verselbstständigte sich zu meiner Verwunderung meine Begabung und ließ mich die Seite aufschlagen, die ich normalerweise überblätterte. Es waren die *Dritten* und ich erfuhr auch gleich, weshalb mein Inneres mich dorthin geführt hatte: Im Vormittagsprogramm lief ein Beitrag über die ‚*sensationellen neuen Erkenntnisse*' am Glauberg. Es verstand sich von selbst, dass ich die Zeitschrift zuklappte und mich beeilte, nach unten zu kommen. Der Beitrag sollte in wenigen Minuten beginnen und ich wollte mir ansehen, was hinter dieser Meldung steckte. Ich konnte mir nicht erklären, wie ein renommierter Wissenschaftler auf die Idee gekommen sein sollte, das Material der Pfähle anzuzweifeln.

Doch schon auf der Treppe konnte ich hören, dass das Fernsehgerät bereits in Betrieb war. Na ja, es war Samstagmorgen. So wichtig konnte das nicht sein. Und tatsächlich: Meine kleine Schwester verbog sich vor dem Fernseher zu Pilates-Übungen. Sie turnte des Öfteren zu dieser DVD, was natürlich auch bedeutete, dass sie eine Stunde später damit fortfahren konnte.

Am Rande stellte ich irritiert fest, dass Daniel schon wieder da war. Ich hörte ihn mit Ida reden. Nun, er konnte mir ja Gesellschaft leisten, wenn er wollte. Jetzt hieß es erst einmal umzuschalten.

„Hi Runa", begrüßte ich meine Schwester und griff zur Fernbedienung, die sie mir sogleich vor der Nase wegzog, als hätte sie es geahnt. „Es kommt etwas über den Glauberg. Da ist etwas im Gange und ich würde gern herausfinden, was das ist."

Das sollte Erklärung genug sein, dachte ich. Schließlich war Runa inzwischen über sämtliche Geschehnisse und Verwicklungen im Bilde. Doch statt herauszugeben, was ich verlangte, hob sie ihre Arme – samt der Fernbedienung – in die Höhe und reckte sich auf Zehenspitzen, wie es die Dame auf dem Bildschirm tat.

„Ich mache gerade mein Pilates. Komm in einer Viertelstunde wieder. Dann bin ich fertig."

Hallo? Hatte ich mich undeutlich ausgedrückt?

„Sag mal, sitzt du auf den Ohren?", wurde ich nun wesentlich energischer, denn ein Blick auf die Uhr hatte mir verraten, dass die Sendung bereits begann. „Es geht um den Glauberg. Du weißt schon. Latène, Ariax, die Fehde ..."

„Daniel würde dir schon sagen, wenn du dir Sorgen machen müsstest. Also reg dich ab und lass mich in Ruhe turnen."

Die Gelassenheit, mit der sie mir entgegentrat ohne mich auch nur anzusehen, brachte mich auf die Palme. Sie tat immer so ... so ... erhaben, wenn sie sich in diese Übungen flüchtete. So über den Dingen stehend. Sie war meine kleine Schwester, verdammt. Was bildete sie sich eigentlich ein, wer sie sei? Die Königin von Saba? Ich beschloss, sie aus dieser Ruhe zu holen. Gegen die kleine Zicke, die mich jahrelang nervte, würde ich diese Diskussion eher gewinnen als gegen das aufstrebende Elfchen auf Höhenflug. Im Nachhinein betrachtet war meine Aktion natürlich total unreif, doch ihre Wirkung verfehlte sie nicht. Ich tauchte meine Fingerspitzen in die Trinkschokolade, die Runa auf den Couchtisch gestellt hatte und spritzte ihren geliebten hellrosa Aerobic Dress mitsamt der weiten, wollweißen Hose damit voll. Es waren nur ein paar Spritzer. Und Ida würde es gewiss wieder herauswaschen können. Aber Runa flippte komplett aus.

„Sag mal, bist du noch ganz dicht?“, schrie sie mich an. „Wenn das nicht mehr sauber wird, kaufst du mir was Neues, du blöde Kuh! Und jetzt hau ab, ich will weitermachen!“

„Ich will den Beitrag über den Glauberg sehen!“

„Ist mir doch egal!“

„Gib mir jetzt endlich die Fernbedienung!“

Mir war absolut schleierhaft, weshalb diese kleine Nervensäge einfach nicht verstehen wollte, dass die Dokumentation über das Vorgehen am Glauberg wesentlich wichtiger war als ihr dämliches Pilates.

„Nein!“, schrie sie und steckte die Fernbedienung tatsächlich in ihre Hose!

Verblüfft schüttelte ich den Kopf und fuhr sie barsch an. „Sag mal, hast du sie noch alle?“

„Ja, hab ich!“, gab sie zurück und baute sich demonstrativ mit verschränkten Armen vor mir auf. „Und ich war zuerst hier. Dein Mist steht morgen doch eh in der Zeitung. Also wart’s ab.“

Ich fühlte die Wut in mir aufkochen. Hatte meine Schwester denn nicht die geringste Ahnung, wie schwer es war, dies zu kontrollieren? Besonders, wenn ich mich unterlegen fühlte und gerade im Augenblick war das so. Ich kannte Runa. Und ich kannte ihre Entschlossenheit. Sie war stur wie verrückt und ich hatte keine Chance, mich jetzt im Augenblick gegen sie zu behaupten.

‚Ich wünschte, ich könnte ihr diese Stärke einfach nehmen‘ schoss es mir durch den Kopf und mit einer absolut unerwachsenen Aktion schubste ich meine kleine Schwester. Sie sollte einfach auf dem Boden landen und die Klappe halten. Basta.

Und genau so kam es auch. Doch statt auf dem Hintern zu landen und ‚Autsch‘ zu quieken, brach Runa zu meinem Schrecken in sich zusammen. Geschockt starrte ich sie für einen Moment einfach nur an, war völlig handlungsunfähig und nicht imstande zu verstehen, was geschehen war.

Dieses Geräusch! Meine Haut wurde von einer Sekunde auf die andere von Gänsehaut überzogen. Pfeifend, zischend versuchte meine Schwester ein- oder auszuatmen, vermochte jedoch weder das eine noch das andere. Todesangst spiegelte sich in ihrem Gesicht, als sie hilfesuchend ihre Hand nach mir ausstreckte. Endlich löste sich meine Starre. Ich kniete mich zu ihr herunter, hatte jedoch nicht die geringste Ahnung, was ich tun sollte.

„Ida!“, schrie ich verzweifelt und versuchte Runa aufzurichten, um ihr das Atmen zu erleichtern. Doch es half nichts. Sie verdrehte die Augen, ihr Kopf sackte zur Seite.

„Mutter! Daniel! Hilfe!!!“

„Oh mein Gott, was ist passiert?“, fragte Ida erregt, kaum, da sie meinem Ruf gefolgt war, stürzte sofort auf meine kleine Schwester zu und öffnete ihre Lider, um ihr in die Augen sehen zu können. Daniel nahm sie mir ab und brachte sie in die stabile Seitenlage.

„Sie hat kaum noch Puls. Was passiert ist, hab ich gefragt!“

„Ich ... ich weiß nicht“, stammelte ich. „Wir haben gestritten und dann hab ich sie geschubst.“

Ich fühlte, wie Tränen über meine Wangen rannen. Verzweifelt sah ich zu, wie Ida und Daniel sich um Runa bemühten. Was war geschehen? War ich das gewesen? Wie?

„Sie ... sie war mir überlegen“, weinte ich. „Stärker als ich, so fest entschlossen nicht nachzugeben und das hat mich geärgert. Ich wollte das nicht. Wirklich. Ich wollte nur, dass sie nicht so verdammt stur ist.“

Das konnte doch nicht der Grund für ihren Zustand sein!

Mutter versteifte sich, drehte sich zu mir herum und sah mich mit einem Ausdruck von Fassungslosigkeit an.

„Du hast es dir gewünscht? Und dann hast du sie geschubst?“ Ich nickte, worauf ihr Gesicht sich verfinsterte.

„Lioba, was hast du getan? Willst du deine Schwester umbringen?"
„Ich wollte das nicht!", schrie ich. „Ich weiß doch gar nicht, was ich getan habe!"
Ich fühlte mich entsetzlich.
„Du hast ihr die Stärke einfach genommen, Leelee", schaltete Daniel sich nun ein, stand auf, packte mich an den Oberarmen und sah mich eindringlich an. „Du musst dich jetzt konzentrieren. Was du ihr genommen hast, war etwas von ihrer Lebensenergie. Du musst sie ihr wiedergeben, sonst stirbt sie."
„Aber ich weiß doch gar nicht, wie ich das gemacht habe", schluchzte ich und schlug die Hände vors Gesicht. Daniel zog sie mir sofort wieder weg.
„Du musst, Leelee. Sofort!"
Der Ausdruck auf seinem Gesicht erschreckte mich. Hier war Gefahr im Verzug, doch am liebsten hätte ich mich aus der Situation gestohlen, zurückgespult, als wäre nichts geschehen. Was war so wichtig an der Sendung, die ich unbedingt sehen musste? Plötzlich hatte die Dringlichkeit, den Beitrag verfolgen zu wollen, jede Grundlage verloren. Was hatte ich nur getan?
„Du kannst dem hier nicht aus dem Weg gehen. Ich fasse es nicht, dass du genau das willst", schalt mein Freund mich dringlich, als hätte er in meiner Seele lesen können. „Das warst du, Leelee. Und niemand außer dir kann das wieder in Ordnung bringen. Glaub mir, ich habe das schon einmal gesehen. Gib es ihr sofort zurück oder deine Schwester wird das nicht überleben."
Die Härte, mit der er sprach und die Unerbittlichkeit, mit der er mich nun mehr oder weniger in die Knie zwang, zerrte endlich wieder die Schublade auf, in die mich zu verkriechen ich im Begriff war.
Ich hatte furchtbare Angst. Angst vor dem, was ich da getan hatte. Angst, nicht zu können, was getan werden musste. Angst vor einer Macht, die sogar Daniel und Ida schockte. Zitternd legte ich meine Hand auf Runas Brustkorb. Aschfahl lag sie vor mir. Sie konnte nicht atmen. Ich glaubte nicht, dass sie noch irgendetwas zu tun vermochte. Ich schloss meine tränenerfüllten Augen und wünschte mir von ganzem Herzen, aus tiefster Seele und mit all der Kraft, die ich zu fühlen imstande war, meiner Schwester zurückzugeben, was ich ihr genommen hatte. Ein grauenhafter Schmerz, beginnend in

der Hand auf Runas Brust, ließ mich zusammenfahren, doch ich konnte nicht aufhören. Ich durfte nicht. Ich konnte die Energie, die meinen Körper verließ, beinahe sehen, spürte, wie sie herausströmte. Es fühlte sich an, als würde ich Teile von mir abschneiden. Die Qualen waren unvorstellbar. DAS hatte ich meiner eigenen Schwester angetan? Mir wurde schlecht bei dem Gedanken. Als der Energieverlust mein Herz erreichte, schrie ich vor Schmerzen auf, warf den Kopf in den Nacken und starrte an die Decke, als würde das irgendwie helfen. Jedes weitere Klopfen fühlte sich an, als müsste es mich zerreißen.

„Das genügt, halte sie zurück!“, hörte ich von sehr, sehr fern Idas Stimme. Starke Hände trennten unsere Verbindung und zogen mich zurück. Wie benebelt spürte ich, in Daniels Arme geschlossen zu werden. Ich fühlte mich schwach, dehydriert, desorientiert und war völlig konfus. Ein wenig so, als hätte man mich aus dem Tiefschlaf gerissen, nur nachhaltiger. Der Schmerz war verschwunden, was blieb war eine Leere, die ich nie für möglich gehalten hätte. War es nicht Runas Energie, die ich ihr zurückgab? Wie konnte sie mir so schrecklich fehlen? Kaum, da ihr Name in meinen Gedanken erschienen war, gab es keinen anderen mehr.

„Runa?“, fragte ich und konnte mich selbst kaum hören, so schwach und zerbrechlich war meine Stimme.

„Es geht ihr gut“, ließ Daniel mich mit ruhiger Stimme wissen, drückte mich erleichtert seufzend an sich und küsste mich sanft auf die Wange. „Es ist alles wieder in Ordnung, Leelee. Schlafe jetzt. Du brauchst das.“

Es war bereits Sonntag, als ich wieder erwachte. Mehr als einen ganzen Tag hatte mein Körper gebraucht, um sich zu erholen. Daniel war bei mir, als ich erwachte, und erklärte mir, dass er etwas Ähnliches vor vielen Jahren bei einem Volk am Amazonas gesehen habe. Er sei damals mit Ariax dorthin gereist, weil Gerüchte über diese Kraft an dessen Ohr gedrungen waren und er hoffte, dort eine unerkannte Elfe vorzufinden, die er auf seine Seite ziehen könne. Doch als sie nur einen sehr, sehr alten Greis vorfanden, der bei der Demonstration seines Könnens beinahe sein Leben verlor, begrub Ariax den Gedanken und sie kehrten zurück.

Es beunruhigte mich, Ariax eine weitere Verlockung darzubieten und ich war froh, als ich nach einem vorsichtigen Versuch feststellte, dass ich Daniel berühren konnte, ohne ihm das Gleiche wie Runa anzutun. Vielleicht war das ja nur eine einmalige Sache, obwohl das, bei den Erfahrungen, die ich bisher mit meinen erwachenden Fähigkeiten gemacht hatte, eher unwahrscheinlich war. Ich seufzte bei dem Gedanken, dass es schon wieder etwas gab, woran ich arbeiten musste und wünschte, Aleke könnte mir dabei zur Seite stehen.

Natürlich konnte ich mich auch an Ida wenden, doch die Situation zwischen uns war mehr als nur angespannt. Nachdem ich erfahren hatte, wer sie in Wahrheit war – dass sie die Frau war, die mich zur Welt gebracht und abgeschoben hatte – und sie, völlig außer mir, so stark angegriffen hatte, dass sie rückwärts aus der Haustür wieder hinausgeschleudert wurde, gab es eine unsichtbare, schier unüberwindbare Barriere zwischen uns. Ich war froh, sie nicht schwer verletzt zu haben. Außer einer Prellung am Steiß und ein paar Abschürfungen hatte sie keine Verletzungen davongetragen. Jedenfalls keine äußeren. Doch selbst durch meinen Groll hindurch erkannte ich, dass sie mit der Situation zu kämpfen hatte. Wenn ich ihr notgedrungen eine Frage beantworten musste, wie zum Beispiel, ob ich den Müll mit hinaus nehmen könne, kam mir dazu ein gepresstes ‚Ja, Mutter' über die Lippen, wobei es sich mit voller Absicht so anhörte, als ob sie diesen Titel nicht verdiene. Und das tat sie ja auch nicht. Mom war meine Mutter. Nicht Ida. Mom war es, die mit mir gelacht, mir vorgelesen, mit mir Verstecken gespielt hatte und einfach da gewesen war, als meine ersten Zähne wuchsen, ich meine ersten Schritte tat und lernte, Fahrrad zu fahren. Das war es, was eine Mutter tat. Niemals, nein, niemals brachte eine Mutter ein Kind auf die Welt, beeilte sich, es einer anderen in die Arme zu drücken und suchte dann so schnell wie möglich das Weite. Ida hatte das Recht, meine Mutter zu sein, verwirkt.

Was, wenn meine Eltern nicht gestorben wären? Dann hätte sie sich bis heute nicht um mich bemüht. Sie wäre die Tante aus Deutschland geblieben, die ab und zu anrief und zum Geburtstag ein Päckchen schickte. Welche Mutter würde so handeln? Also machte mich ihr trauriger Gesichtsausdruck beim Missbrauch dieses Wortes auch nicht betroffen, sondern nur wütend. Das Gleiche galt für die Tränen, die sie Runa zufolge meinetwegen vergossen hatte. Sie weinte? Was war mit mir? Ich konnte gar nicht anders, als alles Mögliche negativ zu werten. Weshalb sollte ich immer den Müll rausbringen? Weil er weggeworfen werden sollte, so wie sie auch mich weggeworfen hatte? Gleich und gleich gesellt sich gern, oder wie? Doch ich vergrub diese Gedanken tief in mir. Nicht einmal Daniel wusste, wie es in mir aussah und wie groß die Verletzung in meinem Herzen war. Irgendwann lief mal eine Sendung darüber, wie adoptierte Kinder auch als Erwachsene noch darunter litten, einst als ungewollt abgegeben worden zu sein. Ich vermochte damals nicht, dieses Gefühl vollständig nachzuempfinden. Das konnte niemand, der es nicht selbst am eigenen Leib erfahren hatte.

Und eben dieser Gefühle wegen schien es mir unmöglich, in Bezug auf die geschehene Sache ihre Hilfe anzunehmen. Doch damit allein zurechtkommen? Davor fürchtete ich mich. Was, wenn bei dem Versuch weitere Menschen verletzt würden? Doch vorerst schob ich den Gedanken daran beiseite. Heute galt es, ein anderes Problem zu lösen. Daniel war gar nicht begeistert davon, dass ich trotz meines Schwächeanfalls aufgrund des Energietransfers an seiner Seite stehen wollte, um nach Marlon zu suchen. Doch da ihm schon nach wenigen Minuten bewusst geworden war, dass er gegen eine Wand redete, gab er diese vergebliche Mühe auf und akzeptierte meine Entscheidung, wenn auch widerwillig. Zuerst. Dann schnaubte er lächelnd und schüttelte den Kopf.

„Du wirst immer mehr wie früher, weißt du das?“, bemerkte er und hatte damit meine ungeteilte Aufmerksamkeit. Ich ließ die *Verbrecherhose*, in die ich gerade schlüpfen wollte, sinken und setzte mich neben ihn aufs Bett.

„Inwiefern?“

„Weißt du, wie cool ich das immer fand, dass du nie weinerlich warst? Du hast dir die Knie aufgeschlagen, bist aufgestanden und hast weitergemacht. Du kanntest überhaupt keine Hindernisse. Wenn sich dir was in den Weg stellte, war das für dich nur ein Grund, drüber zu springen. Sonst nichts. Total cool.“

Er wendete sich mir zu, schob mir eine Strähne aus dem Gesicht und küsste mich, ehe er weitersprach.

„Und nun habe ich das Glück zusehen zu dürfen, wie du Tag für Tag mehr zu der Frau wirst, in die ich mich schon vor mehr als einem Jahrzehnt verliebte, auch, wenn mir das manchmal eine Heidenangst einjagt."

„Mädchen", korrigierte ich neckend.

„Hmm?" Oh ... ich liebte dieses Summen.

„Ich war ein Mädchen, keine Frau."

„Haarspalterei."

Daniel legte seine Arme um mich und zog mich in die Kissen. Als er seine Fingerspitzen sanft über meine nackten Schenkel gleiten ließ, durchfuhr mich sogleich wieder dieses angenehme Kribbeln, das ich so sehr liebte. Ich grub meine Hände in seine seidigen Haare und zog ihn näher zu mir, um mit ihm in einen innigen Kuss zu versinken. Langsam schob er seine Hand unter mein Top, was ich unweigerlich mit leisem Keuchen quittierte, ehe ich ihn aufhielt, worauf er mir fragend in die Augen blickte.

„Keine Ahnung!", gestand ich schulterzuckend, denn bewusst hätte ich diesen süßen Moment gewiss nicht beendet. Doch das Knurren aus dem Korridor, gefolgt vom Quieken meiner kleinen Schwester, erklärte den Abbruch zugleich. Unzweifelhaft war Magnus eingetroffen und jagte Runa durchs Haus. Ein Spiel, das immer seltener geworden war – und für Magnus immer schwieriger zu gewinnen. Seit Runa ihre Begabung bewusst zu nutzen verstand, setzte sie diese nämlich gern dabei ein, ihm bei ihrem Spiel zu entkommen. Sie erschien hier und dort, um herauszufinden, wo er sich befand – natürlich, ohne sich zu zeigen – und nutzte ihr Wissen, um nicht geschnappt zu werden. Seit er wieder zurück war, hatte er sie noch nicht ein einziges Mal erwischt. Und das, obwohl er viel wendiger und schneller zu reagieren vermochte, als vor seinem Aufenthalt im Kloster. Das war wiederum ein Umstand, den er so ganz und gar nicht nachvollziehen konnte und der ihm Kopfzerbrechen bereitete.

Ahnungsvoll setzte ich mich auf und zog eine Decke über meine Beine. Nur einen Augenblick später erschien auch schon Runas durchscheinende Gestalt in meinem Zimmer und sah mich fragend an.

„Hier ist er nicht", gab ich grinsend Auskunft.

Im nächsten Moment flog die Tür hinter ihr auf und es passierte: Magnus hatte sie erwischt, denn diesmal was sie sichtbar.

„So machst du das also die ganze Zeit!", monierte er mit gespielter Entrüstung. „Du mogelst!"

Ohne uns überhaupt zu beachten, machte er kehrt und beeilte sich dahin zu kommen, wo er den Rest meiner Schwester vermutete, die sich daraufhin ebenfalls verflüchtigte.

„Ich staune immer, wie präzise deine Vorahnungen sind", meinte Daniel, erhob sich und schloss die Tür, die Magnus offen gelassen hatte.

Ich lachte. „Ja, nur dass ich nie weiß, *was* passiert."

„Spielt das denn eine Rolle?"

Nein, eigentlich tat es das nicht. Es war nur der Hang in mir, alles ergründen und analysieren zu müssen, der es zu gern hätte, vorher zu wissen, weshalb dieses oder jenes getan werden musste. Ich schüttelte den Kopf.

„Eigentlich nicht." Daniel hob die Hose vom Fußboden auf und reichte sie mir. „So gern ich vertiefen würde, was gerade im Gange war, brenne ich doch vor Neugier, dich im Verbrecheroutfit zu sehen. Ich wette, Cats Interpretation dieses Mottos ist äußerst amüsant." Mit diesen Worten küsste er mich auf die Stirn und ging nach unten, um Ida darüber in Kenntnis zu setzen, dass ich nicht Willens war, zu Hause zu bleiben. Es war schon seltsam, dass unsere Kommunikation meist über ihn lief, doch derzeit war es nun einmal so.

Als ich herunterkam und das Wohnzimmer betrat, registrierte ich perplex, dass Cat mitnichten die Sachen trug, die sie nicht nur mir, sondern auch sich selbst besorgt hatte. Sie trug eine Jogginghose und ein altes Sweatshirt!!! Und ich spazierte als Catwoman durch die Gegend? Super. Es war Daniel, der mich die aufkeimende Verärgerung sofort wieder vergessen ließ. Sein Blick, als er mich in dem hautengen Outfit betrachtete, ging mir durch und durch und brachte Regionen zum Beben, die nur allzu gern von ihm angesprochen werden wollten.

„Siehst du!", erklärte Cat, der natürlich klar war, dass ich mich wegen ihrer Um-Entscheidung hatte aufregen wollen. „Darum habe ich es nicht angezogen. Jonas sollte mich darin sehen, nicht ein verfaulender Latène. Vielleicht fällt ihm dann wieder ein, wer ich bin und wie meine Handynummer ist."

Es war zurzeit nicht leicht zwischen den Beiden. Jonas besuchte das Konservatorium und hatte dort eine Menge zu tun. Dafür hatte er natürlich Cats vollstes Verständnis. Allerdings war meiner

Freundin zu Ohren gekommen, dass er dort auch ziemlich viel Party machte, öfter betrunken war und sich ganz schön hängen ließ. Sie wollte ja nicht wie eine Oberlehrerin klingen, aber sie fürchtete, dass er damit seine Zukunft verspielte. Nachdem sie ihm das gesagt hatte, waren seine Anrufe seltener geworden. Einmal war er hier gewesen, um sie zu besuchen, doch da hatten wir gerade Fahrschule. Als wir ihn danach auf dem Skaterplatz trafen, saß er tatsächlich neben Rubber und rauchte einen Joint! Cat war deswegen total ausgeflippt und hatte ihm eine Szene gemacht. Seitdem war Funkstille und Cat litt. Sie liebte ihn. Zum allerersten Mal war sie nicht einfach verknallt, sondern sie liebte. Und dann geschah so etwas. Da Jonas sie in seinem Onlineprofil jedoch noch immer als seine Freundin angab und Cat ihn nicht nur wiederhaben, sondern auch auf den richtigen Weg zurück bringen wollte, hatte sie beschlossen, neue Möglichkeiten auszuloten, diese Ziele zu erreichen. In ihrem neuen Outfit im Wohnheim vor seiner Tür aufzutauchen schien für sie eine dieser Möglichkeiten zu sein.

Wir schlugen die Zeit bis zum Sonnenuntergang mit Monopoly tot und folgten Daniel anschließend zu dem Fahrzeug, das er besorgt hatte. Es war ein unscheinbarer, dunkelblauer Wagen, der einem auf der Straße, so oder auch ein wenig anders, alle paar Kilometer entgegenkommt, ohne dass er weiter auffallen würde. Daniel hatte ihn von einem Händler, der alte Autos in den Osten exportierte. Ariax machte mit dessen Boss hin und wieder Geschäfte, was wohl der Grund war, dass er sich überhaupt auf dieses Geschäft eingelassen hatte. Wer sich in zwielichtigen Sphären bewegte, dem war bewusst, dass man sich mit den Latène nicht anlegen sollte – auch wenn man den Namen der Organisation nicht kannte.

Obwohl er ein unauffälliges Fahrzeug gewählt hatte, parkte Daniel selbstverständlich nicht direkt an der Hauptstraße, sondern fuhr über einen Feldweg von hinten an das Grundstück heran. Unbeleuchtet, bei wolkenbedecktem Himmel und im Schutze der Büsche ringsherum, sollte das genügen, um neugierige Blicke fernzuhalten. Im Kofferraum lagen die Schaufeln, von denen sich jeder von uns eine nahm.

Tja, und da waren wir nun und gruben nach Jemandem, von dem ich nicht gedacht hatte, dass er noch einmal in mein Leben treten würde.

Es war Magnus, der uns schließlich zu sich rief, weil er meinte, die richtige Stelle gefunden zu haben. Eine Vermutung, die Daniel kurz darauf bestätigte. Zum Glück war der Leichnam ganz und gar mit einem schwarzen Plastiksack verhüllt. Der Verwesungsgeruch, der uns entgegenschlug, je weiter wir ihn ausgruben, genügte schon. Sehen wollte ihn keiner von uns.

Mit dem Gestank hatten wir gerechnet. Mit etwas ganz anderem jedoch nicht. Etwas, das sich bei jedem von uns etwas anders äußerte: Schuldgefühle. Sie krochen in uns herauf wie Nebel, der unheilvoll die Kulisse eines Horrorfilms überflutet. Cat war die erste, die damit herausrückte. Bei ihr waren es die Tränen, die sie verrieten. Kommentarlos ließ sie die Schaufel einfach liegen, wischte sich die Wange mit dem Rücken ihrer schmutzigen Handschuhe ab und ging ein paar Schritte von uns weg.

Daniel sah ihr nach. „Das ist meine Schuld. Nicht ihre. Sie sollte nicht hier sein. Genau wie ihr Beiden."

„Wenn ich dir nicht gesagt hätte, wo Lilly war, hättest du das nicht getan. Es ist genauso meine Schuld wie deine", wand Magnus ein. „Scheiße, ich hätte nur nicht gedacht, dass sich das so anfühlt."

„Dann wäre ich tot und du würdest dich schuldig fühlen, weil du nichts von der Schafskirche gesagt hast", entgegnete ich, denn meine Freunde hatten Unrecht. „Es ist nicht eure Schuld, sondern meine. Meinetwegen ist das alles passiert. Und meinetwegen passiert es noch. Wieder und wieder und wieder."

Ich machte mir schwere Vorwürfe. Weshalb war ich so unvorsichtig gewesen? Weshalb zog ich meine Freunde immer tiefer in alles hinein? Bestürzt sah ich zu Cat, die auf einem großen Stein saß und uns den Rücken zuwandte. Warum hatte ich sie mitkommen lassen? Sie war in jener Nacht nicht dort gewesen. Ich hätte sie von der Idee, dabei sein zu müssen, weil sie nun einmal dazu gehörte, abbringen müssen. Diese Situation überforderte sie. Sie überforderte uns alle. Was sonst hätte der Grund für meine nächste Bemerkung sein können?

„Wollen wir mein zweites Opfer nicht auch gleich suchen? Oder hast du das Mädchen vom Turnier woanders vergraben? Und wenn wir gerade dabei sind, könnten wir gleich ein Abo abschließen zur Entsorgung all derer, die mir in die Quere kommen. Beinahe hätte Runa ihnen Gesellschaft leisten können. Und wer dann? Wen erwischt es als nächsten?"

Daniel stach seine Schaufel in die Erde, kam ein paar Schritte auf mich zu und sah mir in die Augen, als wolle er mich beruhigen und mir den Halt zurückgeben, den ich zu verlieren im Begriff war.

„Hör auf damit. Es wird keine weiteren Opfer geben und Selena ist nicht tot. Das hast du gedacht? Dass ich sie getötet habe?"

Ich schlug die Augen betreten nieder und blieb ihm eine Antwort schuldig. Ja, das hatte ich tatsächlich angenommen. Daniel hatte nicht viel darüber gesagt – wie er nie viel über Angelegenheiten der Latène redete. Nur, dass Ariax nicht erfreut darüber gewesen war, dass sie die Aufmerksamkeit der Elfen geschürt hatte und er deshalb den Auftrag hatte, sich um Selena zu kümmern. Für Ariax war sie nicht mehr tragbar, zu laut, zu auffällig, zu hochmütig. Er hatte sie loswerden wollen. Doch ich hatte meinen Freund in dieser Hinsicht so sehr verkannt, dass ich mich schämte.

„Leelee, sie ist an einem Ort, an dem sie das Leben so erfährt, wie es sein sollte. Ich hoffe, dass so über die Jahre verloren geht, was Ariax ihr anerzogen hat. Und wenn nicht, kann sie an diesem Ort bleiben. Es geht ihr dort gut."

„Und Ariax war damit einverstanden?"

Daniel schüttelte den Kopf. „Ariax wollte sich dieses Mädchens entledigen. Er glaubt, sie sei tot."

„Oh", murmelte ich. Natürlich freute es mich, dass Daniel so viel Mitgefühl für seine ehemalige Schülerin hatte und ihr auch nach allem, was geschehen war, geholfen hatte. Doch es brachte ihn auch in Gefahr. Sollte sie je wieder auftauchen würde Ariax wissen, dass Daniel ihn betrogen hatte.

Einige Zeit später hatten wir den Plastiksack samt Inhalt aus dem Loch herausgezerrt. Daniel war gerade dabei, mit dem Wagen zurückzusetzen um das Einladen zu erleichtern, als ein dicker, rotgestreifter Kater zu uns schlich und begann, mit seinen Krallen an der Folie zu kratzen.

„Das lässt du mal besser bleiben", schalt ich leise, beugte mich herab und nahm das Tier auf den Arm, um es woanders wieder abzusetzen. Doch dazu sollte es nicht kommen, denn kaum, da ich mich umgedreht hatte, schrie der Kater auf, als würde er unter Schmerzen leiden, wand sich so heftig, dass ich ihn fallen ließ und stürmte plötzlich humpelnd davon.

„Was war denn das jetzt?", wollte Magnus wissen.

„Keine Ahnung“, gab ich schulterzuckend zurück. „Ich habe ihn nur ganz vorsichtig gehalten.“

„Vielleicht hatte er eine Verletzung und du bist da rangekommen.“

„Ja, vielleicht.“

Dem Jammern des armen Tieres lauschend, blickte ich in die Richtung, in die es verschwunden war, konnte im Dunkel der Nacht jedoch nichts mehr entdecken.

Nachdem der Kofferraum beladen war, stiegen wir ein und sahen uns genötigt, augenblicklich sämtliche Fenster zu öffnen. Verdammt, war das unangenehm. Das konnten wir unmöglich lange aushalten und als Cat fragte, ob sie denn noch gebraucht würde, meinte Daniel, dass er ohnehin vorhätte, den Rest allein zu erledigen. Also fuhr er zurück nach Ortenberg und hielt am Ortseingang an.

„Wir sehen uns in ein paar Tagen“, sagte er zu meiner Überraschung, denn ich war nicht davon ausgegangen, dass ich ebenfalls nicht mit von der Partie sein würde. Doch da der Gestank wirklich kaum zu ertragen war, beschwerte ich mich nicht, sondern beeilte mich, aus dem Fahrzeug zu kommen. Ich wusste nicht genau, wohin er den toten Latène bringen würde, doch ich hatte eine Ahnung. Damals, als ich neugierig alles über die Organisation wissen wollte – wovon Daniel jedoch nur selten etwas preisgab – hatte er einmal erwähnt, dass Ariax sogar Atommüllendlager zu seinen Zwecken zu nutzen wüsste. Ich konnte mir gut vorstellen, dass Daniel den Leichnam dort verschwinden lassen wollte. Wer würde dort schon freiwillig suchen? Ich hoffte nur, dass Daniel sich ausreichend schützen würde, falls ich richtig lag mit meiner Vermutung.

Daniel brauste davon und wir machten uns auf dem Heimweg. Ich bedankte mich dafür, dass meine Freunde uns geholfen hatten und drückte mein Bedauern darüber aus, dass die Beiden immer wieder in Dinge hineingezogen wurden, mit denen sie sich eigentlich nicht belasten müssten.

„Vergiss es“, winkte Cat ab. „Das heute war hart, aber sonst ist alles in Ordnung. Hör auf, dir deswegen immer einen Kopf zu machen.“

„Jepp“, stimmte Magnus zu. „Leichen suchen – nein, danke. Geheimgänge – jederzeit wieder.“

„Glaubt ihr, Jonas will Schluss machen?“, wechselte Cat völlig unvorhersehbar, jedoch sehr willkommen, das Thema.

Magnus schüttelte den Kopf.

„Nöö, sonst hätte er dich nicht als Freundin auf seinem Profil verlinkt."

„Vielleicht hat er sich einfach nur mit den falschen Leuten eingelassen. Und weil er weiß, dass es nicht in Ordnung ist, was er macht, schämt er sich vor dir und meldet sich deswegen nicht", schlussfolgerte ich aus dem, was ich wusste.

„Auf jeden Fall ist er gerade voll der Arsch und ich würde ihm gern mal zeigen, wo der Hammer hängt", brummte Magnus.

Ich lächelte. Magnus, Cat und ich waren ein festes Gespann seit Kindertagen. So wie es uns Mädels immer geärgert hatte, wenn die blöden Gänse Magnus verletzten, so konnte auch er es nicht ertragen, dass es uns nun genauso erging. Wie Jonas derzeit Cat behandelte, ging ihm gewaltig gegen den Strich. Ich war froh, dass es zwischen uns, also mir und ihm, wieder so ungezwungen wie einst war. Zwar war es Magnus nicht gelungen, die Manipulation meiner Großmutter zu überwinden, doch er hatte erkannt, dass es tatsächlich nur das war – eine Manipulation. *Du bist meine Freundin und das Ding in mir liebt dich*, war die einfache Erklärung, die er dafür gefunden hatte. Die Trennung von Liebe und Freundschaft war es, die ihm geholfen hatte, mit der Manipulation klarzukommen, mit der er würde leben müssen.

Kapitel 2

Missmutig hockte ich unter dem Dach unserer Terrasse und sah den Regentropfen beim Fallen zu. Unsere nächtliche Aktion war bereits vier Tage her und Daniel war noch immer nicht zurück. In einer sms hatte er mich wissen lassen, dass er etwas für Ariax erledigen müsse und dass es noch etwas länger dauern würde, bis wir uns wiedersehen könnten. So schlimm, wie es sich in diesem Augenblick anfühlte, war es natürlich nicht. Ich hatte eine Menge für die Schule zu tun und nahm außerdem viele Fahrstunden. Doch gerade in diesem Moment langweilte ich mich und es wollte mir partout nicht gelingen, mich auf die Prüfungsfragen zu konzentrieren.

Plitsch, Platsch. Plitsch, Platsch. Dicke, einzelne Tropfen trafen auf den durstigen Boden. Wenig später wurden es mehr und mehr. Der Himmel hatte seine Schleusen geöffnet. Obwohl ich nun auch nass wurde, weil der Wind den Regen zu mir trieb, blieb ich aus einem Grund, den ich nicht verstand, sitzen und beobachtete das Schauspiel. Wieder und wieder bogen sich die Grashalme unter dem Gewicht der Tropfen durch und ließen sie heruntergleiten, nur, um sich wieder aufzurichten und das Ganze dann zu wiederholen. Es dauerte nicht lange, und die ersten Regenwürmer begannen sich nach oben zu graben. Ein Kiesel bewegte sich. Anscheinend hatte ein Wurm genau die Stelle unter diesem Stein dazu auserkoren, seine Wohnhöhle zu verlassen und musste sich nun ordentlich abmühen. Doch so unermüdlich, wie diese Tierchen das Erdreich durchwühlen, so unermüdlich arbeitete dieses kleine Kerlchen daran, sein Ziel zu erreichen. Und tatsächlich, es dauerte nicht lange und der Braune lugte unter dem Rande des Kiesels hervor. Ich war neugierig, wie groß er wohl war. Also hob ich den Stein an, um darunter zu schauen und berührte dabei zufällig das Tier. Nur für den Bruchteil einer Sekunde, doch es schien das ganz und gar nicht zu mögen. Es spannte seine Muskeln an, machte sich lang, dann wieder kurz und dick und wand sich hin und her ... ehe es ganz plötzlich, ohne ersichtlichen Grund, einfach regungslos liegen blieb. Stellten sich Regenwürmer tot, wenn sie Fressfeinde vermuteten? Ich wusste es nicht. Vorsichtig schubste ich das Tier mit der Fingerspitze an, doch es regte sich nicht mehr. Runa rief von drinnen, ob wir eine Runde Scrabble spielen würden. Also machte ich mir keine Gedanken mehr um den Wurm und beschloss, einfach den Kiesel wieder darauf zu legen und das Tier in Ruhe zu lassen.

Meine außergewöhnlich gute Laune am nächsten Morgen ließ mich vermuten, dass Daniel heute zurückkommen würde. Je länger wir zusammen waren, desto mehr verstärkte sich meine Begabung, die mich ansonsten nur vorsorgen ließ, dahingehend, dass ich - zumindest was ihn betraf - erkannte, was mir bevorstand. Vorfreudiges Kribbeln erfüllte mich im Laufe des Vormittags und kaum hatte die Schulglocke geläutet, sprang ich auf, stopfte meine Sachen in den Rucksack und war die erste, die den Klassenraum verließ. Cat und Magnus schauten mir amüsiert zu. Ich hatte ihnen schon gesagt, dass ich mit Daniel fahren würde, also wunderten sie sich nicht.

Ich hatte das Schulgebäude nicht einmal verlassen, da konnte ich ihn schon sehen. Durch die großen Glastüren in der Pausenhalle erblickte ich ihn, an der Linde vor der Schule lehnend. Unwillkürlich verlangsamte ich den Schritt. Wie konnte es mir bei seinem Anblick eigentlich immer wieder den Atem verschlagen? Gerade, wenn wir einige Tage getrennt waren, hatte unser Wiedersehen stets eine Wirkung auf mich, die kaum zu beschreiben war. Ihn zu sehen, zu wissen, dass er mich gleich in seine Arme schließen würde, dass ich ihn fühlen, riechen, mit allen Sinnen erleben könnte, ging mir durch und durch und ließ meine Knie weich werden, als wäre es unsere erste Begegnung. Ich lächelte in Erwartung dessen, was kommen würde und hielt noch einen Moment inne, ehe ich die Tür öffnete. Ich wusste, das gesamte Bouquet seiner Persönlichkeit würde sich mir offenbaren und mich an all die Orte entführen, die Daniel in sich aufgenommen hatte. Ein besonderes Detail intensivierte all das, was bereits in mir vorging um eine nicht zu unterschätzende Größe: Wie er dort stand, ganz und gar Latène in seinen dunklen Jeans, seinem weißen Baumwollhemd und der charakteristischen glatten Lederjacke ... oh, ich wusste, dass ich es eigentlich hassen müsste, ihn so zu sehen. Wenn er keinen Auftrag zu erledigen hatte, verzichtete Daniel auch liebend gern auf diese Kleidung. Nichts demonstrierte deutlicher, wem er angehörte, doch verdammt, er sah darin einfach sooo sexy aus.

Ich schritt durch den Ausgang und genoss das Gefühl, das mich auszufüllen begann. Das Prickeln, beginnend in meinem Steiß, das meine Wirbelsäule hinaufkletterte, um sich von dort aus überall verteilen zu können. Der Atem, der schwerer wurde, je näher ich ihm kam. Das Verlangen, das mich erfasste und mich wünschen ließ, wir wären allein. Wie seine Haarspitzen sanft das Leder berührten, als er den Kopf neigte ... himmlisch. Sein Blick, als er mich endlich entdeckte ... fesselnd. Der Spiegel meiner Gefühle in seinen Augen ... verheißend. Und als hätte er wahrhaftig in meiner Seele gelesen, was gerade in mir vorging, griff Daniel nach meinen Handgelenken, als ich in Reichweite war, verschränkte sie mir in einer Umarmung auf dem Rücken und drehte sich mit mir, sodass ich mich an der Linde wiederfand, als hätte er mich daran gefesselt. Doch statt des sehnsüchtig erwarteten Kusses fühlte ich nur seinen heißen Atem auf meiner Haut, der zart mein Ohr, mein Kinn und dann mein Schüsselbein liebkoste.

„Ich habe große Lust, dich nicht mehr loszulassen und dich fühlen zu lassen, wie wahnsinnig du mich machst."

Himmel, das ging durch und durch. Meine Knie wurden schwach und ich wünschte nichts sehnlicher, als dass er seine Worte in die Tat umsetzen würde.

„Nur zu", wisperte ich heiser. „Ignoriere die anderen einfach. Zur Not fege ich sie mit der Schockwelle weg."

Daniel kicherte, verschloss meine Lippen endlich mit dem ersehnten Kuss und ließ meine Handgelenke los, die sich natürlich sogleich selbstständig machten. Dabei imitierte ich seine Art, mich nie zu berühren und mich dennoch so fühlen zu lassen, als würde er diese süße Qual gleich beenden. Ich zog die Hände hinter meinem Rücken hervor und hob sie zu seinem Gesicht. Dabei berührte ich sanft Strähnen, die ihn daraufhin kitzelten und ihn dazu brachten, den Kuss zu beenden und meine Fingerspitzen so dicht an seiner Haut mit einem Lächeln zu kommentieren. Langsam trat er einen Schritt zurück, sah mich mit einem Blick an, der meinen Plan beinahe vereitelt hätte und harrte dem, was kommen sollte. Ich biss mir auf die Unterlippe, ließ meine Hände zu seinem oberen Hemdsknopf gleiten und schaffte es, ihn zu öffnen, ohne Daniel dabei zu berühren. Doch die Funken, die dabei überschlugen, krochen durch meine Fingerspitzen und ließen meine Hände erzittern.

„Meine Güte, nehmt euch doch endlich ein Zimmer!“, war es Cat, die mit ihren Worten verhinderte, dass ich unter das Hemd schlüpfen und Daniels Haut berühren konnte, weil der sogleich einen Schritt zurückwich. Erst jetzt fiel mir auf, dass wir inzwischen einige Zuschauer hatten und errötete.

„Keine schlechte Idee“, fügte Magnus hinzu und klopfte Daniel zur Begrüßung auf die Schulter. „Hey, gut dass du wieder da bist. Mit Lilly war die letzten Tage mal wieder nichts anzufangen.“

Ärgerlich funkelte ich ihn an. Er sollte bloß nicht so übertreiben. Nur weil ich ausnahmsweise das Training hatte sausen lassen, hieß das noch lange nicht, dass mit mir gar nichts anzufangen war.

„Dann frage ich mich, wer mit dir die Prüfungsfragen gebüffelt hat.“

Magnus lachte.

„Schon gut. Schon gut. Ganz so mies war sie doch nicht drauf.“

Wir redeten noch eine Weile bis der Bus kam, wobei Cat wegen Jonas den Löwenanteil beizusteuern hatte, warteten, bis sie und Magnus eingestiegen waren und gingen zu Daniels Melkus.

„Sag mal, was ist mit Jonas eigentlich los? Und wer ist diese Melanie, von der Cat gesprochen hat? Ist sie mit Jonas auf der Uni?“, erkundigte sich Daniel, der nicht auf dem neuesten Stand der Dinge und darum bei Cats Ausführungen nicht ganz mitgekommen war, ehe er den Motor anließ.

„Die und auf der Uni?“, gab ich beinahe amüsiert zurück. „Ich weiß nicht einmal, ob sie überhaupt einen Abschluss hat. Sie jobbt in einem kleinen Bistro in der Nähe der Uni und aus irgendeinem Grund ist Jonas ständig dort. Weißt du, sie nimmt Drogen und hat ihn da wohl schon hier und da was probieren lassen.“

„Und das möchte Cat natürlich nicht“, begann Daniel zu verstehen.

„Natürlich nicht! Mit den ständigen Partys das war schon schlimm für sie, weil es alles aufs Spiel setzt. Jonas hat ja ein Stipendium. Und jetzt das mit den Drogen. Sie ist ausgeflippt. Sie wollte ihn in der Uni in ihrem hautengen *Spioninnenoutfit* überraschen und fand ihn nach einigen Nachforschungen im Bistro. Total High. Und seit sie deswegen so eine Szene gemacht hat, haucht ihm diese blöde Kuh auch noch ständig Blödsinn ein.“

„Welchen Blödsinn?“

„Dass Cat sich inzwischen bestimmt mit jemand anderem tröstet und dass sie ihn nicht akzeptieren würde, wie er ist. Sie meint, er hätte eine Freundin verdient, die verständnisvoller ist und nicht gleich ausflippt wegen ein paar Pillen.“

„Ich nehme an, damit meint sie sich?“, brummte Daniel kopfschüttelnd, was ich bejahte. Nicht, dass ich es wusste, doch ich nahm es an. Alles sprach dafür.

„Ich kann Cat verstehen. Ich habe schon viel zu oft gesehen, dass Menschen sich mit dem Zeug ihr ganzes Leben verbauen und mir gewünscht, Ariax würde von diesen Geschäften die Finger lassen, aber diese Einnahmequelle ist wie ein Brunnen, aus dem du immer schöpfen kannst, ohne dass er je versiegen würde. Darauf verzichtet Ariax nicht.“

„Oh ...“ Es kam nicht oft vor, dass Daniel Zweige der Organisation beim Namen nannte. Natürlich war mir klar gewesen, dass Ariax auch dort seine Finger drin hatte, doch war es bisher so ... anonym. Jetzt, wo ich ein Opfer dieses Geschäftes vor Augen hatte und mit ansehen musste, wie sehr auch seine Freundin darunter litt, ging die Anonymität selbstverständlich verloren und Groll sammelte sich in meiner Magengrube.

Daniel fuhr an der Eisfabrik am Selterser Ortsausgang rechts ran, holte sein Handy heraus und suchte sich eine Nummer aus dem Telefonspeicher heraus.

„Ja, auch Hi“, brummte er in den Hörer. „Ich habe da ein Rätsel, bei dem du mir vielleicht helfen könntest. Bereit? Gut, hör zu: Weshalb hört ein vernünftiger Kerl auf eine Tusse, die es im bisherigen Leben nie fertiggebracht hat, den Hohlraum zwischen ihren Ohren zu füllen und dies nun damit zu kompensieren versucht, dass sie sich stattdessen den Hohlraum zwischen ihren Beinen von dir befüllen lassen möchte?“

Wow, das war direkt. Ich unterdrückte ein Kichern wegen dieses Spruchs und versuchte ihn mir einzuprägen, um Cat davon erzählen zu können. Und Magnus. Der würde sich wahrscheinlich den Bauch vor Lachen halten müssen. Ich hörte laute Gegenstimmen vom anderen Ende, doch ich verstand kein Wort.

„Das ist auch besser so. Du hast hier eine kluge, schöne Freundin, die dich liebt und vermisst. Hör auf, ihr das anzutun oder ich komme vorbei und prügle dir diese Scheiße aus dem Hirn. Denn das ist es, was man notfalls für seine Freunde tun sollte, wenn sie mal falsch liegen.“

Nach einer weitaus leiseren Erwiderung von Jonas legte Daniel auf und schaute fragend zu mir herüber. „Das stimmt doch, oder?“

„Was?“

„Dass man das für seine Freunde tun sollte. Ich habe damit nicht so viel Erfahrung, aber ich habe mir vorgestellt, du hättest dir den Kopf zugedröhnt und da könnte Cat dir nötigenfalls ruhig eine runterhauen. So als letzte Maßnahme. Dass du wieder klar wirst.“

Ich lachte.

„Ja, das könnte sie. Und das würde sie. Garantiert. Aber keine Angst, ich stehe nicht in der Gefahr, je von irgendetwas abhängig zu werden ... mit Ausnahme von dir.“

Grinsend ließ ich meine Fingerspitzen durch die Luft tippeln, als würden sie kleine Schritte machen um zu ihm zu gelangen, wartete eine Reaktion ab und tippelte sachte zwischen Daniels Hemdknöpfen weiter, als der lächelnd eine Braue hob und raunte: „Und was haben sie nun vor, Fräulein Alveradis?“

Noch ein Tapsen, noch ein Tippeln und schon hatte ich mein Ziel fast erreicht, legte meine Hand auf seinen muskulösen Bauch und wollte das Hemd ein wenig hochziehen, um darunter schlupfen zu können. Doch so weit sollte es nicht kommen.

Da war es wieder.

Ich erkannte es sofort.

Das verzweifelte Geräusch, das ein Mensch verursacht, wenn es ihm weder möglich ist ein- noch auszuatmen. Erschrocken zog ich mich sofort zurück und blickte geschockt in das kämpfende Gesicht des Mannes, den ich liebte. Doch dieses Mal wusste ich, was zu tun war. Mit Tränen in den Augen konzentrierte ich mich darauf, ihm zurückzugeben, was ich ihm unabsichtlich entrissen hatte. Ich wünschte es aus tiefster Seele und legte in der Hoffnung, dies würde gelingen, ich würde nicht versagen und damit alles verschlimmern, meine flache Hand auf Daniels Brust.

Im Gegensatz zum letzten Mal ging es deutlich einfacher, doch das änderte nichts an den Qualen, die ich empfand. Sie manifestierten sich bildlich vor meinem inneren Auge, zeigten mir, wie ich mich selbst auf grausamste Weise verstümmelte. Und ich fühlte, was ich sah. Es war, als wäre die Energie in mir fest verankert. Ich fühlte, wie sich Energie von meinem Körper trennte, als ob man zwei durch filigrane Fäden verbundene Stoffe mit Gewalt voneinander

zu trennen versuchte. Ich sah mich praktisch dabei, dies zu tun. Doch es ging nicht schnell genug. Die Energie war so fest in mir verankert und ganz tief in mir hielt ich sie fest, obwohl ich sie geben wollte. Der Energieverlust erreichte mein Herz und ich erkannte, dass die Mauer, die zu meinem Schutze diente, im Begriff war, sich aufzubauen.
Nein, Daniel! Der Gedanke, ihn zu retten, war stärker als der innere Drang, mich selbst zu schützen. Als ich mich jedoch schließlich dabei sah, den Vorgang des Energietransfers dadurch beschleunigen zu wollen, dass ich mir ein riesiges Fleischermesser ins Herz rammte und es langsam drehte, um einen möglichst großen Kanal zu öffnen, konnte ich es nicht mehr ertragen. Ich glaubte, der Schmerz würde mich jeden Augenblick töten. Dass ich dabei selbst von Daniel abgelassen hatte, bemerkte ich gar nicht. Den nächsten Moment, den ich wahrnahm, saß ich vornübergebeugt, hielt die Arme fest vor der Brust verschränkt und wimmerte. Es war das Wimmern nach den Schreien, die ich ausgestoßen hatte ohne es zu wissen. Wimmern der Verzweiflung. Ich war schwach. Leer. Nur noch zur Hälfte ich.
„Lilly, alles in Ordnung?“, erkundigte sich Daniel neben mir. Auch ihm war anzuhören, dass er noch immer nicht wieder ganz auf der Höhe war. Seine Hand strich mir über den Rücken. Ich weiß, es sollte der Beruhigung dienen, aber: War er verrückt?
„Lass mich sofort los!“, schluchzte ich mit erstickter Stimme und mobilisierte die letzten Kraftreserven für diesen Widerspruch. „Oder willst du vollenden, was ich nicht geschafft habe?“
Er zog die Hand zurück und ich setzte mich auf. „Lilly, das war doch nur ein Unfall. Es ist nichts passiert. Mach dir keine Gedanken darüber. Und außerdem glaube ich nicht, dass es umgekehrt geschehen kann. Also wenn ich dich berühre.“
Ich sollte mir keine Gedanken machen? Nichts passiert? Ich hätte ihn fast umgebracht! So wie Runa zuvor. Einige Minuten schwieg ich. Verharrte in meiner Position und fühlte, wie sich mein Körper Stück für Stück mit dem Verlust arrangierte. Diesmal verlor ich nicht das Bewusstsein. Hatte ich mich so rasch daran gewöhnt? So schnell gelernt, damit umzugehen?
„Warum passiert das, Daniel? Ich habe dich nicht einmal berührt, oder? Ich meine deine Haut. Ich hab sie nicht angefasst.“

Panik stieg in mir auf. Ich hatte Daniel nicht verletzen wollen. Da war nicht einmal Groll, wie zuvor bei Runa. Und ihre Haut hatte ich berührt. Es war nicht zu kontrollieren. Und wenn nicht einmal ein Stück Stoff dazwischen verhinderte, dass es geschah, wie sollte ich mich überhaupt noch auf die Straße wagen?

„Nein, das hast du nicht.“ Daniel versuchte mir eine Träne von der Wange zu wischen, doch ich zuckte zurück und er ließ die Hand wieder sinken. „Du musst nur ein wenig üben. Wie mit all deinen anderen Begabungen. Dann bekommst du es gewiss in den Griff.“

Er wollte mir Mut zusprechen, doch die Verzweiflung in seinem Blick war nicht zu übersehen und strafte seine Worte Lügen.

Ich schüttelte den Kopf.

„Üben? Wie soll das gehen? Meldest du dich etwa freiwillig?“

„Wenn es sein muss ...“

„Auf gar keinen Fall werde ich dir das noch einmal antun“, widersprach ich fest. „Uns beiden nicht. Daniel, du kannst dir nicht vorstellen, wie schmerzhaft es ist, die Energie zurückzugeben. Das schaffe ich nicht wieder und wieder. Auf keinem Fall.“

„Du irrst dich. Ich kann es mir vorstellen. Wenn auch nur für den winzigen Augenblick, in dem es geschah. Es muss unerträglich sein, das minutenlang aushalten zu müssen. Entschuldige, das war ein unüberlegter Vorschlag.“

Im Augenwinkel nahm ich eine Bewegung war, blickte in die Richtung und sah gerade noch eine schwarze Schwanzspitze hinter der Fabrik verschwinden.

„Der Kater!“, fiel mir plötzlich eine Begebenheit ein. „Oh verdammt, ich glaube, ich habe ihn getötet.“

Erschrocken sah ich meinen Freund an, hoffte, er würde eine andere Erklärung finden, doch er konnte mir nicht folgen.

„In der Nacht auf dem Hofgut. Erinnerst du dich nicht? Der Kater war schreiend davongelaufen.“

Daniels Gesicht sprach Bände und beruhigte mich nicht im Mindesten. Er gab mir Recht. Der Kater hatte sich vermutlich irgendwo zurückgezogen und war schließlich verendet. Was sollte ich nur tun? Den restlichen Weg nach Hause zerbrach ich mir darüber den Kopf. Wie sollte das weitergehen? Wenn ich es nicht zu kontrollieren vermochte, wie sollte ich da nicht töten?

„Vielleicht sollte ich nach Dhun Gharsain gehen“, murmelte ich, als Daniel mir beim Aussteigen half, weil meine Beine noch zitterten. Aleke würde mir helfen können, da war ich sicher. Und ich brauchte Hilfe. Definitiv.

„Ich muss zu ihnen. Wenn mir jemand helfen kann, dann sie.“

Daniel nickte. „Vermutlich hast du damit Recht, doch ich glaube nicht, dass diese Begabung bei den E.L.F. hoch im Kurs steht.“

Ja, das stimmte. Es war eher die Begabung einer Hexe. Wie die aus Herrn Kellers Geschichte. Die Hexe, die anderen das Leben aussaugte. Doch welche Wahl hatte ich? Mich damit abfinden, dass ich von nun an nun einmal so war? Gewiss nicht. Und wer außer den Elfen sollte mir sonst helfen können?

Zu Hause angekommen, ging ich geradewegs hinaus auf die Terrasse und drehte den Stein um, unter dem ich den Regenwurm, der sich nach meiner Berührung hin und her gewunden hatte, zuletzt gesehen hatte. Er war inzwischen vollkommen aus meinem Gedächtnis verschwunden gewesen, doch der aktuelle Zwischenfall hatte mich an das Tier erinnert. Und tatsächlich. Da lag er. So leblos wie in meiner Erinnerung. Das Hin und Her – es war sein Todeskampf gewesen. Nun machte sich eine Kolonne Ameisen an seinem Abtransport zu schaffen. Scheibchenweise.

Daniel war mir nachgegangen und sah mir über die Schulter.

„Den habe ich auch getötet.“

„Das habe ich mir schon gedacht, doch das muss nicht heißen, dass es von nun an automatisch immer geschieht.“

Ich antwortete nicht. Stattdessen streifte ich ganz zart mit dem Handrücken über die schwer arbeitende Kolonne. Die Spur des Todes, die ich dabei hinterließ, bedurfte keiner Worte. „Ich gehe nach Dhun Gharsain.“

Mit diesen Worten erhob ich mich und ging ins Haus zurück.

„Leelee, ich verstehe ja, dass du Angst hast. Aber Dhun Gharsain ist ein großer Schritt, den du nicht nur aus dieser Furcht heraus gehen solltest“, gab mein Freund mir zu bedenken, während er mir folgte. Verstand er denn nicht, dass mir keine Wahl blieb?

„Ich gehe nicht aus Furcht, sondern weil ich mein Leben zurückhaben möchte. Vielleicht wäre das alles gar nicht geschehen, wenn ich damals mit Aleke gegangen wäre.“

Das war natürlich Unsinn, doch möglicherweise hätte ich es dann im Griff und nicht versehentlich beinahe zwei Menschen getötet, die ich liebte.

„Nach Dhun Gharsain?“, schaltete sich nun Ida in unser Gespräch ein, nachdem sie mein Vorhaben vernommen hatte. Ich verdrehte die Augen. Dass sie es nicht gutheißen würde, war klar. Doch sie kannte weder alle Fakten, noch war sie in der Position, es mir verbieten zu können – oder würde es je wieder sein.

„Ja.“

„Aber sie werden alles erfahren, wenn du das tust“, gab sie zu bedenken. „Absolute Offenheit, erinnerst du dich? Die Wahrheit wird ans Licht kommen.“

„Die Wahrheit“, gab ich spöttisch zurück. „Na, das wäre ja dann eine ganz neue Erfahrung für dich, *Mutter*. Kam dir eigentlich nie der Gedanke, dass du mit der Wahrheit besser gefahren wärst?“

Ihr verletzter Gesichtsausdruck, als ich ‚*Mutter*‘ wie ein Schimpfwort ausspie, versetzte mir gleichermaßen einen Stich wie er mich auch ärgerte. Hatte sie wirklich das Recht, verletzt zu sein?

„Ja, darüber habe ich nachgedacht“, gab sie, nach außen hin ruhig, zurück. Doch ich spürte, wie aufgewühlt sie war. „Aber dein Vater und ich entschieden uns damals zu deinem Wohl für einen anderen Weg. Wir hatten Angst, sie könnten dich uns wegnehmen, Lioba.“

„Und so hast du mich freiwillig weggegeben, wo ist der Unterschied?“, spie ich, stampfte die Treppe hinauf und ging in mein Zimmer.

Von meinen Worten hart getroffen, wartete Ida einen kurzen Moment, ehe sie mir nachkam.

„Das ist nicht fair, Kind.“

Daniel versuchte, seinen Arm um mich zu legen um mich zu beruhigen, die Situation zu entspannen oder mir einfach nur zu zeigen, dass ich nicht allein da stand, doch ich schüttelte ihn ab. Mochte ja sein, dass er Recht damit hatte, dass es umgekehrt nicht funktionierte, doch was, wenn er sich irrte? Außerdem musste ich gar nicht beruhigt werden. Wallte mein Haar auf? War ich im Begriff, die Kontrolle zu verlieren? Nein, nichts dergleichen. Ich sprach einfach nur aus, was ich dachte und war selbst überrascht festzustellen, wie sehr es mich ganz tief in mir drin verletzt hatte, von meiner eigenen Mutter weggegeben worden zu sein. In meinen Augen hätte es eine andere Lösung gegeben. Seufzend ließ ich mich auf die Bettkante sinken und starrte auf den Boden.

„Nicht fair? Willst du wissen, was ich nicht fair finde?“

„Ja, das möchte ich“, antwortete Ida und setzte sich zu mir.

„Bist du da wirklich sicher?“

„Lioba, ich weiß, dass du böse auf mich bist. Und mir ist klar, dass du jetzt bestimmt nicht vorhast, mir zu sagen, dass du mich liebst. Aber trotzdem kannst du es sagen, denn nur so kann ich verstehen, was in dir vorgeht.“

Ich blickte hilfesuchend zu Daniel, der nach einem kaum erkennbaren ermunternden Lächeln die Augen niederschlug, weil auch ihm bewusst war, dass meine Worte abermals verletzen würden.

„Nicht fair ist es, dass es sich anfühlt, als hätte man ein Stück aus meinem Herzen herausgerissen.“ Eine Träne stahl sich aus meinen Augenwinkeln, so wahr und echt waren meine Worte. „Zu wissen, dass meine eigene Mutter, dass *du* mich nicht haben wolltest, ist schlimmer, als ich es je beschreiben könnte.“

„Lioba, du verstehst nicht...“, versuchte Ida zu erklären und griff nach meiner Hand, doch auch ihr entzog ich sie und sprang auf.

„Nein, *du* verstehst nicht. Warum kannst du nicht einfach sagen, dass es dir leid tut? Warum versuchst du, es zu rechtfertigen?“ Der ersten Träne folgten weitere und mit jedem Satz wurde ich lauter. Emotionen brachen aus mir heraus. „Ihr hattet Angst, sie hätten mich euch weggenommen? Wie wäre es gewesen, wenn ihr einfach mitgegangen wärt? Wenn ihr gemeinsam mit mir nach Dhun Gharsain gezogen wäret, statt alles zu verheimlichen?“

„Niemand kann sagen, was dann geschehen wäre, Lilly.“

„Oh doch, ich kann dir das sagen“, ereiferte ich mich immer mehr. „Ich hätte von Anfang an Bescheid gewusst und gelernt, damit umzugehen. Dad würde noch leben und Mom wäre glücklich mit einem anderen Mann verheiratet.“

„Deine Schwester würde gar nicht existieren und Daniel hättest du nie kennengelernt“, widersprach sie meiner zugegebenermaßen nicht ganz so gut durchdachten Logik. Dennoch entwaffnete ihr Einwand mich nicht, sondern versetzte mich nur umso mehr in Rage.

„Ich hätte aber nicht von Ariax erfahren müssen, wer ich eigentlich bin“, schrie ich nun. „Und ich hätte ganz gewiss nicht versehentlich beinahe zwei Morde begangen!“

Verwirrt schaute Ida zwischen Daniel und mir hin und her.

„Zwei? Hat ... hat sie dich etwa angegriffen?“, richtete sie ihre Frage an meinen Freund, doch der winkte ab.

„Sie übertreibt. So schlimm war es nicht.“

„Hör auf, zu verharmlosen, was ich getan habe!“, war er nun das Ziel meiner Angriffe. „Ich hätte dich töten können! Woher weiß ich, dass es nicht wieder passiert? Was, wenn ich das nächste Mal beim Versuch, es wieder in Ordnung zu bringen, selbst sterbe? Stehst du etwa immer hinter mir und sagst mir, wann ich aufhören soll?“

„Nein, natürlich nicht, aber...“

„Kein aber. Mein Entschluss steht fest. Ich gehe nach Dhun Gharsain.“

Der Zwiespalt in meinem Innern schien mich zerreißen zu wollen. Ich hatte mich dazu entschlossen, diese Reise anzutreten. Es war genau das, was ich wollte und doch wurde der Gedanke daran es wirklich zu tun unerträglich, als ich meinen Fuß aus Daniels Wagen setzte und das Bahnhofsgebäude vor mir sah.

So wortkarg, wie er schon auf der ganzen Fahrt gewesen war, öffnete er den Kofferraum und nahm meine Reisetaschen heraus. Es gab ja auch nichts zu sagen, alles war klar. Daniel wusste ebenso wie ich, dass ich diesen Weg einfach gehen musste. Ich musste die Hilfe der E.L.F. annehmen, um in den Griff zu bekommen, was mit mir geschah. Doch weder Daniel noch ich verspürten den Drang unsere letzten gemeinsamen Minuten für lange Zeit mit überflüssigen Floskeln wie ‚*Ruf mich an, wenn du da bist*‘ oder ‚*Pass auf dich auf*‘ zu vergeuden.

„Obwohl es das ist, was ich will, würde ich jetzt am liebsten wieder nach Hause fahren“, tat ich meine Gefühle kund, als wir den Bahnsteig erreichten.

Daniel stellte die Taschen ab und zog mich in seine Arme. „Ich weiß. Mir geht es nicht anders. Schon der Gedanke daran, dich nicht um mich zu haben, macht mich wahnsinnig.“

Seine liebevolle Art, meinen Rücken unter der Jacke sanft zu streicheln, ließ mir die Tränen in die Augen steigen. Wie gern würde ich seine Zärtlichkeit erwidern. Wie gern meine Hände über seinen Körper streifen lassen, wie gern mit den Fingerspitzen die feinen Züge seines Gesichtes erkunden. Doch das konnte ich nicht. Meine eigene Begabung stand mir dabei im Weg und in solchen Momenten verspürte ich den selben Hass auf dieses Erbe, wie zu dem Zeitpunkt, als mir bewusst geworden war, dass die Gaben den Tod meiner Eltern nicht hatten verhindern können. Obwohl ich inzwischen viel gelernt hatte und gern zugab, es zuweilen sehr zu genießen, was ich zu vollbringen vermochte, gab es nun doch wieder einen ganz markanten Punkt, der all die guten Seiten zunichtemachte.

„Leelee“, sprach mein Freund mich tröstend an, legte seinen Zeigefinger unter mein Kinn und hob es an, damit ich ihn ansah. „Ich liebe dich, was auch immer geschieht. Ich muss dir nicht sagen, was das bedeutet, oder?“

„Nein“, gab ich kopfschüttelnd zurück.

Nein, das musste er nicht. Er würde wirklich immer zu mir halten und für mich da sein. Selbst wenn es mir nie wieder möglich wäre, ihn zu berühren ohne die Furcht, ihn dabei versehentlich zu töten.

„Es ist nur, dass du mir schon in den letzten Tagen so wahnsinnig gefehlt hast, obwohl du immer in meiner Nähe warst. Es ist, als könnte ich mich nicht einmal richtig verabschieden, verstehst du?“

Es war wie damals, als er mich mit seinem Motorrad nach Hause gefahren hatte und unser körperlicher Kontakt logischerweise abbrach, nachdem ich abgestiegen war. Ich erinnerte mich befürchtet zu haben, dieses Gefühl nie wieder spüren zu dürfen. Heute war es nicht anders.

Daniel nickte und zog mich fest in seine Arme. Meine Hände, die ich so stur in den Taschen der Daunenjacke verbarg, hätten sich am liebsten selbstständig gemacht, doch im nächsten Augenblick rettete mich die in den Bahnhof einrollende Schnellbahn davor, dieser Versuchung nachzugeben. Wie das in solchen Situationen nun einmal war, musste jetzt alles ganz schnell gehen. Wir schauten uns ein letztes Mal in die Augen und ich nahm so viel von der Liebe, die in seinem ozeanblauen Blick lag, in mich auf, wie ich konnte. Dann verschloss Daniel meine Lippen mit einem Kuss, der all seine Gefühle offenbarte und hob schließlich die Reisetaschen auf, um mich an die Zugtür zu bringen.

Ich kann mich nicht mehr daran erinnern, eingestiegen zu sein. Hinterher lagen diese letzten Sekunden im Dunkel. Das erste, was ich wieder bewusst wahrnahm, war ein Gefühl, dessen ich mich schämte. Es ist nicht einfach zuzugeben, doch als ich meine Taschen verstaut und Platz genommen hatte, war es tatsächlich Erleichterung, die ich verspürte. Musste ich nicht jetzt ebenso traurig sein wie noch einen Augenblick davor? War ich plötzlich nicht mehr traurig darüber, Daniel für lange Zeit zu verlassen? Was stimmte nicht mit mir? Verwundert über meine Empfindung horchte ich tief in mich hinein. Doch, da war sie, die Traurigkeit, registrierte ich beruhigt und verstand mit einem Male auch die immense Erleichterung, die nun begann, meine Stimmung von Sekunde zu Sekunde zu erhellen. Der Grund lag am Abschied. Obwohl ich inzwischen hart an mir gearbeitet hatte und über vieles hinausgewachsen war, bereiteten mir Konfliktsituationen hin und wieder noch immer Unbehagen – wahrscheinlich nicht mehr als jedem anderen. Der Abschied war zwar keine Konfliktsituation im eigentlichen Sinne, doch es war ähnlich. Und als er so plötzlich endete war mir, als wäre ich daraus gerettet worden. Als sei ich entkommen. Klar, mein Verstand wusste, dass das ausgemachter Blödsinn war, denn verabschiedet hatte ich mich ja trotzdem und ich würde auch Daniel trotzdem nicht sehen können, doch dieses positive Gefühl begann, all dies zu überdecken.

Umso mehr schämte ich mich, als der Zug losrollte und ich sah, dass Daniel Tränen aus den Augenwinkeln rieb. Nun fühlte ich mich schuldig, nicht ebenso zu leiden. Doch lange sollte dieses Empfinden nicht andauern, ehe es, noch bevor die Schnellbahn die Stadtgrenze erreicht hatte, von einem völlig anderen überrumpelt wurde.

„Aahh, ist das nicht wundervoll?“, ließ sich wohlig seufzend, als wäre es das Normalste der Welt, jemand nieder, mit dem ich nicht im Geringsten gerechnet hatte.

Ariax. Wie versteinert starrte ich ihn nur an und verstand die Welt nicht mehr. Wie ... ? Warum ... ?

„Dieses sanfte Schaukeln ...“ fuhr er in seinem gewohnt ruhigen Säuselton mit seinen Ausführungen fort, „und wie die Landschaft an einem vorüberzieht ... einst war das wirklich die angenehmste Art der Fortbewegung.“

Da ich – noch immer versteinert – nicht die geringsten Anstalten machte, darauf einzugehen, neigte er den Kopf zur Seite und sah mich fragend an.

„Ist alles in Ordnung mit dir, meine Blume? Du kannst unbesorgt sein. Ich bin nicht hier, um dich anzugreifen oder dergleichen.“

„Ich weiß“, fand ich nun endlich zur Sprache zurück. „Ich war nur ... überrascht.“

Oh ja, das war ich. Obwohl *Überrascht* es nicht im Mindesten traf. Eiskalt erwischt, völlig fassungslos und entgeistert traf es eher – und zwar gleichzeitig. Mit dem Unterlassen jedweder böser Absicht war es diesem hinterlistigen Möchtegernpaten gelungen, meine Gabe zu umgehen. Wenn es nichts gab, wovor ich gewarnt werden musste, warnte sie mich auch nicht. Obwohl ... wenn ich es recht bedachte, hatte sie es mich eigentlich doch wissen lassen. Mir lag es auf der Zunge zu fragen, ob mein unerwünschter Reisebegleiter Minzschokolade mochte, doch mir fiel gerade noch im letzten

Moment ein, dass er diese Frage falsch deuten könnte. Er sollte erst gar nicht denken, er wäre mir in irgendeiner Weise willkommen. Die Bestätigung meiner *Minzschokoladenthese* könnte ich auch in einem Telefonat mit Daniel bekommen, denn der wusste gewiss, ob Ariax diese Süßigkeit gern naschte – im Gegensatz zu mir – und dennoch hatte mich meine Gabe vor der Abfahrt eben diese Nascherei in meine Reisetaschen verstauen lassen.

„Weißt du, es gab Zeiten, da war es der pure Genuss, mit dem Zug zu verreisen“, sinnierte der Fürst über die vergangenen Annehmlichkeiten einer aus der Mode gekommenen Art zu reisen, als wäre es eine Selbstverständlichkeit, die Zeit damit totzuschlagen, mit mir über Belangloses zu plaudern.

„Saubere Waggons, Vorhänge umrahmten die Fenster und in der besseren Klasse bediente ein Kellner die Gäste. Und glaub mir, der Service, der in einem ICE geboten wird, ist damit nicht im Mindesten zu vergleichen. Heute reist man zusammengepfercht in stilneutralen Quadern dicht an dicht auf viel zu schmalen Sitzen und ergattert, wenn man Glück hat, einen mittelmäßigen – jedoch völlig überteuerten – Cappuccino, von einem vorbeihetzenden Mitarbeiter. Es sei denn natürlich, man macht sich selbst auf den Weg zum so genannten Bordrestaurant und nimmt den Hürdenlauf über aufgrund zu wenigen Stauraums herumstehende Taschen und Koffer in Kauf. Und doch ist das die ... sagen wir *gehobene* Art einer Bahnfahrt, wenn man es mit dem dreckigen S-Bahn Waggon vergleicht, in dem wir uns gerade befinden.“

„Ich habe verstanden“, verhinderte ich barsch weitere Ausführungen über das Bahnfahren. „Früher war alles besser. Komm zum Punkt. Warum bist du hier?“

Ich war nicht sicher, woher die Dreistigkeit gekommen war, so mit ihm zu reden. Vielleicht lag es am Bewusstsein, dass mir keine Gefahr drohte. Wieder einmal brachte dies jedoch ein erfreutes Lächeln auf die Lippen des Fürsten.

„Es erfreut mich zusehends zu erleben, wie du meiner Blume immer mehr Raum gibst, meine Liebe“, kommentierte er und lehnte sich zufrieden zurück.

„Du irrst dich. Es ist nicht Alveradis, die aus mir spricht“, fühlte ich mich gedrängt, dieser Behauptung, es sei immer *sie*, wenn ich mich verbal gegen Ariax behauptete, zu widersprechen.

„Ich bin das. LIOBA. Vielleicht ist die Zeit, in der du mich einzuschüchtern vermochtest, endgültig vorbei. Schon mal darüber nachgedacht?“

Ariax lachte und schüttelte den Kopf. „Nein, meine Liebste. *Du* irrst dich. Sie lebt in dir. Ihre Erinnerungen sind stärker als du es bist. Es sind derer um Mengen mehr, als du aufgrund deiner Jugend gesammelt hast. Früher oder später wirst du *sie* sein und ich werde dich jubelnd in meinen Armen willkommen heißen.“

Allein für diese Aussage hätte ich ihm meine neueste Begabung nur allzu gern demonstriert, doch was er dann grinsend von sich gab setzte dem Ganzen sogar noch die Krone auf.

„Was jetzt aber nicht heißen soll, ich würde dich weniger jubelnd in die Arme schließen, wenn du dich bereits dazu entschließen solltest, solange du noch du selbst bist.“

Gut, dass ich es inzwischen ausgezeichnet verstand, die Schockwelle zu kontrollieren. Natürlich sähe Ariax sich gewiss in seinem Glauben bestätigt, wüsste er, dass mir dies zu nicht geringem Anteil aufgrund Alveradis Erfahrungen damit gelungen war. Nur schwach dosiert, damit sie den anderen Reisenden unbemerkt blieb, setzte ich sie gegen meinen ungebetenen Reisebegleiter ein und drückte ihn relativ sanft in die Sitzbank, gerade so stark, dass es ihn am Aufstehen hindern würde und ihn meine Möglichkeiten kosten ließe.

„Findest du es nicht ein wenig ... wie soll ich sagen ... dumm, dich ohne Rückendeckung einer Gefahr auszusetzen, die du gar nicht einschätzen kannst“, wisperte ich ihm ruhig in seinem eigenen Säuselton zu.

Ariax versuchte, sich nichts anmerken zu lassen, doch ich sah den Funken der Überraschung. Im Nachhinein betrachtet war diese Aktion allerdings nach hinten losgegangen, denn in meinen Zügen spiegelten sich in diesem Moment mehr Emotionen als ich je in seinen ablesen konnte. Ich konnte nur hoffen, dass er nicht zu erraten vermochte, was sie bedeuteten. Es war abermals der süße Geschmack der Macht, den ich so unerwartet kostete – und meine Verblüffung darüber, dass ich nicht verhindern konnte, diesen Geschmack zu genießen. Ich kann noch nicht einmal sagen, dass es zu verführerisch war, dem zu widerstehen, denn es gab keinen Augenblick, in dem ich mich hätte entscheiden müssen. Nein, sondern es war einfach da. Als gehörte es dazu. Macht über Ariax auszuüben, führte unweigerlich zu diesem Genuss – selbst, wenn ich mich nicht der Schattenseite bediente. Diese Erkenntnis verwirrte mich und mir drängte sich die Frage auf, was aus mir werden könnte, wenn ich wieder und wieder gezwungen wäre, diese korrumpierende Überlegenheit auszuüben.

„Wie kommst du darauf, dass ich ohne Rückendeckung reise?“, presste Ariax, dem es sichtlich schwer fiel gleichmäßig zu atmen, heraus. „Sieh dich um. Hier sind genug Passanten, die dich davon abhalten mehr zu tun, als mich unsanft in das schmutzige Polster zu drücken.“

Ich brauchte mich nicht umzusehen um zu erkennen, dass er recht hatte. Der ganze Zug war seine Rückendeckung. Mir wurde bewusst, dass er trotz meiner Aktion mal wieder am längeren Hebel saß. Der süße Geschmack der Macht verflüchtigte sich und ich ließ von ihm ab. Seltsamerweise war es nicht meine Unterlegenheit, die mich nun mürrisch stimmte, sondern das Fehlen des Genusses, den ich doch eigentlich gar nicht haben wollte. Wenn Ariax vorhatte, mich während der gesamten Zugfahrt zu begleiten, würde das mein Selbstbild gehörig auf den Kopf stellen.

„Zufrieden?“, maulte ich, während mein Gegenüber sich nun wieder in eine bequemere Sitzposition brachte.

„Du ahnst nicht, wie sehr“, gab er vielsagend lächelnd zurück, als hätte er meinen inneren Kampf erkannt und genossen. „Du hast nicht zufällig Minzschokolade dabei?“

Ich verdrehte die Augen, stand auf und zog die Packung aus einer Seitentasche meines Reisegepäcks und reichte sie ihm.

„Wir sind gleich am Frankfurter Hauptbahnhof. Da muss ich raus. Ich hoffe, du erstickst an der Schokolade.“

Ohne Ariax eines weiteren Blickes zu würdigen, wechselte ich schwer bepackt umständlich den Waggon, um aus dem nächsten auszusteigen – auch, wenn es noch einige Minuten dauern würde, bis der Zug hielt. Ich konnte einfach nicht länger in seiner Gegenwart bleiben. Ich war einfach nicht ich selbst, wenn er in der Nähe war.

Zufrieden registrierte ich, dass er mir nicht folgte, ahnte jedoch, dass ich ihn so leicht nicht losgeworden war. Doch als ich ihn dann auf dem Bahnsteig nicht ausmachen konnte, atmete ich erst einmal auf. Neben dem Brezelstand hielt ich an und stellte mein Gepäck ab.

Wo musste ich überhaupt hin? Ich zog das Ticket aus der Tasche und informierte mich über Abfahrtszeit und Bahngleis. 14:29 Uhr, Gleis 18. Ich hatte noch Zeit und beschloss, im Schnellrestaurant etwas gegen meinen aufkeimenden Hunger zu tun. Ich überlegte, ob ich Daniel anrufen und ihm von Ariax Besuch erzählen sollte. Oder lieber nicht, weil ihn das zu sehr beunruhigen würde? Letztlich wurde mir diese Entscheidung jedoch abgenommen, denn kaum hatte ich den ersten Bissen getan und dabei in meiner Handtasche nach dem Handy gesucht, da stellte mein nicht abzuschüttelnder Begleiter sein Tablett mir gegenüber ab und nahm ebenfalls Platz. Selbstverständlich plauderte er wie immer einfach los, als wären wir noch gerade eben mitten im Gespräch gewesen.

„Dein Missmut gerade eben war einfach entzückend. Und so anregend. Wenn meine Blume so gelaunt war, bereitete es mir stets ein ungemeines Vergnügen, ihr den Kopf geradezurücken und sie auf ihren Platz zu weisen."

Ich versuchte, ihn zu ignorieren, was mir nicht besonders gut gelang, denn seine Worte riefen sofort Erinnerungen wach. Erinnerungen an eine Art von Beziehung, die ich einfach nicht verstehen konnte. Aus den Augen meiner Urahnin blickte ich auf Knien zu meinem Fürsten empor und fühlte mich wohl damit ... wie soll ich sagen ... auf meinen Platz gewiesen worden zu sein ... unter ihm zu stehen ... das Gefühl war schwer zu beschreiben. Es war mir zu fremd, als dass ich ein adäquates Wort hätte finden können. Ich schüttelte den Kopf und versuchte, mich lieber auf den Ketchup zu konzentrieren, der gerade aus meinem Burger tropfte. Mit einem leisen Platschen landete er auf dem Burgerpapier.

„Woher weißt du eigentlich von meiner Reise?", wechselte ich entschlossen das Thema, um Ariax davon abzuhalten, weitere Erinnerungen wachzurufen.

Statt mir zu antworten neigte er erst einmal nur den Kopf zur Seite und zog die Brauen hoch, was wohl so viel heißen sollte wie: Kommst du da nicht selbst drauf?

„Hörst du mein Telefon ab? Hast du eine Elfe auf deine Seite gezogen? Oder hast du rabiatere Mittel eingesetzt, um dahinterzukommen?"

„Liebste, dafür, dass du mich auf Abstand halten möchtest und mir immer wieder versicherst, niemals die Meine sein zu wollen, scheinst du es aber enorm darauf anzulegen, mir den Kopf zu verdrehen. Die Kälte, die Gefühllosigkeit, mit der du über *‚rabiatere Mittel‘* und dergleichen sprichst, ist anbetungswürdig“, kicherte Ariax vergnügt wie ein verliebter Teenager.

Innerlich die Augen verdrehend fragte ich mich, ob es eigentlich irgendeine Verhaltensweise meinerseits gab, die ihn nicht auf diese Weise ansprach.

„Doch in Zeiten, in denen jeder halbwegs begabte Hacker in der Lage ist, mir mitzuteilen, wann und wer ein Ticket nach Dublin bucht, werden rabiatere Mittel für solch eine Information überflüssig“, informierte er mich unbefangen, lehnte sich mit einer gewissen Erhabenheit zurück, nippte an seinem Kaffee und rieb dabei den Anhänger seiner goldenen Halskette zwischen den Fingern, als sei er etwas ganz Besonderes. „Ich hoffe, du nimmst es mir nicht übel, auf Verbindungen zwischen Ortenberg und Dublin ein besonderes Augenmerk gelegt zu haben.“

„Da du ja so viel Wert auf Ehrlichkeit legst: Selbstverständlich nehme ich dir das übel. Ich mag es nicht, beobachtet zu werden. Nichtsdestotrotz bin ich aber in Friedberg abgereist und nicht in Ortenberg.“

„Nun, ein gewisser Beobachtungsradius gehört schon dazu. Und ja, ich lege sehr viel Wert auf unsere beiderseitige Ehrlichkeit. In einer Beziehung kann alles überwunden werden, so lange man nur ehrlich zueinander ist.“

„WIR HABEN KEINE BEZIEHUNG!“, zischte ich nun gepresst hervor.

Verdammt, war das das Ziel meiner Begleitung? Wollte er mich wirklich 25 Stunden lang mit seinen verqueren Gefühlen für mich konfrontieren? Das könnten lange 25 Stunden werden.

Ariax beugte sich nach vorn und sah mir neugierig in die Augen. „Wärest du weniger abgeneigt, wenn ich dir verspräche, deine Schritte nicht mehr zu beobachten?“

Ich konnte mir ein Grinsen nicht verkneifen und stopfte mir den Rest meines Burgers in den Mund, um das zu verbergen. Die Situation entbehrte auch wirklich nicht einer gewissen Komik – vor allem, da ich mich mit einem Mal an Ariax Art von Humor erinnerte und nun erst verstand, dass er mich nicht ernsthaft fragte, sondern nur aufs Korn zu nehmen versuchte. Alveradis liebte diesen Zug an ihm und ich konnte mich dieses plötzlichen, positiven Gefühls nicht erwehren. Das war dann wohl auch der Grund für meine Reaktion, nachdem ich den letzten Bissen mit einem Schluck Wasser heruntergespült hatte. Ohne dass ich im Nachhinein sagen könnte, ob ich es hätte aufhalten können, ja, selbst ohne zu wissen, ob ich das überhaupt versuchte, imitierte ich Ariax Bewegung, lehnte mich ebenfalls nach vorn, so, dass es nur noch Zentimeter waren, die uns trennten und raunte in einem Ton, den sonst nur Daniel zu hören bekam: „Nein, aber ich wäre dir sehr, sehr dankbar."

Der Moschusduft, der mich aufgrund der Nähe einzuhüllen begann, kitzelte Sinne wach, die besser unberührt geblieben wären, denn plötzlich verstand ich das breite Grinsen, das nun die Züge des Fürsten veränderte, nicht mehr als überhebliche Siegerfratze, die man ihm dringend aus dem Gesicht kratzen sollte. Nein, es war mild, weich und ehrlich erfreut.

„Hallo Alveradis", war er es nun, der deutlich machte, dass ich eindeutig den Faden verloren hatte. Mein Gehirn schaltete sich wieder ein und ich wich zurück. Verwirrt und errötend vor Scham, die mich wegen meiner Reaktion nun überkam, schaute ich Ariax stumm dabei zu, wie er die Tabletts wegräumte und sich dann eine meiner Reisetaschen über die Schulter hängte.

„Komm, wir müssen los", forderte er mich auf, ihm zu folgen, was ich kommentarlos tat.

„Warum hast du das getan?", fand ich endlich zur Sprache zurück, nachdem Ariax mein Gepäck im ICE verstaut hatte und wir an einem Vierertisch Platz genommen hatten.

„Es tut mir leid, Lioba", antwortete er, was meiner Verwirrung nicht gerade Einhalt gebot. „Ich hatte das nicht vor."

„Ich weiß. Wenn das im Vorfeld in deiner Absicht gelegen hätte, hätte es für mich Gefahr bedeutet und du hättest mich mit deiner Anwesenheit nicht überrumpeln können", gab ich kopfschüttelnd zurück. „Aber das meinte ich nicht. Warum hast du es nicht einfach genossen, sondern mich stattdessen darauf hingewiesen, mich verwirrt zu haben?"

Ich konnte nicht verstehen, weshalb er die Situation nicht ausgenutzt hatte. Das würde ihm viel ähnlicher sehen als sein plötzlicher Rückzug.

Ariax sah mich einen Moment lang an, als haderte er mit sich selbst, welche Antwort er mir geben sollte. Dann atmete er laut ein und lehnte sich nach vorn, um mir zu antworten.

„Weil du das im Grunde nicht wolltest, Lioba. Als du neben mir im Auto gesessen hast, habe ich dir gesagt, dass ich nichts stehlen werde, dass nicht zum Stehlen bereit ist. Du hast mein Wort darauf."

„Na ja ... dann ... danke", stammelte ich.

Das Ganze war eine völlig neue Situation für mich. Nicht nur, dass er meine Verwirrung nicht zu seinem Vorteil genutzt hatte, sondern die Gesamtheit seiner Anwesenheit. Wann hatte er eigentlich aufgehört, diesen Säuselton anzuschlagen? Seine tiefe, ruhige Stimme war angenehm. Er war höflich, hatte mein Gepäck getragen ... nun, jeder Mensch hat verschiedene Seiten und so schien auch Ariax andere zu ...

„Du möchtest, dass ich dich besser kennenlerne!", fiel da endlich bei mir der Groschen. „Darum begleitest du mich. Du willst, dass ich *dich* kenne, nicht nur den Führer einer weltweit operierenden, kriminellen Institution, nicht wahr?"

Lächelnd nickte er. So war das also. Ich wusste nicht, was er sich davon erhoffte, denn unerheblich, ob mich sein Humor zum Lächeln bringen würde, egal, wie beeindruckt ich davon war, dass er sein Wort hielt: Er war und blieb ein Mörder, ein habgieriger, nach Macht strebender Herrscher, ein Mensch, der für seine Zwecke über Leichen ging.

Das Klingeln meines Handys riss mich aus den Gedanken. Auch ohne nachzusehen wusste ich, dass es Daniel war. Mein Herz hatte schon eine halbe Minute, ehe es klingelte, sein Pochen beschleunigt. Das war stets das sicherste Zeichen dafür, dass er es war. Ich nahm das Telefon aus der Tasche und klappte es auf.

„Vermisst du mich schon?", begrüßte ich ihn sanft und wäre am liebsten durch den Hörer gekrochen, um mich an ihn zu kuscheln. Ariax beobachtete ganz genau jede meiner Regungen, doch ich hatte nicht vor, diesen Augenblick der *Zweisamkeit* davon beeinflussen zu lassen und wandte mich von ihm ab.

„Wie sollte es anders sein?", gab er zurück und ich hörte die Traurigkeit in seiner Stimme. „Es klingt verrückt, aber ich habe nicht die geringste Ahnung, was ich tun soll. Mit dir zusammen kann ich auch tatenlos vor dem Fernseher sitzen, aber allein habe ich das Gefühl, irgendetwas tun zu müssen."

„Ich weiß genau, was du meinst. So geht es mir immer, wenn Ariax dich wieder tagelang auf irgendeinen Auftrag schickt. Ich glaube, wir sind nur gemeinsam komplett."

Daniel lachte. „Klingt verdammt kitschig, aber ich glaube, du hast recht. Wie war deine Fahrt bisher?"

Oooohhhweia. Damit wären wir beim Thema.

„Ehrlich gesagt, ist die Zeit ziemlich schnell vergangen. Ariax *beehrt* mich mit seiner Gesellschaft und gibt sich alle Mühe damit, mich totzunerven – zumindest bis vor kurzem."

Das folgende Schweigen am Telefon und der ungläubige Gesichtsausdruck meines Gegenübers, der wohl nicht damit gerechnet hatte, dass ich derart direkt seine Anwesenheit kundtun würde, passten so ausgezeichnet zusammen, dass ich plötzlich anfangen musste zu lachen – vor allem, da ich mir nur allzu gut vorstellen konnte, dass Daniel gerade ähnlich dreinschaute.

„Das war nicht lustig, Leelee", tadelte Daniel erleichtert aufatmend, weil er mein Lachen völlig falsch interpretierte. „Du hast mir einen riesigen Schrecken eingejagt."

„Ich weiß. Tut mir leid."

Warum musste ich auch lachen? Wenn ich ihm jetzt sagen würde, dass es kein Scherz war ... wie sollte ich ihm meine Stimmung erklären? Laut schnaubend wendete ich mich von Ariax ab, um mich von seiner Mimik nicht mehr beeinflussen zu lassen.

„Schon gut. Ist alles in Ordnung?" Daniel hatte natürlich sofort erkannt, dass hinter meinem Schnauben etwas steckte.

„Ja ... Nein ..." murmelte ich. War alles in Ordnung oder nicht? „Ich schwebe nicht in Gefahr, von daher ist alles in Ordnung. Aber Ariax ist hier."

Daniel sog lautstark die Luft ein.

„Er war schon in der S-Bahn, als ich zustieg, weil er aber nichts im Sinn hatte, was mir schaden könnte, habe ich es nicht gemerkt."

„Dann ist es ... lustig?", fragte mein Freund nun verwirrt wegen meines Lachens.

„Nein. Das war nur eine seltsame Art der Situationskomik. Sagen wir, es ist aufschlussreich."

„Leelee, ich werde keine ruhige Minute haben, bis du sicher in Dhun Gharsain angekommen bist, aber ich vertraue dir und deinem Urteil. Und ich weiß, dass du ihm weit überlegen bist. Wenn er dir zu nahe tritt, dann ..."

„Hand aufs Herz?“

Das war das erste Mal, dass ich meiner neuen Gabe etwas Positives abgewinnen konnte. Daniel kicherte verhalten. „Hand aufs Herz? Du bist unglaublich, weißt du das? Ich liebe dich. Pass auf dich auf.“

„Das werde ich. Ich liebe dich.“

Lächelnd klappte ich das Handy zu und steckte es zurück in die Tasche. Es war schön, Daniels Vertrauen zu spüren. Ich musste nicht lange erklären, was hier los war. Ein paar knappe Worte und meine Versicherung, mit der Situation klar zu kommen, genügte. Alles andere könnte ich ihm immer noch zu einem anderen Zeitpunkt erzählen – wobei er mich nie drängen würde. Umgekehrt war es natürlich ebenso. Auch wenn ich gern mehr erfahren würde, käme es mir nie in den Sinn, ihn wegen Ariax Aufträgen auszufragen. Nur dass er sogar um seine Kindheit ein Geheimnis machte, also den Teil, den ich verpasst hatte, fiel mir schwer zu akzeptieren. Einmal hatte ich ihn gefragt, wie die anderen, mit denen wir hin und wieder spielten, reagiert hatten, als ich nicht mehr gekommen war und er meinte, er könne sich nicht mehr erinnern. Auch auf andere Fragen diese Zeit betreffend reagierte er mit ähnlichem Ausweichen. Na ja, vielleicht würde er sich dahingehend irgendwann öffnen.

Ein Blick zu meinem Gegenüber und mein Gedankengang endete.

„Was?“, fragte ich.

Statt mir zu antworten, zuckte Ariax mit den Schultern, wandte den Blick von mir ab und verfolgte nachdenklich die vorbeirauschenden Bäume und Sträucher. Abermals fiel mir auf, dass er den kleinen Anhänger zwischen seinen Fingern geradezu liebkoste und wunderte mich deswegen. Doch er schwieg endlich einmal, also fragte ich nicht danach. Ich ahnte zwar, dass diese Ruhe nicht von langer Dauer sein würde, beschloss jedoch, jede Sekunde davon zu genießen. Ich hatte gerade erst das Handy wieder verstaut, als mir auffiel, dass mein Gegenüber immer wieder kurz zu mir herüberschielte, nur, um dann doch wieder gedankenverloren aus dem Fenster zu starren. Obwohl er scheinbar vorhatte, mich mit einer Frage, die ihn augenscheinlich beschäftigte, nicht zu nerven und stattdessen zu schweigen, nervte er mich dennoch. Denn nun war es die plötzliche Ungewissheit darüber, was er da herunterschluckte, die meine Neugierde anstachelte. Was er sich wohl fragte? Es ärgerte mich, dass mich dieser Gedanke nicht mehr losließ und es ärgerte mich noch mehr, dass Ariax es auch wortlos schaffte, mich totzunerven.

Ein weiterer kurzer Blick genügte und ich wiederholte meine Einwortfrage derart schroff, dass Ariax sogleich wieder grinste und mir sofort sein Kommentar darüber, wie er Alveradis auf ihren Platz verwiesen hatte, in den Sinn kam. Selbstverständlich mal wieder ziemlich bildhaft. Resigniert schüttelte ich den Kopf, beugte mich nach vorn und vergrub mein Gesicht in den Händen.

„Ist alles in Ordnung?“, fragte mein Gegenüber nun und klang dabei ehrlich besorgt. „Brauchst du eine Tüte?“

Ich schüttelte den Kopf, richtete mich aber noch nicht wieder auf. „Alles ist in Ordnung. Aber würdest du mir bitte endlich sagen, was dich beschäftigt?“

Ehe ich durchdrehe, fügte ich gedanklich hinzu, als ich mich aufrichtete und ihn herausfordernd ansah. Nur mit Mühe gelang es mir, dabei nicht patzig zu klingen. Doch ich wollte ein weiteres Grinsen, begleitet von einer weiteren bildhaften Erinnerung, unbedingt vermeiden.

„Oh, du bist eine wahrhaft bessere Beobachterin als ich dachte“, kommentierte er lächelnd meine Bitte.

Ich dachte kurz darüber nach. Nein, eigentlich stimmte das nicht. Mir entging ziemlich viel. Ich brauchte nur an Magnus und seine Gefühle für mich zu denken. Aber was Ariax betraf, lag die Sache ja auch ein wenig anders. Ich kannte ihn - oder besser gesagt meine Vorfahrin kannte ihn - schon seit hunderten von Jahren. Man sollte meinen, dass man in so langer Zeit gelernt hatte zu erkennen, wann dem Partner etwas im Kopf herumspukt. Verärgert über den gedanklichen Ausrutscher *Partner*, ersetzte ich das Wort durch *Zwangsbegleiter*. Zwar war er für Alveradis ersteres gewesen, doch ich weigerte mich, dieses Wort in die heutige Zeit mitzunehmen. Ich antwortete nicht, sondern behielt meinen herausfordernden Blick bei, was ihn schließlich dazu brachte, sich nach vorn zu beugen, seine Ellenbogen auf dem Tisch abzustützen und sein Kinn auf die Fäuste zu legen. Aha. Daher wehte der Wind. Er wollte dringend etwas von mir wissen.

„Ich habe mich gefragt ...“, begann er leise und schaute sich vorsichtshalber noch einmal um, ob ihm auch niemand zuhörte. Eine Geste, die dazu führte, dass ich mich ebenso nach vorn lehnte. „... was dich dazu bewogen hat, die Elfenburg aufzusuchen.“

Perplex setzte ich mich zurück in eine aufrechte Position. Er konnte doch wohl nicht wirklich glauben, ich würde ihm *das* anvertrauen?

Ariax tat es mir gleich, schien meine Weigerung zu bemerken und schoss seine Schlussfolgerungen einfach heraus. „Bisher bist du gut ohne sie zurechtgekommen. Du hast enorm viel gelernt, das ist nicht zu übersehen, obwohl ich mir sicher bin, dass ich nicht einmal von der Hälfte deiner Fähigkeiten weiß. Zur Perfektionierung oder zum Verständnis deiner Begabungen brauchst du also nicht die Unterstützung der anderen und wenn ich mir die Beziehung zwischen dir und Daniel ansehe, dann ist mir absolut klar, dass sie diese nicht tolerieren, denn die E.L.F. sind bei weitem nicht so verständnisvoll wie ich es bin."

Mit einem unterdrückten Lächeln nahm er wahr, dass ich wegen dieser Spitze die Augen verdrehte. Er und verständnisvoll. Klar. Diese Beziehung zu tolerieren war für ihn nichts als ein Mittel zum Zweck gewesen. So hatte er Daniels Schwur und von mir das Geheimnis der Elfen bekommen. Zwei Fliegen mit einer Klappe. So viel zum Thema *verständnisvoll.*

„Dass du dich nun aber dennoch nach Irland begibst", fuhr Ariax unbeirrt fort, „lässt mich vermuten, dass sich etwas signifikant verändert hat und wenn ich raten müsste, würde ich darauf tippen, dass sich deine Begabung in einer Weise entwickelt hat, die du nicht kontrollieren kannst."

Autsch. Voll ins Schwarze getroffen. Verräterische Röte erreichte meine Wangen, als ich innerlich gerade beschlossen hatte, einfach zu behaupten, mein Gegenüber sei im Irrtum. Zu lügen war wahrhaftig eine der schwierigsten Sachen der Welt. Ich fragte mich, wie andere das immer wieder hinbekamen. Naja, eigentlich wollte ich das gar nicht können. Ehrlichkeit war schon immer ein Teil von mir und ich hatte nicht vor, das zu ändern. Also entschied ich mich, seine Schlussfolgerung zwar zu bestätigen, genaueres jedoch einfach für mich zu behalten – so wie ich auch den Elfen gegenüber bisher vieles für mich behalten hatte.

„Du hast recht mit dem, was du sagst."

Überrascht, dass ich dies einfach so zugab, lächelte Ariax mir zu. „Die Ehrlichkeit zwischen uns ist immer wieder erfrischend."

„Es gibt kein *uns*, Ariax“, fühlte ich mich wieder einmal genötigt, anzumerken. „Doch wie du schon so treffend sagtest, weißt du nicht mal die Hälfte. Und ich habe nicht vor, dich über all meine Fähigkeiten in Kenntnis zu setzen. Weder über solche, die ich beherrsche, noch über die, bei deren ich nun Hilfe benötige.“

Doch statt zu akzeptieren, was ich ihm gerade mitteilte, grinste Ariax von einem Ohr zum anderen wie ein Lausbub, der gerade dabei war, etwas Sensationelles aufzudecken, von dem er glaubte, dass es ihm bei einem seiner unzähligen Streiche von großem Nutzen sein würde. Obwohl ich hätte beunruhigt sein müssen wegen dem zweifelsohne bevorstehenden Bombardement an weiteren Schlussfolgerungen und Mutmaßungen, konnte ich nicht anders, als den unbefangenen Jungen, den ich plötzlich vor mir sah, anzulächeln.

Viel zu lange hatte ich ihn nicht gesehen. Nein, nicht ich. Viel zu lange hatte Alveradis ihn nicht gesehen. Und ich konnte nicht verhindern, dass mein Herz ein wenig schneller klopfte bei der Erinnerung an einen sehr jungen Ariax, frei von Machtgier, frei von Korruption und frei von dem Gedanken, ein Reich regieren zu müssen. Den Mann, dem Alveradis einst ihr Herz schenkte.

„Sie hat dich geliebt“, entfuhr es mir. Doch im Gegensatz zu sonst, wenn mir etwas herausrutschte, das Alveradis Anwesenheit preisgab, bereute ich diese Worte nicht.

Überrascht von meinem plötzlichen Themenwechsel, dem er natürlich nicht ganz folgen konnte, lehnte er sich zurück und harrte einfach einer Fortsetzung, statt weiterhin nach dem Grund meiner Reise zu suchen.

„Auf eine Art, die du bestimmt längst vergessen hast, Ariax. Rein und unverfälscht.“

„Auf eine Art, die ich vergessen habe?“

Ich schüttelte den Kopf, empfand es als traurig, dass es einfach der Lauf der Dinge gewesen war, der aus Ariax den Mann gemacht hatte, der er nun einmal war und fühlte Alveradis Schuld wegen des Trankes, der seinen und ihren Sinn zusätzlich vergiftet hatte – und in seinem Falle noch vergiftete.

„Damals, als ein anderer noch das Volk regierte. Als du noch keine Entscheidungen zu treffen hattest als die, ob du mit ihr durch die Wälder streifen oder Fische fangen sollst.“

Ariax lachte und winkte ab. „Da waren wir Kinder. Das hat doch nichts mit der Beziehung zu tun, die wie später führten. Was wussten wir damals schon? Nein, nein, Lioba. Nun irrst du dich. Mit Liebe hatte das nichts zu tun. Ich bin erstaunt, dass deine Begabung dermaßen fehl gehen kann – besonders, wenn du auf Alveradis Erinnerungen zugreifst, was du meiner Ansicht nach gerade getan hast.“

Der letzte Satz klang geradezu boshaft und war auch gewiss so gemeint. Vielleicht, weil ihm sehr wohl bewusst war, dass ich richtig lag und er es sich selbst weder eingestehen konnte noch wollte. Wahrscheinlich war er dazu bereits seit vielen Jahrhunderten nicht mehr in der Lage. Doch statt verärgert über den Ton zu sein, den er gerade angeschlagen hatte, empfand ich nur Mitleid. Ich wagte es nicht, jede Einzelheit, jede Phase der seltsamen Beziehung zwischen meiner Urahnin und dem Fürsten in meinen Geist zu lassen – dafür war ich beileibe nicht bereit – doch anhand der Einblicke, die ich bisher gewonnen hatte, konnte ich sagen, dass Ariax den absolut wichtigsten Teil, das Elementarste, vergessen hatte. Ich konnte mir kaum etwas Traurigeres vorstellen.

„Wie du meinst“, beließ ich es dabei, denn ich konnte daran ohnehin nichts ändern.

„Kannst du fliegen?“, schwenkte er nun plötzlich aus heiterem Himmel zu seinen Mutmaßungen zurück. Stirnrunzelnd überlegte ich, ob er das überhaupt ernst meinte.

„Gut, das ist es wohl nicht“, kommentierte er meinen Gesichtsausdruck, doch ich sah ihm an, dass er schon die nächste Idee im Kopf hatte.

„Es gibt Elfen, die fliegen können?“, fragte ich, ehe er damit herausrücken konnte, denn irgendwie musste er auf diese seltsame Idee ja gekommen sein. Doch er schüttelte verneinend den Kopf und naschte ein Stück Minzschokolade.

„Nicht, dass ich wüsste, doch ich habe mich schon immer gefragt, wie die Geschichten über Hexen auf fliegenden Besen entstanden sind.“

Gute Frage. Ja, wie eigentlich? Das sms-Tonsignal meines Handys unterbrach einen weiteren Gedankengang.

>>Immer noch alles in Ordnung?<<, las ich, nachdem ich es aus der Tasche gekramt hatte und lächelte. Daniel hatte mir ja schon

gesagt, dass er wahrscheinlich keine ruhige Minute haben würde und ich konnte mir gerade ziemlich gut vorstellen, wie das aussehen mochte.

>>Ja. Mach dir keine Sorgen. Vertrau meinem Urteil. Ich liebe dich.<<

Es war zu bezweifeln, ob das meinen Freund auf Dauer beruhigen würde, doch für die nächsten 1-2 Stunden würde es gewiss genügen.

>>Ich dich auch<<, beendete er unsere kurze Kommunikation und ich wünschte seufzend, ihn dafür küssen zu können.

Ein Blick zu meinem Gegenüber und ich bereute diese Preisgabe meiner Gefühle sogleich. Ich hasste es, wenn Ariax Einblicke in meine Gefühle für Daniel bekam. Zwar wusste er ohnehin, wie diese bestellt waren, doch ich musste sie ihm ja nicht auch noch vorführen.

Als hätte er diese innere Weigerung erkannt, schnaubte er leise und schüttelte kaum merklich den Kopf, ehe er weitere Ideen kundtat.

„Hat es etwas mit den Elementen zu tun? Entzünden sich Feuer, wenn du wütend wirst?“

Die Augen verdrehend wendete ich mich von Ariax ab und versuchte, mich auf die vorbeiziehende Landschaft zu konzentrieren.

„Oder frierst du versehentlich jemanden ein? Bist du ein Freezer?“

Das konnte eine seeehr lange Fahrt werden.

„Tut sich der Boden unter deinen Füßen auf? Wechselst du unabsichtlich in die Anderswelt? Apropos wechseln: Bist du vielleicht ein Wechsler? Ein Speier?“

Was zum Geier sollte denn das sein?

„Eine Lügnerin?“

Unwillkürlich lachte ich. Eine Lügnerin. Klar. Gerade ich. Doch was hatte das mit einer Begabung zu tun?

„Eine Biene?“

Eine Biene?

„Ein Absorber?“

Mir hätte klar sein müssen, dass Ariax meine Reaktionen genau im Auge behielt, doch vermutlich hätte ich dennoch nicht verhindern können, bei diesem Wort zusammenzuzucken. Seit es bei Runa passiert war hatte ich mich schon gefragt, wie man diese Begabung wohl nennen konnte und Absorber traf es wirklich auf den Kopf.

„Wundervoll!“, hatte er augenblicklich zu seinem Säuselton zurückgefunden und klatschte begeistert in die Hände. „Du bist ein Absorber? Das ist eine wirklich großartige Neuigkeit! Und so herrlich unartig!“

Seufzend schloss ich kurz die Augen, ehe ich mich meinem Gegenüber wieder zuwandte.

„Könntest du bitte etwas leiser sein?“

In seiner überschwänglichen Begeisterung hatte Ariax es vollkommen unterlassen, seine Stimme zu senken. Und wir waren ja schließlich nicht die einzigen Reisenden in diesem Zug. Selbst wenn die Fahrtgeräusche vieles überdeckten: Dass er mich für etwas namens Absorber hielt, hatte man bestimmt gehört.

„Und was genau ist ein Absorber? Was passiert da?“, fragte ich nun, denn zum ersten Mal seit Beginn der Vorkommnisse schien ich jemanden gefunden zu haben, der mehr darüber wusste als die Geschichte über eine böse Hexe, die im Wald Jugendliche tötete.

Der Zug fuhr gerade in einen Bahnhof ein – um welchen es sich handelte, war mir vollkommen entgangen – und so blieb Ariax mir aufgrund der plötzlichen Unruhe fürs Erste eine Antwort schuldig. Menschen stiegen aus, andere stiegen zu. Ich schenkte dem Hin und Her kaum Aufmerksamkeit, bis ein älterer Herr neben uns stehenblieb und sein Ticket mit den eingeblendeten Symbolen an der Kofferablage verglich.

„Entschuldigen sie“, sprach er Ariax an. Das sind unsere Plätze. Wir haben eine Reservierung.“

Erst jetzt bemerkte ich die weißhaarige Dame hinter ihm.

„Natürlich“, entgegnete Ariax höflich und erhob sich, was ich misstrauisch beobachtete. Er ließ sich so einfach seines Platzes verweisen. Irgendetwas war hier faul. „Dann setze ich mich einfach neben meine ...“ Ein verschmitztes Grinsen gab den schlimmsten Befürchtungen Raum. „... Freundin.“

Ich wollte gerade einwenden dass dies auf gar keinem Fall passieren würde und klarstellen, dass ich mitnichten Ariax Freundin war, als er, wohlwissend dass ich etwas dagegen haben würde, noch hinzufügte: „So können wir auch viel besser unser anregendes Gespräch fortführen, nicht wahr, Liebste?“

Entwaffnet versuchte ich, Löcher in Ariax Stirn zu starren und wunderte mich über die Abwesenheit meiner inneren Elfe, die mir sonst immer so bildhaft vor Augen führte, was geschehen würde, wenn ich diesen Weg weiterhin verfolgen würde. Nun ja, ich konnte ihm ja nicht wirklich Löcher ins Hirn brennen, was eine innere bildlich dargestellte Warnung überflüssig machte, doch gerade in diesem Augenblick hätte ich genau dieses Bild wirklich nur allzu gern gesehen.

„Sie beide sind wirklich ein hübsches Paar", fühlte sich die weißhaarige Dame zu allem Überfluss genötigt zu bemerken, nachdem sie Platz genommen hatte, worauf Ariax lächelnd den Arm um meine Schultern legte. Längst hatten wir herausgefunden, dass Daniel mit seiner Vermutung richtig gelegen hatte und der Transfer anders herum nicht funktionierte, doch in diesem Moment wünschte ich, wir hätten uns geirrt. Wie konnte er es wagen?

„Ja, nicht wahr? Sagen sie, würden sie ein Foto von uns machen? Wissen sie, es ist unsere erste gemeinsame Reise."

Ich hätte mich nur allzu gern gegen die Fremdbestimmung gewehrt, die hier gerade im Gange war, doch es kostete mich meine gesamte Kraft, die aufkeimende Wut zu kontrollieren, deren Wind ich bereits zu spüren begann. Ich hatte schon lange nicht mehr die Kontrolle darüber verloren und fühlte, dass das dieses Mal passieren könnte. Und dieses Mal würden Unbeteiligte verletzt werden. Nicht auszudenken, welche Auswirkungen ein Ausbruch auf das ältere Paar haben würde. Also presste ich meine Hände auf meinem Schoß zusammen und konzentrierte mich darauf, die Ruhe zu bewahren, als Ariax der Dame sein Smartphone reichte und ihr zeigte, wie der Auslöser zu bedienen war.

Dann lehnte er seinen Kopf an meinen und flüsterte: „Bitte lächeln, Liebste."

Da mir klar war, dass diese Situation nicht enden würde, wenn ich dem nicht nachkommen würde, weil die Dame auf genau dieses Lächeln wartete, presste ich es gequält heraus. Dann wandte ich mich zu Ariax, um ihm zuzuflüstern, dass er besser aufhören solle, mich auf diese Weise zu provozieren, weil es mich alle Kraft koste, niemanden zu verletzen. Nicht einmal der Geruch der Erinnerung, der die Alveradis in mir bei solcher Nähe in beunruhigender Regelmäßigkeit zum Schmelzen brachte, konnte gegen die drohende Explosion etwas ausrichten. Glücklicherweise besann sich mein Reisebegleiter, nahm den Arm von meinen Schultern, entschuldigte sich leise und rückte sogar ein wenig von mir ab. Er verwickelte das Paar in ein unverfängliches Gespräch und gab mir den Raum, den ich brauchte, um wieder zu mir zu finden. Das Geschehen um mich herum ausblendend, ließ ich die Bäume und Häuser an mir vorüberziehen, fand Beruhigung in den immer gleichen Geräuschen der Bahn auf den Schienen und wäre sogar nach einer Weile beinahe in einen leichten Dämmerzustand geraten, hätte das Klingeln meines Handys mich nicht aufgeschreckt.

Anders als erwartet, erkannte ich nicht Daniels Nummer auf der Anzeige, sondern die von Magnus. Ich fragte mich, was der Grund sein könnte und nahm das Gespräch an.

„Hallo Magnus."

„Hi. Sweety, wenn es dein Ziel war, deinen Freund vollkommen irre zu machen, dann hast du es geschafft. Ich sag dir, es fehlt nicht viel und er schlägt Löcher in die Wände. Ruf ihn an!", ließ er mich in den Hörer flüsternd wissen, was mir klarmachte, dass er sich anscheinend in Daniels Nähe aufhielt und der nicht wissen durfte, dass Magnus mich anrief. Tatsächlich hörte ich ihn im Hintergrund ‚*Dreckschwein*' schimpfen, was so gar nicht zu meinem Freund passte. Doch ehe ich fragen konnte, was denn los sei, hatte Magnus das Gespräch bereits beendet. Irritiert steckte ich das Telefon zurück in meine Tasche. Was war denn da los? Was konnte Daniel bloß derart aus der Fassung gebracht haben?

„Ist alles in Ordnung, meine Liebste?", erkundigte sich mein ungebetener Reisebegleiter, gab sich dabei ganz unauffällig, doch ich konnte ihm den Schalk beinahe im Nacken sitzen sehen. Erst überlegte ich, was er denn nun schon wieder vorhaben könnte, doch dann kam mir der Gedanke, dass er gar nichts vorhatte, sondern vielmehr auf den Erfolg einer bereits begangenen Tat wartete. Ja, er schaute mich an, als wartete er auf etwas ganz Bestimmtes. Wenn ich eins und eins zusammenzählte, hatte das gewiss etwas mit Daniels Gemütszustand zu tun. War ich zwischendurch doch eingeschlafen? Hatte Ariax ihn vielleicht wieder mit einem ganz schrecklichen Auftrag betraut? Doch das brachte Daniel gewöhnlich nicht so aus der Fassung. Ich beschloss, mir vor Ariax nichts anmerken zu lassen und wechselte einfach das Thema.

„War der Servicewagen schon hier? Ich habe Durst."

Scheinbar amüsiert von dem Ausweichmanöver schüttelte Ariax den Kopf. „Nein, aber ich hole dir sehr gern etwas im Bordrestaurant. War das ein ... beunruhigender Anruf?“

Aha, ich hatte also Recht mit meiner Vermutung. Ariax steckte dahinter. Weshalb sonst sollte er fragen, ob es sich um einen beunruhigenden Anruf gehandelt hatte? Er wollte in Erfahrung bringen, ob, was immer er auch angezettelt hatte, von Erfolg gekrönt war.

„Ariax, auch wenn du denkst, alles wissen zu müssen: Die Gespräche zwischen mir und meinen Freunden gehen dich nichts an“, antwortete ich ohne lügen zu müssen, denn dabei hätte ich mich ganz bestimmt verraten und fügte nach einem Geistesblitz noch in typisch Cat´scher Manier hinzu: „oder möchtest du auch über das Einsetzen monatlicher Menstruationsbeschwerden genauestens informiert werden?“

Anders als bei Magnus brachte dieser Satz Ariax jedoch nicht so leicht aus dem Konzept. Nun ja, er war ja auch keine 17 mehr. Milde lächelnd erwiderte er in dieser Ruhe, die er gewöhnlich an den Tag legte, wenn er sich siegessicher – oder zumindest überlegen – wähnte: „Selbstverständlich nicht. Es sei denn, es handelt sich um dich und das Ausbleiben derselben.“

Verdammt, wann hatte dieser *Möchtegern ... was auch immer* eigentlich beschlossen, wieder zu dem Idioten zu werden, der er nun einmal war? Eigentlich wollte ich ihm die Augen auskratzen, doch was war es, das mir herausrutschte? Ich hätte mir anschließend am liebsten die Zunge abgebissen.

„Nun, da braucht seine Hoheit sich keine Sorgen zu machen. Zum einen wegen des Grundes meiner Reise nach Irland und zum anderen, weil er als der Arsch, der er nun einmal ist, immer schön dafür sorgt, dass dies nie passieren wird.“

Autsch. Wie gesagt, es war mir herausgerutscht. Klar, ich litt unter dem Ausbleiben an Zärtlichkeit, doch warum um Himmels Willen musste ich das ausgerechnet Ariax unter die Nase reiben? Die Worte waren kaum ausgesprochen, da schoss mir auch schon eine tiefe Röte ins Gesicht, die meinen mich aus der Fassung bringenden Reisebegleiter zum Schmunzeln brachte.

„Liebste, es gibt Momente, in denen du mich erstaunst“, säuselte er mir leise zu und beugte sich dabei zu mir herüber, damit das ältere

Paar nichts hören konnte. „Jetzt gerade frage ich mich ratlos, ob deine Röte daher rührt, dass Alveradis mal wieder aus dir herausgebrochen war und mich mit einem Schimpfwort titulierte ..."

Ach, hatte ich das getan? Oh, ja tatsächlich.

„ ... du musst wissen, ihre Körpersprache war ebenso aussagekräftig wie deine und kam bei ihr von dem Gedanken, welch bittersüße Folgen solch ein Ausbruch hatte ..."

Vielen Dank. Schon wieder diese Bilder. Ich hasste das Gefühl, das ich spürte, wenn ich mich aus Alveradis Augen zu ihm aufschauen sah. Ich hasste es, dass es sich für sie gut angefühlt hatte.

„... oder, ob du errötest, weil du etwas preisgegeben hast, was du wahrscheinlich lieber für dich behalten hättest."

Ich schüttelte resigniert den Kopf und antwortete ihm schlicht die Wahrheit. „Keine Ahnung. Vermutlich beides."

„Du solltest zusammenpacken, meine Liebste. Wir müssen umsteigen", wechselte Ariax das Thema, ohne diesen Säuselton abzulegen.

Verdutzt schaute ich aus dem Fenster und registrierte, dass wir gerade in den Bahnhof Bruxelles midi einfuhren. Waren wirklich schon drei Stunden vergangen seit Frankfurt? Ariax hatte sich bereits erhoben. Ich nahm meine Jacke und hängte mir die Handtasche um, als er meine Gepäckstücke aus den Staufächern nahm und erhaschte zum ersten Mal ganz zufällig einen Blick auf den Anhänger, an dem Ariax so viel zu liegen schien. Elemente daran kamen mir bekannt vor, doch der Moment war zu kurz für wirkliches Erkennen. Seufzend ergab ich mich der Situation, denn so wie es aussah, würde Ariax mich auch in den nächsten Stunden begleiten. Ich nickte dem älteren Paar zum Abschied freundlich zu und folgte Ariax, nachdem der Zug angehalten hatte.

Ich weiß nicht, was ich erwartet hatte, doch der raue Wind, der mir ordentlich durch die Kleider zog, überraschte mich doch sehr. Die ungewöhnliche Frühlingswärme, von der wir zu Hause derzeit verwöhnt wurden, hatte mich wohl verdrängen lassen, dass es gerade erst März war und so wie es aussah, wurde man in Belgien noch nicht mit angenehmen Temperaturen beschenkt. Die Menschen auf den Straßen trugen ihre Winterjacken und einige hatten sich sogar einen Schal umgeschlungen. Mich fröstelte. Wie gut, dass ich noch etwas Wärmeres dabei hatte. Ich bat Ariax, die Reisetaschen abzustellen und holte mir den gefütterten Regenmantel heraus, den Tante Ida – nein, ich meine, den meine Mutter – mir vor der Abreise besorgt hatte. Der war alles andere als ansehnlich, dunkelgrün und der Figur nicht im Mindesten schmeichelnd. Cat hatte die Nase gerümpft, als sie diesen, wie sie es nannte, ‚*Plastiksack für Bioabfälle*‘ zu sehen bekam, doch mir war absolut klar, dass ich ihn brauchen würde. Spätestens in Irland, wo es an über 150 Tagen im Jahr zu Niederschlägen kam. Ich zog den Mantel über und fühlte mich sogleich besser.

„Ich gehe da drüben ins Café“, beschloss ich, als ich die Waffelbäckerei auf der anderen Straßenseite erblickte und wartete erst gar nicht auf eine Antwort. Ich würde Ariax ohnehin nicht loswerden, also konnte ich auch tun, was mir gefiel und ihn mein Gepäck hinter mir herschleppen lassen.

Der Gedanke amüsierte mich. Ein Amüsement, welches nicht einmal durch seinen Kommentar, jetzt würde ich mich ganz wie seine Fürstin aufführen, umgemünzt sondern sogar intensiviert wurde. Zumal es den Punkt nicht traf. Sicher, Alveradis hatte zu Zeiten, in denen ihr Geist bereits vergiftet war, zuweilen einen ziemlichen Befehlston drauf gehabt, doch nie, nein wirklich nie, hätte sie Ariax wie einen solchen behandelt. Mir ein Grinsen verkneifend, betrat ich die kleine Waffelbäckerei und inhalierte den köstlichen Duft, der mir entgegenschlug, ohne meinem Träger die Tür aufzuhalten.

„Wann bist du so rücksichtslos geworden?“, säuselte er süß, während er das Gepäck auf der Bank am einzigen freien Tisch abstellte. „Nicht, dass ich das nicht als äußerst reizvoll empfinden würde, aber es wundert mich.“

Trotz seines Tonfalls konnte er eine gewisse Verärgerung nicht verbergen.

„Keine Ahnung“, gab ich spitz zurück. „Vielleicht als du von dem Mann, der mich ohne bösen Hintergedanken einfach nur begleiten wollte, wieder zu dem säuselnden Arsch mutiert bist, den ich nicht leiden kann. Ich will Waffeln mit Vanilleeis und Schokoladensoße.“

Die brauchte ich wirklich für meine Nerven. Ohne auf seine Reaktion zu warten, wendete ich mich um und suchte die Toilette auf. Dieser Mensch war wirklich anstrengend. Und er brachte Seiten an mir zum Vorschein, die eher Savannah ähnelten als mir. Doch das

Fehlen jedweder inneren Warnung, die Sicherheit, nicht in Gefahr zu sein, ließ einfach aus mir herausplatzen, dass er mich nun einmal auf die Palme brachte.

Ich klappte den Toilettendeckel zu, setzte mich und nahm das Handy aus der Tasche, um endlich Daniel anzurufen.

„Gut, deine Nummer auf dem Display aufleuchten zu sehen“, nahm er das Gespräch an und ich hörte die Erleichterung in seiner Stimme.

„Oh Daniel“, seufzte ich. „Ich wünschte, Ariax würde platzen.“

„Geht mir auch so. Besonders, nachdem ich anschaulich vor Augen habe, dass er dich zu Dingen zwingt, die du nicht willst.“

„Was? Wie meinst du das?“

Anschaulich vor Augen, dass Ariax mich zu etwas zwingt? Er hatte mich doch zu nichts gezwungen ... außer zu dem Foto ... ohhh ... jetzt verstand ich, was Daniel so aufgebracht hatte.

„Er hat dir das Foto geschickt?“, regte ich mich auf. „Dieser ... dieser ...“

„Ja, hat er. Und abgesehen davon, dass ich dich noch nie so falsch lächeln sah, fühlt es sich nicht besonders gut an, ihn so dicht bei dir zu sehen.“

Oh, das war neu. War Daniel etwa eifersüchtig?

„Er wird seine Hände in Zukunft bei sich behalten, das kannst du mir glauben.“

„Da bist du sicher?“

„Für heute schon. Er hat gemerkt, dass es mich meine gesamte Konzentration kostete, ihn nicht vor all den Reisenden ungespitzt in den Boden zu rammen. Daniel, ich weiß nicht, warum er das Foto gemacht hat. Vielleicht wollte er dich nur ärgern.“

Daniel brummte. „Zu seinem Vergnügen jemanden zu ärgern sieht ihm nicht ähnlich. Er musste einen Zweck verfolgt haben.“

„Vielleicht, um einen Keil zwischen uns zu treiben?“ Das wäre eine logische Erklärung.

„Durchaus möglich. Aber das wird ihm nicht gelingen, Leelee. Du bist meine Elfe.“

Die letzten Worte waren so voller Liebe gesprochen, so von all seinen Gefühlen getragen, dass ich unwillkürlich lächeln musste und es sich anfühlte, als hätte er damit all den aufgestauten Groll des Tages einfach beiseitegeschoben.

Ich seufzte, hätte mich am Liebsten in Daniels Armen verloren. „Ich wünschte, du wärst jetzt hier."

„Wünschte ich auch."

Plötzlich blitzten die letzten Augenblicke, ehe ich den Waschraum aufsuchte, in meinen Gedanken auf und ich musste unwillkürlich kichern, ehe ich über mich selbst den Kopf schüttelte.

„Was ist los?", erkundigte sich mein Freund mit sanfter Stimme.

„Ach, mir ist nur gerade etwas eingefallen. Weil ich sicher bin, nicht in Gefahr zu sein, sehe ich anscheinend auch keine Notwendigkeit darin, mich Ariax gegenüber zu zügeln."

„Was hast du gemacht?", fragte er schmunzelnd.

„Oh, ich ließ ihn mein Gepäck tragen, hab ihm gerade aufgetragen, mir Waffeln zu bestellen und nannte ihn ... wenn ich mich recht erinnere ... einen säuselnden Mutantenarsch, oder so."

So lustig wie ich fand Daniel das allerdings nicht. Sein Schweigen war ein deutliches Anzeichen seiner Besorgnis.

„Daniel, mach dir keine Sorgen. Glaub mir, er tut mir nichts."

„Und du ihm?"

Auf diese Frage war ich nicht vorbereitet. Ich ihm?

„Weshalb fragst du das?"

„Weil ...", stammelte er, brach ab und seufzte. „Leelee, ich weiß, dass du es könntest. Diese Fehde. Du könntest sie noch heute beenden. Nie war jemand so gut dazu in der Lage, wie du es jetzt bist. Aber ich möchte dich bitten, es nicht zu tun. Jedenfalls nicht, ohne von ihm angegriffen worden zu sein. Zu töten, das verändert einen. Man kommt niemals darüber hinweg."

„Ich weiß. Alveradis Empfindungen sind da sehr prägnant. Ich hatte nicht vor, das zu tun."

Es wunderte mich, dass Daniel überhaupt in Erwägung zog, ich könnte einen solchen Gedanken hegen. Das passte nicht zu mir. So war ich nicht und er sollte das eigentlich wissen.

„Ich gehe jetzt mal lieber wieder zurück. Sonst wird er noch misstrauisch."

„Gut. Pass auf dich auf, Leelee."

„Werde ich."

Im Gastraum wartete bereits ein dampfender Kakao auf mich. Den hatte ich zwar gar nicht bestellt, freute mich jedoch darüber.

„Dankeschön. Darauf habe ich wirklich Lust."

„Gern geschehen", gab Ariax, fern jedes Gesäusels zurück, lächelte und wirkte dabei etwas bedrückt. „Lioba, eine Organisation wie meine zu leiten erfordert eine gewisse Kaltschnäuzigkeit, Berechnung und Manipulation. Obwohl es mein ehrliches Vorhaben war, dich auf deiner Reise zu begleiten, damit du eben nicht diese, sondern die andere Seite der Medaille kennenlernst, gebe ich zu, unabsichtlich in ein altes Muster verfallen zu sein."

„Soll das heißen, du entschuldigst dich?", fragte ich verblüfft.

„Ja, ich denke, das könnte man so sehen."

„Wow. O.K., dann akzeptiere ich und entschuldige mich hiermit ebenfalls."

„Entschuldigung angenommen."

„Schön. Können wir uns dann jetzt wieder normal unterhalten?"

Die Kellnerin, mit zwei lecker duftenden Tellern in den Händen, unterbrach das Gespräch. Freundlich servierte sie die frischen Waffeln und Ariax entgegnete ihr irgendetwas, das ich ebenso wenig verstand wie die Worte der Kellnerin selbst. Es war mir auch gleich, denn ich hatte wirklich einen Bärenhunger. Ich teilte mir einen Happen ab, gab vorsichtig etwas Eis und eine Menge Schokoladensoße drauf und ließ es mir schmecken. Köstlich. Nur die Waffeln meiner Mom früher waren noch besser als diese.

„Worüber möchtest du reden?"

Ariax schien erfreut zu sein, dass ich das überhaupt noch vorhatte. Aber es gab ja auch etwas, das ich unbedingt wissen wollte.

„Absorber. Jedenfalls in erster Linie. Aber ich wüsste auch noch gern etwas über alle anderen Begabungen, die du angeführt hast. Und über den Anhänger."

Ariax war einverstanden, schlug aber vor, das Gespräch später zu führen, an einem Ort, wo uns nicht so viele Personen unbemerkt zuhören könnten. Da wir ohnehin beinahe 2 ½ Stunden Zeit hatten, ehe es mit dem Eurostar in Richtung London weitergehen würde, konnte das Gespräch auch wirklich noch ein bisschen warten. Ich genoss also erst einmal meine Waffel und mein Reisebegleiter hielt zu meiner Verwunderung tatsächlich einmal den Mund.

Mir war für einen Spaziergang zu kalt und ich zog es darum vor, auf einer der Bänke in den windgeschützten Wartenischen der Einfahrt des Eurostars zu harren. Es war nicht besonders viel los in der Ecke des Bahnhofs, die ich mir ausgesucht hatte. Ein Obdachloser lag drei Bänke weiter vorn und schlief, ein Rucksacktourist las in einem Reiseführer über Sehenswürdigkeiten in Paris und ein alter, krummer Mann in Arbeitskleidung fegte den Bahnsteig.

Die leise Hintergrundmusik, mit der die Nische beschallt wurde, wirkte etwas störend - zum einen, weil sie ohnehin ständig von lauten Rangiergeräuschen übertönt wurde und zum anderen, weil sie von permanentem Rauschen unterlegt war. Die Aufschrift an der Wand uns gegenüber hatte für dieses Rauschen jedoch eine andere Erklärung als einen kaputten Lautsprecher, denn dort stand, dreisprachig in großen, grauen Lettern: *Aus den Bahnhofslautsprechern fließen düstere Nachrichten.* Die Atmosphäre war irgendwie unheimlich. Wie in einem Film, wenn sich so ganz langsam das Gefühl einschleicht, gleich würde etwas geschehen. Zwar war ich sicher, dass dem nicht so war, denn das hätte ich gespürt, doch mich dieser Atmosphäre zu entziehen war nicht möglich. Ich zog meinen Kragen zu und kauerte mich auf die ergonomisch geformte Plastikbank.

„Unheimlich hier, findest du nicht?“, fragte ich.

„Ja“, stimmte Ariax schulterzuckend zu. „Jedoch lediglich auf eine gestellte Art und Weise. Ein defekter Lautsprecher, ein Spruch an der Wand, wenige Menschen und schon hat man eine gelungene Inszenierung. Mit einem wirklichen Negativort hat das nichts gemein.“

„Du meinst, so wie das Buschkett?“

Ich hatte die seltsamen Empfindungen, die mich an diesem Hang am Ortenberger Schloss beeinflussten, noch bestens in Erinnerung. Es war, als brächte dieser Ort eine dunkle Seite hervor. Ein Schatten auf der Seele eines Menschen.

Ariax nickte. „Ja, das ist so ein Ort – wenn auch nur ein schwacher. Es gibt weitaus stärkere. Und ein solcher steht in sehr direktem Zusammenhang mit dem einzigen Absorber, den ich je kennenlernen durfte.“

Die Neugierde stand mir wohl mal wieder ins Gesicht geschrieben, denn Ariax schüttelte kichernd den Kopf. „Wie gesagt, deine Körpersprache ist offensichtlich. Und wie immer so erfrischend wie deine Ehrlichkeit. Du musst wissen, dass dies hier, diese gemeinsame Reise, nicht nur für dich ein absolutes Novum ist. Es ist sehr lange her, dass ich einer solchen Ehrlichkeit begegnete. Sehr lange. Alveradis war außer dir die Einzige, die es je wagte, mir ihre Meinung zu sagen. Die einzige, die mir die Stirn bot, und das ungeachtet der Konsequenzen, die du, wie mir scheint, ziemlich abscheulich findest, uns beiden jedoch große Freude bereiteten."

„Ja, ich finde es abscheulich und würde es begrüßen, wenn du diese Erinnerung nicht ständig von neuem wachrufen würdest."

Wie schaffte es dieser Mann nur immer wieder, von absolut jedem Thema auf diese verquere Zweisamkeit zwischen ihm und meiner Urahnin zu kommen? Oh verdammt. Schon wieder so ein Bild. Und diesmal war es die Erinnerung an einen halbnackten, durchtrainierten und absolut überlegenen Ariax, begleitet von einem Gefühl freudiger Erwartung meiner Ahnin. Ich brummte verärgert und versteckte meine errötеten Wangen in meinen Händen.

„Einverstanden. Ich rufe sie nicht absichtlich, Lioba. Nicht heute. Aber Alveradis ist präsenter in dir, als du es dir eingestehen willst."

„Zurück zum Thema", fauchte ich und nahm die Hände wieder herunter. Eine Konversation über Alveradis Präsenz stand ebensowenig zur Debatte wie die über ihre Intimität. Jedenfalls was Ariax betraf. Mit Daniel hatte ich dieses Thema schon des Öfteren besprochen. Er wusste, wieviel ich von Alveradis bereits hatte lernen können, wie positiv es für mich war, ihr gesamtes Leben, ihre Erinnerungen für mich nutzen zu können. Aber er wusste auch, wie sehr ich manchmal unter ihren Taten litt, als wären sie die meinen gewesen. Und wie sehr ich mich davor fürchtete, sie könnte in Ariax Gegenwart die Oberhand gewinnen. Gerade bei ihm fühlte es sich viel zu oft nicht nur so an, als könnte ich mich lediglich erinnern. Nein, gerade bei ihm kam es mir vor, als wäre ich nicht allein in meinem Körper. Als ob sie selbst noch da wäre, nicht nur ihre Erinnerung. Nein, darüber würde ich niemals mit Ariax reden. Denn das würde nur bestätigen, was er dachte.

„Wolltest du mir nicht gerade von einem Absorber berichten?"

„Gut“, willigte er ein, worüber ich wirklich erleichtert war. „Es gibt ein Märchen darüber.“

„Ja, ich weiß. Eine Hexe namens Lurley hat zurzeit des dreißigjährigen Krieges Teenagern das Leben ausgesaugt“, unterbrach ich ihn, denn ich hatte nicht die geringste Lust, das Ganze noch einmal von vorn zu hören. Ich wollte über die Dinge sprechen, die ich *nicht* wusste.

Ariax kicherte. Ich wusste, dass ich ihn schon wieder an Alveradis erinnerte, doch diesmal behielt er das ausnahmsweise für sich.

„Dann weißt du doch schon eine ganze Menge“, fuhr er stattdessen fort. „Lurley wurde von zwei ihrer potentiellen Opfer getötet, doch zuvor hatte sie unzählige um ihr Haus begraben. Diese Stelle im Wald wurde übrigens zu einem dieser Negativorte, von denen ich sprach. Diese, und all die anderen, an denen sie sich nährte.“

„Die anderen Orte?“

„Sie suchte sich stets Orte aus, an denen es erst einmal nicht weiter auffiel, wenn Menschen verschwanden. Regionen, die in den Wirren des Krieges steckten oder Städte, in denen Pest oder Cholera wüteten. Ich habe sie in Ägypten kennengelernt. Das muss so ungefähr Anno 1221 gewesen sein, der Kreuzzug von Damiette war jedenfalls beinahe vorüber. Sie musste aber damals schon mindestens so lange am Leben gewesen sein wie ich, denn sie kannte Dhun Gharsain, als es noch in der Nähe des Glaubergs lag.“

„War sie zuvor eine E.L.F.?“

Ariax verneinte. „Als sie auf die Elfen stieß, hatte sie ihren Weg längst beschritten und war nicht bereit, das aufzugeben.“

„Ihre Morde hatten sie also unsterblich gemacht und so lange sie weiter mordete, konnte sie weiter leben.“

Der Gedanke war abscheuerregend. Sie hatte eine unglaubliche Gabe und nutzte sie, um ihr eigenes Leben auf Kosten anderer unnatürlich zu verlängern. Nicht nur die Morde waren schrecklich für mich. Ich konnte es auch absolut nicht nachvollziehen, wie man seine Begabung in solch abstoßender Weise gebrauchen konnte. Wenn es nur diese Anwendung dafür gab, würde ich alles darum geben, sie loszuwerden. Auf jeden Fall würde ich niemals, ja wirklich niemals, das Leben eines Menschen absorbieren, seine gesamte Lebensenergie stehlen, um das meine zu verlängern. Das schwor ich mir.

„Ja“, stimmte Ariax mir geradezu verzückt zu und schlug dabei freudig die Hände zusammen. „Herrlich, nicht wahr? Und um so vieles einfacher, als immerzu nach den Zutaten für das *Geheimnis der Elfen* suchen zu müssen.“

„Herrlich?“, konstatierte ich und schüttelte verständnislos den Kopf. „Manchmal vergesse ich echt, wer du bist.“

Das stimmte wohl. Dieser *normale* Umgang mit Ariax führte tatsächlich dazu, dass sich ganz unbemerkt einschlich, ihn selbst als normal zu empfinden. Von einem normalen Menschen erwartete man nicht, dass er so etwas gutheißen würde. Von einem Jahrtausende alten Herrscher mit schlechten Anlagen und vergiftetem Geist jedoch schon. Ich durfte bei all der Normalität nicht vergessen, wer er war.

„Konnte sie ...“, wollte ich auf den Kern meines Interesses kommen, war aber plötzlich unsicher, ob ich dieses Problem preisgeben sollte. Doch zu spät. Ariax war bereits hellhörig geworden.

„Was ist es, das dich interessiert? Bitte beginne nicht, deine Fragen vor mir zurückzuhalten.“

„Konnte sie es auch lassen? Ich meine, konnte sie Menschen berühren, ohne ihnen ihre Lebensenergie zu rauben?“

Statt mir zu antworten, verlor Ariax sofort seine ständig aufrecht erhaltene Körperspannung und starrte mich mit großen Augen an. Na toll. Wenn diese Nachricht einen Menschen umhaute, der praktisch schon alles, ja wirklich *alles* erlebt hat, sollte ich mir wahrscheinlich mehr Sorgen machen als gedacht.

„Jetzt verstehe ich deinen Aufbruch nach Irland. Du tust es permanent?“

Ich nickte.

„Das erscheint mir sehr hinderlich. In jeder Hinsicht.“

Ach, was du nicht sagst, schoss es mir durch den Kopf.

„Und ... wenn ich fragen darf ... wie viele Opfer hat das bereits gefordert?“

Nun war ich es, die ihn fassungslos anstarrte. Nicht nur, dass er überhaupt annahm, ich könnte mich wie Lurley verhalten. Nein, zu allem Überfluss gab er sich nicht einmal Mühe, seine Verzückung bei dem Gedanken, ich täte es, zu verbergen.

„Es gab selbstverständlich gar keine Opfer, Ariax“, zischte ich kalt. „Ich bin nicht wie deine Freundin Lurley. Aber es kam zu Verletzungen, die ich glücklicherweise stoppen konnte, ehe das Schlimmste passierte.“

Das Schlimmste. Nur allzu frisch war die Erinnerung an das Geschehen mit Runa. Ihr Gesichtsausdruck. Nie würde ich diese Situation und diese Angst in ihren Zügen vergessen. Ebenso wenig würde ich vergessen, wie sich ihre Energie in meinem Körper anfühlte. Es war mir erst später zur Gänze bewusst, erst nachdem ich sie ihr zurückgegeben hatte. Diese zusätzliche Energie wieder zu verlieren war schrecklich. Als hätte ich ein Stück meiner selbst verloren. Auch als ich Daniel zurückgab, was ihm gehörte, war es mir nicht anders ergangen. Ich schämte mich dafür, so empfunden zu haben, realisierte aber nun, nach dem Gespräch mit Ariax, wie schwer, nein geradezu unmöglich es für Lurley gewesen sein musste, davon wieder abzulassen. Denn trotz all der Scham und all dem Willen, das niemals wieder geschehen zu lassen, musste ich mir selbst eingestehen, wie gut sich die zusätzliche Lebensenergie angefühlt hatte. So süß und verführerisch wie die verlockende Macht, die mich, wann immer ich mich auf der Schattenseite verlor, korrumpierte. Nicht die des Katers oder des Regenwurms. Nein, es war die Energie von Runa und Daniel, die sich sogleich mit der meinen vereint hatte, was die Trennung so schmerzhaft gestaltet hatte.

„Ich verstehe.“ Die Enttäuschung war ihm deutlich anzusehen. „Ich vergesse immer, dass du noch nicht so weit bist, meine Liebe.“

„Ich werde niemals so weit sein!“

„Wir werden sehen.“

Glücklicherweise fuhr der Eurostar endlich in den Bahnhof ein, denn nach weiterem Hin und Her, ob ich mich jemals auf dieses Niveau herablassen würde oder nicht, war ich es müde, Ariax von meiner Redlichkeit überzeugen zu wollen. Im Zug war es dann so voll, dass an ein weiteres Gespräch dieser Art ohnehin nicht zu denken war, was mir erfreulicherweise die Pause gab, die ich nötig hatte. Lediglich meine Frage nach dem Anhänger griff Ariax auf und meinte, er hätte nach all den Jahrhunderten endlich alle Komponenten beisammen gehabt, um ein perfektes Wappen zu kreieren. Ich erinnerte mich, dass er bereits zu Alveradis Zeiten danach gesucht und nie das richtige gefunden hatte. Ariax nahm es vom Hals und reichte es mir. Die meisten Komponenten waren mir bekannt. Sie waren mit keltischer Symbolik behaftet, die schon zur Latènezeit die Herrschaft der Fürstenfamilie vom Glauberg bezeugte. Nur eines war neu – und genau das muss es gewesen sein, wonach er all die Jahre gesucht hatte. Es sah aus wie ein Kreis am Ende einer Geraden und ich konnte mir beim besten Willen nicht erklären, was er bedeuten sollte. Doch Ariax legte sich die Kette nur mit geheimnisvollem Lächeln um den Hals zurück, ohne auf meine Frage danach einzugehen.

Die gute Stunde bis nach London verging rasch und die zwei weiteren Stunden Aufenthalt dort waren halb so schlimm, denn die Eindrücke, die ich im nächtlichen London gewann, lenkten mich von absolut allem ab, womit Ariax mich zu nerven versuchte. Was mir Sorgen bereitete, war die Zeit, die wir in Crewe, in der Grafschaft Cheshire, verbringen mussten. Wir würden dort um 1.41 Uhr ankommen und Daniel hatte mir ein Zimmer in einer kleinen Pension direkt am Bahnhof besorgt. Erst um kurz vor halb sieben würde es weitergehen und ich befürchtete, Ariax nicht davon abhalten zu können, diese Zeit mit mir im Hotelzimmer zu verbringen. Doch zu meiner Erleichterung war diese Besorgnis unbegründet. Ehe wir die Pension betraten, stellte ich klar, dass er nicht mit mir auf das Zimmer kommen könne, worauf er lächelnd den Kopf schüttelte.

„Wie ich es dir schon versicherte, werde ich nichts stehlen, was du mir nicht selbst zu geben bereit bist, meine Liebste. Und ich gebe gern zu, dass die Versuchung, dies doch zu tun, zu groß wäre, bei dem Anblick meiner wunderschönen Blume zwischen seidigen Laken."

Ich verdrehte die Augen und ging einfach hinein. Wie oft sollte ich diesem von sich selbst überzeugten Kerl eigentlich noch klarzumachen versuchen, dass dies nie geschehen würde? Ich checkte ein und schleppte mein Gepäck selbst auf das Zimmer, während Ariax die Pension, wohin auch immer, verließ.

Erschöpft sank ich in die bunt gemusterte, dicke Daunendecke des viel zu weichen Bettes. Dann stellte ich mir noch den Handywecker und schickte Daniel eine Gute-Nacht-sms, ehe ich, noch bevor ich die Antwort lesen konnte, einschlief.

Viel zu früh aus dem Schlaf gerissen, schleppte ich mich zur Dusche und stöhnte, als mir einfiel, schon wieder einen Tag mit Ariax verbringen zu müssen. Na gut, einen halben, denn gegen Mittag würden wir endlich in Dublin ankommen. Doch selbst ein halber würde ihm zweifelsohne genügen, um mir den letzten Nerv zu rauben.

>>Du auch. Ich liebe dich<<, las ich Daniels Antwort, nachdem ich mich abgetrocknet und angezogen hatte. Ich erwog, ihn noch schnell anzurufen, doch ich war ohnehin schon ziemlich spät und würde mich nun sputen müssen. Mit dem Gepäck hinunter war es noch schwieriger als zuvor hinauf, denn der altrosa tapezierte Flur verfügte nur über eine ziemlich schmale Treppe und die zahlreichen gerahmten Portraitfotos aus längst vergangenen Tagen drohten bei jeder Berührung herunterzufallen. Da Daniel das Zimmer bereits im Voraus bezahlt hatte, brauchte ich nur den Schlüssel abzugeben. Der hagere Herr mit Schnauzbart, der mich schon in der Nacht empfangen hatte, hängte ihn an das Schlüsselbrett zurück und wünschte mir mit nur leichtem Akzent eine gute Weiterreise.

Natürlich wurde ich vor der Tür bereits erwartet.

„Aahh ...“, begrüßte Ariax mich mit einem Lächeln. „Wie schön, dich so frisch und ausgeruht zu sehen, meine Liebste. Ich gestehe: deine Abwesenheit missfiel mir sehr.“

„Das beruht nicht auf Gegenseitigkeit“, wies ich ihn vorsichtshalber gleich wieder in seine Schranken. „Gewöhn dich dran. Spätestens wenn ich in Dhun Gharsain ankomme, wirst du dich ohnehin von mir verabschieden müssen.“

Ariax nahm mir das Gepäck ab. Mir fiel auf, wie müde er aussah. Vermutlich hatte er nicht geschlafen, sondern sich in der Zwischenzeit um seine Geschäfte gekümmert. Da er gestern für seine Leute nicht zu erreichen gewesen war, hatte sich gewiss Einiges angehäuft. Dabei hätte er den Schlaf wirklich nötig gehabt. Die dunklen Ringe unter seinen Augen bezeugten das. Aber weshalb interessierte mich das überhaupt? Zwang ihn irgendwer, eine weltweit operierende Organisation anzuführen? Oder hatte ihn jemand gezwungen, mich zu begleiten? Es ärgerte mich, dass ich ihn aufgrund seiner Übermüdung bemitleidete. Er hatte doch auch kein Mitleid. Mit niemandem. Nichtsdestotrotz hatte er gerade in diesem Augenblick mein Mitgefühl und ich musste sogar den Drang unterdrücken, ihm aufmunternd über die Schulter zu streicheln – und das nicht aus Furcht, ich könne ihn damit seiner Energie berauben.

„Es wird der Tag kommen, an dem es keinen Abschied mehr zwischen uns geben wird. Und eines Tages wirst du dir das auch eingestehen."

Dieser Satz kam so spät, dass man ihn beim besten Willen nicht mehr als schlagfertig bezeichnen konnte. Wir hatten ja schon fast das Bahnhofsgebäude erreicht, als er damit herausrückte. Und weil er ihn so ganz anders vorbrachte als gewöhnlich, einfach nur müde dahingesagt, nahm ich ihn nicht einmal übel.

Der Schnellzug von Crewe nach Holyhead war überfüllt mit Pendlern, die auf dem Weg zur Arbeit waren. Ich war froh, überhaupt einen Platz gefunden zu haben. Ariax stand neben mir im Gang und schaukelte, wie viele andere, bei jeder Biegung hin und her. Es war unschwer zu erkennen, wie zuwider ihm das war. Gerade er, der mir gestern noch von einer längst vergessenen, weitaus komfortableren Art zu reisen vorgeschwärmt hatte, fand sich nun mit anderen zusammengepfercht wie bei einem Viehtransport. Und das nur, um bei mir zu sein. Ich wünschte, er könnte akzeptieren, dass ich niemals zu ihm gehören würde. Dass ich nie die Seine sein würde. Doch ich ahnte, dass er diese Akzeptanz zu keiner Zeit aufbringen können würde. Und irgendwie ... ohne zu erahnen, woher dies gekommen war ... begann ich mit einem Male zu verstehen, weshalb.

Als wir in Holyhead umstiegen, schlug ich vor, gleich das Bordrestaurant aufzusuchen, denn ich war ziemlich durstig. Hunger hatte ich zwar ebenfalls, doch da wir anschließend über drei Stunden mit dem Schiff unterwegs sein würden, beschloss ich, das Frühstück noch etwas zu verschieben. Also fand ich mich fürs erste auf einer gepolsterten, halbrunden Sitzbank, über einer Tasse warmen Kakaos wieder. Oder zumindest so etwas Ähnlichem, denn dieses Gebräu hatte mit der heißen Schokolade, die Ida zubereitete, so wenig zu tun wie ein Schnellzug mit Bequemlichkeit. Ich brauchte vier Päckchen Zucker, um es überhaupt erträglich zu machen. Meinem Begleiter erging es mit dem Kaffee nicht anders, denn er schob ihn nach dem ersten Schluck angewidert von sich.

„Wäre schön, jetzt in die Vergangenheit reisen zu können, um in einem der Züge, die du so anschaulich beschrieben hast, einen Kaffee zu trinken, nicht wahr?“, kommentierte ich seine Reaktion.

„In der Tat. Doch auch ein schlechtes Heißgetränk kann zu einem guten Ergebnis führen. Das war eine ausgezeichnete Themenwahl, Lioba.“

Ariax verschränkte die Arme über dem Tisch und beugte sich zu mir herüber.

Ich hatte ein Thema gewählt? Welches? Die Zubereitung von Heißgetränken? Nichtsahnend harrte ich der Fortsetzung und kippte, begleitet von dem vergeblichen Versuch, möglichst keine Geschmacksrezeptoren zu treffen, noch einen Schluck der Wasser-Zucker-Geschmacksverstärkerbrühe hinunter.

„Wie denkst du darüber? Glaubst du, es ist möglich?“

„Wie denke ich worüber?“

Ich hatte wirklich nicht die geringste Ahnung, worauf er nun wieder hinauswollte. Ariax schmunzelte.

„Zeitreisen. Denkst du, sie sind machbar?“

Ich verschluckte mich und hustete. Was? Frage er das in Ernst?

„Nein, selbstverständlich nicht. Das ist das Thema, das du so ausgezeichnet findest? Zeitreisen?“

Er setzte sich zurück, reckte das Kinn vor und taxierte mich argwöhnisch. Vielleicht hätte ich nicht ganz so belustigt klingen sollen, denn scheinbar hatte ich gerade einen wunden Punkt getroffen. Aber im Ernst: *Zeitreisen?*

„Alveradis hielt es für möglich.“

„Ach wirklich?“ Noch etwas, das durch die Blockade des genuinen Gedächtnisses verschüttet geblieben war. „Es tut mir leid, aber daran habe ich keine Erinnerung.“

Ariax schien zu überlegen. Nach einer Weile, wir fuhren bereits in den letzten Bahnhof unserer Reise ein, meinte er: „Du hattest auch keine Erinnerung an das Geheimnis der Elfen, meine Liebste. Und doch hast du es mir gebracht. Ich bin zuversichtlich, dass dir auch die Überlegungen meiner Blume zum Überwinden zeitlicher Barrieren wieder einfallen werden.“

„Du irrst dich, Ariax. An das Geheimnis der Elfen zu kommen war nicht so einfach, wie du denkst. Alveradis blockierte ihr Gedächtnis. Sie wollte es niemals weitergeben. Auf vieles habe ich keinen Zugriff.

Zwar ist einiges sehr präsent, doch dazu gehören keine Spekulationen über Zeitreisen."

Ariax nickte verstehend, nahm mein Gepäck und wendete sich zum Ausstieg. Doch kurz bevor er die beiden Stufen zum Gehsteig betrat, war ihm ein Gedanke gekommen und er drehte sich noch einmal zu mir um.

„Unser intimes Leben, nicht wahr? Das ist etwas, dass sehr präsent für dich ist."

Obwohl ich ihm darauf kein Wort zurückgab, blieb ich ihm keine Antwort schuldig. Die Röte, die meine Wangen überzog, hatte mich verraten. Ich wusste nicht, was es ausgelöst hatte, vielleicht die ungewöhnlich lange Zeit, die ich gestern mit ihm verbracht hatte.Doch in den wenigen Stunden Schlaf der letzten Nacht hatte sich ein Schleier gehoben, der zuvor nur einzelne ungebetene Bilder in meinen Geist hatte treten lassen, und den Blick auf etwas freigegeben, das mich sehr verstörte. Ein Blick auf Lust und Leidenschaft. Und es hatte lediglich einer einzigen Frage bedurft, diese Erlebnisse aus der Welt der Träume in die Realität zu holen.

„Und, gefällt dir, was du siehst?"

„Nein." Sich vertiefende Röte führte meine Negation ad Absurdum.

„Du lügst."

Es war schwer, die Tränen zurückzuhalten, bis ich es endlich geschafft hatte, den Waschraum der Stena Line zu erreichen, die uns vom Holyhead Harbor zum Port Stena in Dublin bringen würde. Schniefend wählte ich Daniels Nummer und schluchzte, kaum dass er das Gespräch angenommen hatte.

„Was hat er dir angetan?“, fragte Daniel sofort; zugleich wütend als auch besorgt.

„Nichts“, wimmerte ich. „Aber ich wollte das mit dir, Daniel. Und letzte Nacht, da ...“ Weiteres Schluchzen brach meinen Satz ab.

„Du hast die Nacht mit ihm verbracht? Leelee, was ist passiert? Hat er ...? Hast du ...?“

„Ach nein, du verstehst das alles ganz falsch.“ Ich versuchte mich zusammenzureißen, um meinem Freund zu erklären, was mit mir los war.

„Du weißt doch, dass ich mich ab und zu an Momente zwischen Ariax und Alveradis erinnere.“

„Ja. Und es gelang dir meistens recht gut, das wieder von dir zu schieben. Ist das nun anders?“

Oh, es tat so gut, ihn zu hören. Seine Stimme wirkte wie Balsam für meine Seele.

„Ja, anders.“ Abermals verfiel ich in Schluchzen und die Tränen rannen über meine Wangen. „Es ist alles da, Daniel. Minutiös. Ich erinnere mich an alles, jede Berührung, jeden Kontakt, jedes Mal ... jedes Mal wenn sie ...“

Ohne dass ich es beabsichtigt hätte, waren meine Worte begleitet von einem leisen, doch nicht überhörbaren Vorwurf. Weshalb, das konnte ich in diesem Augenblick selbst nicht verstehen, doch die Antwort sollte bald aus mir heraussprudeln, denn es schien beinahe so, als hätte man einen Deckel geöffnet, der nicht mehr verschlossen werden konnte.

„Zuerst war mir das alles gar nicht klar. Ich bin ganz normal aufgewacht. So, wie man jeden Traum meistens vergessen hat, ehe man richtig wach ist. Und dann, dann war es einfach da. Ariax hat es mir auf den Kopf zugesagt und da war es. Gott, Daniel, es ist schrecklich!“

„Aber es warst nicht du, Lioba“, versuchte Daniel mir zu helfen, doch seine Schlussfolgerungen gingen weit an dem vorbei, was wirklich in mir vorging. „Wenn ich daran denke, wie furchtbar schon allein die kurzen Ausblicke in diese Beziehung waren und wie abartig dir ihre Intimität erschien, dann ..."

„So ist das nicht", unterbrach ich ihn. „Verstehst du nicht? Es ist nicht abartig. Nicht mehr. Schon irgendwie ..." Wie sollte ich das nur erklären? Ich verstand es doch selbst nur zum Teil. „Also damit will ich sagen, dass es nach wie vor nichts ist, was verlockend für mich wäre, aber dennoch ist das Gesamtbild ein völlig anderes. Die Ausschnitte waren ... verzerrt. Nein, das nicht, aber sie sagten nicht die Wahrheit aus. Und die ist nun einmal, dass Ariax nie etwas getan hat, das Alveradis nicht wollte. Daniel, du kannst dir gar nicht vorstellen, wie sehr sie ihn geliebt hat."

Verzweifelt schnaubte ich, wusste nicht, wie ich am besten erklären sollte, was ich nun empfand. „Kannst du dich noch an das eine Mal im alten Kloster erinnern? Die Sache mit der Beute?"

Daniel hatte mir damals gestanden, dass er, gerade wenn ich besonders stark war und mir meiner Kräfte bewusst, das Bedürfnis hatte, mich quasi zu *erlegen*. Als wäre ich seine Beute. Und mir hatte diese Vorstellung – ebenso wie das Gefühl – sehr gut gefallen.

„Natürlich. Wie könnte ich das vergessen?"

„Und jetzt multipliziere das mit der Unendlichkeit."

Sein Schweigen zeigte, dass er zu verstehen begann.

„Es ist das Gleiche, Daniel. Sie haben sich ebenso geliebt wie wir. Alveradis hatte Gefallen an denselben Dingen wie ich. Sie war gern seine Eroberung. Gern das Ziel und der Pokal zugleich. Oder die Beute, die es zu erlegen galt. Der einzige Unterschied liegt darin, wie sehr sich das im Laufe von Jahrhunderten intensivierte. Da war nichts Abstoßendes. Nichts Unverständliches. Jedenfalls nicht für die Beiden. Es war einfach wunderschön für sie. Jeder Moment davon. Selbst als es Formen angenommen hatte, denen ich nicht das Geringste abgewinnen könnte und sogar, als das Geheimnis der Elfen ihre Handlungen auf eben diese Weise beeinflusste, die mir so widerlich erschienen. Selbst da hat Alveradis ihn geliebt. Verstehst du nicht? Ich erinnere mich an eine wirklich große Liebe. Und ich fühle sie. *Das* ist das Schreckliche."

„Oh ..."

„Ja genau. Oh ..."

Selbst erschüttert von den Erkenntnissen, schüttelte ich den Kopf.

„Warum hast du es nicht getan, Daniel?", sprudelte es einfach aus mir heraus. „Warum hast du nicht mit mir geschlafen?"

„Leelee ..."

„Ich wollte mit dir erfahren, wie es ist. Wollte deine Hände auf mir spüren und erfahren, wie es sich anfühlt, dir so nah zu sein wie nie zuvor jemand anderem. Und was nun? Nun weiß ich sehr genau, wie es sich anfühlt. Nur nicht mit dir." Abermals begann ich zu weinen.

„Natürlich hast du Recht damit, dass nicht *ich* das gewesen bin und dass es nicht *meine* Erinnerungen sind. Aber Daniel, kannst du nicht verstehen, dass es keinen Unterschied macht? Ich fühle es, als wäre ich es gewesen. Mir ist etwas weggenommen worden. Ich kann es nicht selbst entdecken. Niemals. Er wird immer der erste gewesen sein."

Daniel atmete tief ein und ich fühlte, dass dieses Gespräch für ihn ähnlich schwierig sein musste wie für mich. „Ich hasse, was mit dir geschehen ist. Es ist schlimm. Und ja, du hast recht damit, dass ich mich zurückgehalten habe. Aber du kennst die Gründe. Du weißt, wer es in Wirklichkeit war, der es verhinderte, als ich es, nachdem ich endlich dazu bereit war, dennoch nicht tat. Wer hat denn deiner Schwester einen Besuch abgestattet, als es so weit war? Wer sorgt denn allein durch seine andauernde Bedrohung dafür, dass du ständig in Alarmbereitschaft bist? Daran solltest du denken, Leelee. Das ist es, was du dir in den Sinn rufen musst, wenn deine Gedanken an den Momenten hängen, die dich so sehr verstören, dass du dich nicht in der Lage siehst, deine Gefühle von denen Alveradis zu trennen."

„Es ist auf einmal so schwierig, das Negative zu sehen."

Das war es wirklich. Natürlich hatte ich nicht vergessen, was er alles getan hatte, doch nun war da etwas, das überwog. Oh, wie sehr ich mit einem Male nachvollziehen konnte, dass Alveradis es nicht vermocht hatte, sich von ihm zu trennen.

„Dann erinnere ich dich daran. Er tötete Hunderte. Bauern, Soldaten, Frauen, Kinder. Iris – nur um dir einen Namen ins Gedächtnis zu rufen. Er ließ foltern, morden, rauben – und tut das noch heute. Er beutet Menschen aus, spielt mit ihnen, als wären es seine Marionetten. Ihm gehören Kokaplantagen in Lateinamerika genauso wie illegale Rüstungsunternehmen rund um die Welt. Was auch immer du für Erinnerungen an ihn hast – und hier meine ich die negativen – *die* solltest du mit der Unendlichkeit multiplizieren. Denn das ist Ariax. Die Möglichkeiten, die sich ihm heute bieten, sind umso vieles größer als zu der Zeit, in der Alveradis an seiner Seite war. Und er nutzt sie. Hör auf, dich von ihm blenden zu lassen, Leelee. Vielleicht möchte er tatsächlich der Mann sein, als der er sich vor dir darstellt. Doch er ist es nicht. Das darfst du nicht vergessen."

„Fast hätte ich das."

Nein, das stimmte nicht. Vergessen hatte ich nichts davon. Doch die Gewichtigkeit all dessen war im größten aller Gefühle verloren gegangen.

„Ich weiß."

„Daniel, wie konnte ich nur glauben, dem standhalten zu können?"

Verzweifelt wurde mir die Unfähigkeit bewusst, Ariax auf Dauer die Stirn bieten zu können. Wie sollte ich auch? Bei all den Gefühlen. Bei all den Erinnerungen. Doch Daniel war anderer Meinung.

„Du hast es geglaubt, weil du es kannst. Du kannst ihm standhalten. Du bist um so vieles stärker als er. Ich glaube, du vergisst es nur, sobald Alveradis dich einholt."

„Meinst du?"

„Ja, und weißt du, was ich noch meine?"

„Hmm?"

Ganz unbemerkt, ohne dass es mir bewusst gewesen wäre, hatte Daniel mich mit seinen Worten längst beruhigt. Die Tränen waren versiegt und ich hatte nur noch das Bedürfnis, mich tief in die Arme meines Freundes zu kuscheln. Was mich noch vor Minuten vollkommen aus der Bahn geworfen hatte: Es war verblasst. Natürlich war ich nicht so naiv zu glauben, dass es in sehr naher Zukunft nicht erneut ziemlich präsent sein würde, doch in diesem Augenblick war es so unwichtig, wie es nur sein konnte.

„Ich meine, dass du dich irrst. Er wird nicht immer der Erste gewesen sein. Er hatte nicht dich, Leelee. Er hatte eine Frau, deren Erinnerungen sich dir aufdrängen. Sie hatte er. Nicht dich. Du bist unberührt. Und ich verspreche dir, an dem Tag, an dem ich dich wiedersehe, wird der Tag sein, an dem du erfährst wie es sich anfühlt. Du, Lioba. Denn ich bin mir sicher, dass es einen großen Unterschied macht, auch wenn du dir das vielleicht gerade nicht vorstellen kannst. Ich verspreche dir, wenn du es selbst fühlst, mit alles Sinnen erfasst, wie ich jeden Zentimeter deiner Haut erkunde und erkennst, dass ich unfähig sein werde davon abzulassen, dann wirst du realisieren, dass alles andere nur ein alter Film war, den du wieder vergessen kannst. Nichts als Schall und Rauch."

Wow. Ich liebte es, wenn er so mit mir redete. Wenn er mir begreiflich machte, was mir bevorstand. Wenn er mir mit bloßen Worten den Atem raubte.

„An dem Tag, an dem wir uns wiedersehen?", wisperte ich.

Daniel schmunzelte. „Versprochen. Selbst wenn du mich nie wieder berühren kannst, werde ich dich so oft berühren, dich noch so oft um den Verstand bringen, dass du mich noch bitten wirst, es zu lassen."

Ich musste kichern. Daniel hatte es geschafft, meine Stimmung völlig umzukehren und mir die Kraft zu geben, die ich brauchte. Sogar zu einem herausfordernden Scherz war ich aufgelegt.

„Findest du es fair, mich mit diesen Gefühlen da raus zu schicken? Jetzt bin ich ... na ja ..."

„Froh darüber, dass du gerade nicht den himmlischen blauen Angora-Pullover trägst, der dich immer sofort verrät?"

„Du liebst diesen Pulli, nicht wahr?", kommentierte ich lachend.

„Und wie. Solange ich der Grund für diese Gefühle bin, darfst du gerne darin baden."

„Schuft."

„Schuft?" Daniel gluckste. „Du nennst mich einen Schuft?"

„Jepp."

Das folgende kurze Schweigen war nicht begleitet von unangenehmen Gefühlen, sondern bezeugte die wunderbare Klarheit, die wir nach intensiven Gesprächen häufig empfanden.

„Ich liebe dich, Leelee", flüsterte Daniel und ich wusste, dass dies der Abschied sein würde.

„Ich liebe dich, Daniel."

Mit mir selbst wieder im Reinen schaltete ich das Handy ab und verstaute es in meiner Tasche.

Ein Blick in den Spiegel offenbarte, dass ich mir erst einmal das Gesicht waschen sollte, denn die vergossenen Tränen waren offensichtlich und ich hatte nicht vor, mich vor Ariax zu verraten. Ihm war wahrscheinlich ohnehin nicht entgangen, dass etwas nicht stimmte – vor allem, weil ich, seit er mich mit der Vergangenheit konfrontiert hatte, kein Wort mehr als nötig von mir gegeben hatte.

Da brauchte ich diesen Eindruck nicht auch noch mit verheulten Augen zu untermauern.

Kurz darauf betrat ich das schicke Bordrestaurant, welches mit den bescheidenen Gegenstücken in den Zügen, mit denen ich gereist war, so viel gemein hatte wie Crêpe Suzette mit Hafergrütze. Die große Lokalität mit riesigen Fenstern, die einen traumhaften Blick auf die vorbeiziehende Küste freigaben, erinnerte eher an einen Ballsaal als an eine Kantine. Blauer, gepflegter Teppichboden, umrandet von blitzblankem hellen Marmor gab Platz für mehrere Tischgruppen, die, ganz in Stahl und schwarz gehalten, einen interessanten Kontrast zu den bauchigen, samtroten Bänken boten, welche, unter den Fenstern angebracht, die begehrtesten Plätze darstellten. Wie ich es mir schon hätte denken können, war von Ariax ein solcher für mich freigehalten worden.

„Es gibt hier ein ganz ausgezeichnetes englisches Frühstück“, ließ Ariax mich wissen. „Da ich aber nicht sicher bin, ob du ein mehrgängiges Menü am Morgen möchtest, habe ich erst einmal nur Croissants mit Marmelade bestellt.“

„Danke. Das genügt.“

Die Aussicht auf Würstchen, Spiegeleier und gebratenen Speck war zwar verlockend, doch ich kannte mich. Ich würde es viel zu offensichtlich genießen – zum Gefallen meines Reisegefährten. Und ich hatte nicht vor, noch ein einziges Mal etwas zu tun, das sein Gefallen finden könnte. Ich wollte seine Zufriedenheit nicht sehen. Es genügte, dass ich sie ohnehin nicht mehr aus meinem Gedächtnis zu verbannen vermochte. Oh verdammt. Würde es mir irgendwann möglich sein, nicht daran zu denken? Oder waren diese Erinnerungen zu prägnant, um sie gänzlich zu verdrängen? Ich schloss die Augen und dachte an einen anderen Ariax, nicht an den, der meine Vorfahrin mit seiner Liebe bedachte. An jenen, der ohne mit der Wimper zu zucken, ein ganzes Dorf hatte zerstören lassen. Keine der vererbten Erinnerungen war es, welche die ungebetenen vertrieben. Nein, es waren die meinen. Erinnerungen an die Furcht, in der die Menschen aus dem kleinen Dorf flohen, als Ariax mit seinen Männern es heimsuchte. Wissen, welch grausame Dinge sie den Frauen antaten, nachdem sie ihre Männer getötet hatten. Zu sehen, wie er achtlos der kleinen Iris das Leben genommen hatte.

„Ich hasse dich“, waren die Worte, die zwangsläufig aus meinem Mund sprudelten. Keine anderen hätten es in diesem Augenblick sein können. Doch entgegen dem, was sonst geschehen wäre, flogen meine Augen nicht erschrocken auf. Ich hatte auch keine Angst, eine unangenehme Reaktion provoziert zu haben. Diesmal war es anders. Glücklich darüber, dass Daniels Vorschlag von Erfolg gekrönt war, fühlte ich endlich das, was nun einmal den Tatsachen entsprach. Ich hasste ihn. Mochte sein, dass er mir in vieler Hinsicht überlegen war. Dass er Verbindungen und Möglichkeiten hatte, alles und jeden zu beeinflussen, mit dem ich zu tun hatte. Dass er die Macht hatte, meinen Freunden Schaden zuzufügen. Aber hier und jetzt hatte er nichts von alledem. Hier und jetzt war ich die Überlegene. Und ich würde diese Erkenntnis nicht mehr durch längst vergangene Erinnerungen verdrängen lassen. Entschlossen öffnete ich langsam die Augen und sah mein Gegenüber herausfordernd an.

Der kurze Ausdruck seiner Überraschung verflog, kaum, dass ich ihn wahrgenommen hätte. Ganz der unbarmherzige Fürst, den er so gern gab, lehnte Ariax sich lässig zurück, verschränkte die Arme vor der Brust und erwiderte meinen Blick auf die gleiche Weise.

„Ich kann nicht behaupten, erfreut über diese Umkehr zu sein, meine Liebste“, war es plötzlich wieder der Säuselton, mit dem er mir entgegentrat. „Ich ging davon aus, dass du die Vorurteile mir gegenüber inzwischen überwunden hast. Doch es wird mir eine Freude sein, dir auch weiterhin dabei helfend zur Seite zu stehen. So wie ich meiner Blume zur Seite stand, wenn sie ...“

„Das kannst du dir sparen, Ariax“, unterbrach ich seinen Versuch, mich mit Erinnerungen zu überfluten. „Ich habe verstanden, was du tust. Und ich habe einen Weg gefunden, mich davon nicht mehr beeinflussen zu lassen.“

Nur allzu gern hätte ich ihm entgegengespien, wie abscheulich er war. Hätte ihn am liebsten endlich wissen lassen, was er an jenem Tag in dem Dorf getan hatte. Ich war überzeugt davon, dass es ihn brechen würde, wenn er erführe, dass es seine eigene Tochter war, die er tötete, ohne sie auch nur anzusehen. Ohne sie je beachtet zu haben. Sein eigenes Kind. Doch ich wusste, dass dies zu viel von mir preisgeben würde. Zu viel von meinen Fähigkeiten. Er wusste ohnehin bereits genug. Und ich ahnte, dass eines Tages der Zeitpunkt kommen würde, an dem er es erfahren würde. Also schwieg ich.

„Interessant“, kommentierte Ariax, der zwar einsehen musste, diese Schlacht fürs erste verloren zu haben, dem jedoch auch anzusehen war, dass er den Krieg deshalb noch lange nicht aufzugeben gedachte.

Ich ließ das Croissant liegen, erhob mich und verließ den Speisesaal zum Außenbereich. Ich brauchte frische Luft und der raue Seewind brachte mehr als genug davon. Unklug war es jedoch, meine Jacke drinnen hängen zu lassen. Fröstelnd verschränkte ich die Arme vor der Brust, harrte dennoch eine Weile aus, ehe ich kehrt machte und wieder hineinging.

„Ich bin nicht gekommen, um Zwietracht zwischen uns zu sähen, Lioba“, begann Ariax nun wieder auf ganz normale Weise ein Gespräch, nachdem ich Platz genommen hatte.

„Das weiß ich. Du bist gekommen, damit ich dich besser kennenlerne. Das Problem ist nur, dass ich dich längst kenne, Ariax. Ich weiß, wie du sein kannst. Und ich weiß, wie schön es ist, von dir geliebt zu werden. Du brauchst nicht mehr zu versuchen, es hervorzuholen, es ist da. Aber ich kenne auch all das, was du so gern davon trennst. Ich weiß, was du getan hast. So lange Zeit.“

Verständnislos schüttelte ich den Kopf.

„Wie kannst du nur glauben, nach all dem könnte ich jemals die für dich sein, die du so sehr vermisst?“

„Du kannst es so lange verleugnen, wie du willst. Doch ich weiß, dass es eines Tages so sein wird.“

Seufzend gab ich es auf, ihn überzeugen zu wollen. Er klammerte sich an eine Hoffnung, die sich nie erfüllen würde. Beinahe konnte er einem leidtun. Und das nicht nur deswegen. Ich fragte mich, was aus ihm geworden wäre, hätte Alveradis nicht das GdE entdeckt. Was für ein Mann wäre er geworden, hätte es nicht seinen Geist vergiftet? Sie trug eine große Schuld an all dem, was er verbrochen hatte. Vielleicht war es da nur gerecht, dass sie sein Schicksal hatte teilen müssen. Was, wenn auch er eines Tages dem dunklen Schleier entweichen könnte? Was, wenn ihm seine Taten bewusst würden? Wenn er Schuld empfände? Da kam mir ein Gedanke.

„Du brauchst das GdE nicht nur, um länger zu leben, nicht wahr? Du brauchst es, weil es dich auffrisst. Du fühlst es, wenn es nachlässt. Dein Gewissen, meine ich.“

Und in diesem Augenblick, ganz unerwartet, fiel seine Jahrtausende aufrecht erhaltene Maske ab und gab einen Blick auf etwas frei, das mich zutiefst verstörte und berührte. Ich sah dem Fürsten in die Augen und blickte in eine verletzte Seele. Er musste nicht antworten. Ich sah es. Sah den unglaublichen Schmerz, den er empfand. Sah, dass er alles tun würde, ja, alles tat, um diesen Schmerz nicht zu spüren. Erkannte seine Abhängigkeit. Den Genuss und die Macht, von der er längst nicht mehr lassen konnte. Und eine Trauer, die nie vergangen war. Müde wendete Ariax den Blick ab.

„Jetzt weißt du es. Jetzt weißt du, dass ich es einfach haben muss. Und dass ich niemals die Hoffnung aufgeben kann, dich an meiner Seite zu haben."

Ja, jetzt wusste ich es. Und zum ersten Mal *verstand* ich es wirklich. Ich sah Ariax zu, wie er sich zur Seite drehte, den Kopf am Fenster anlehnte, und – nicht lange – in die Ferne blickte, ehe ihm die Augen zufielen und der Schlaf ihn übermannte. Es wäre ein Leichtes, ihn nun von seiner Qual zu erlösen. So verletzlich saß er da. Ohne Rückhalt. Ich müsste nur seine Hand nehmen und alles hätte ein Ende. Seine Qual, meine, die all derer, die unter ihm leiden mussten. Die Fehde, sie wäre einfach beendet. War es das, worum er mich hier stumm bat? Erlösung? Weshalb präsentierte er sich selbst nach einem Blick in seine Seele auf dem Silbertablett? War es dieser Moment der Traurigkeit, der ihn dazu brachte, in meiner Gegenwart schutzlos einzuschlafen? Oder hatte er so viel Vertrauen zu mir, dass er wusste, ich würde ihm nichts tun?

Doch viel wichtiger als seine Intentionen war die Frage, was ich nun tun würde. Sollte ich es tun? Viele würden dies gewiss bejahen. Würde ich? Nein. Das würde ich nicht. Vielleicht in dem Augenblick, in dem es der Hass war, der regierte. Vielleicht auch in den Momenten, in denen er die Liebe und Leidenschaft hervorholte. Doch nicht nach einem Blick in seine Seele.

Als nach einer Weile der Dubliner Hafen in Sichtweite kam, nahm ich einen Kugelschreiber aus meiner Tasche und malte auf einer Serviette die Umrisse meiner Hand nach. *‚Jetzt schuldest du mir etwas'*, schrieb ich darunter, legte Ariax die Serviette vorsichtig auf die Brust, nahm leise mein Gepäck und verließ den Saal, in dem außer uns längst niemand mehr war.

Kapitel 6

Noch ehe das Schiff angelegt hatte, fühlte ich die Anwesenheit einer Freundin. Es war wie beim letzten Mal. Es zog mich direkt zu ihr. Die Offenheit, in der sich alles, was die Elfe in mir ausmachte, in solchen Momenten zeigte, war unbeschreiblich. Selten genug sah ich mich nicht genötigt, nach Antworten zu suchen. Doch das Gefühl zu spüren, dass eine weitere Begabte zugegen war, machte jedwede Analyse überflüssig. Ein Augenblick vollkommener Klarheit, der leider nur allzu rasch verging. Nachdem ich diese Erfahrung zum ersten Mal hatte machen dürfen, stellte sich mir unweigerlich die Frage, weshalb ich das Gleiche nicht auch bei Ida oder Runa verspürte. Vermutlich lag es einfach nur daran, dass ich deren Anwesenheit gewöhnt war. Bei Aleke war es dann ja auch nicht anders. Das Gefühl, zu ihr gezogen zu werden, zeigte sich nur bei unserem ersten Aufeinandertreffen nach vielen Jahren. Ich freute mich, nun wieder davon erfasst worden zu sein. Welche Auswirkungen sich wohl zeigen würden, wenn ich erst einmal Dhun Gharsain betreten würde?

Ehe ich Aleke begrüßen konnte, warteten erst einmal banale Formalitäten. Sämtliche Passagiere, die hier von Bord gingen, wurden durch einen verglasten Gang geschleust, in dem zwei Beamte an ihren Schreibtischen saßen und die Pässe kontrollierten, während ein anderer das Gepäck durchleuchtete. Natürlich hatte ich nichts zu verzollen. Außer frischer Kleidung und einer Zahnbürste fand sich in meinen Taschen so gut wie nichts.

Bevor ich dann endlich irischen Boden betrat, warf ich noch einen Blick zurück, doch Ariax war nicht zu entdecken. So dumm, sich hier zu zeigen, würde er auch gewiss nicht sein. Ich fragte mich, wie lange es wohl dauern würde, bis ich ihn wiedersehen würde und hatte nicht den geringsten Zweifel daran, dass dies geschehen würde. Er konnte gar nicht anders.

„Da bist du ja endlich!“, begrüßte mich meine Freundin und umarmte mich. „Ich dachte schon, die fangen auch noch an, deine Sachen zu durchsuchen.“

„Da hätten sie bestenfalls meine Zahnbürste konfiszieren können“, gab ich lachend zurück und erinnerte mich noch im letzten Augenblick daran, die Umarmung nicht auf die gleiche Weise zu erwidern.

„Hallo Aleke. Es ist echt schön, dich zu sehen."

„Und das, obwohl ich nicht damit gerechnet hätte."

Aleke löste die Umarmung, legte ihre Hände auf meine Schultern und sah mich eindringlich an. „Und du bist dir wirklich sicher? Du weißt, es wird absolute Offenheit von dir erwartet. In Dhun Gharsain gibt es keine Geheimnisse. Wenn du nicht absolut sicher bist, diesen Weg gehen zu wollen, dann setze ich dich augenblicklich zurück in die Stena-Line."

„Ich bin sicher. Aber befehlen lassen werde ich mir dennoch nichts."

Aleke lachte und nahm meine Reisetaschen.

„Das hatte ich auch nicht anders erwartet. Wie geht es denn meinem Lieblingsfeind?"

„Daniel geht es prima. Runa, Ida und den anderen auch. Na ja, Cat hat ziemlichen Liebeskummer, aber sonst ist alles in Ordnung."

„Und da musst du aus der Reihe tanzen, was?", neckte sie mitleidig. „Ach, das kriegen wir schon hin."

Wir gingen, wie viele andere, um die Ecke zu einem Busparkplatz, auf dem nicht nur Busse, sondern auch Taxen auf Fahrgäste warteten. Aleke steuerte einen dunkelblauen Ford Pick-Up an, der am Randstreifen parkte. Der Kofferraum öffnete sich automatisch, als wir näher kamen. In der Werbung hatte ich das schon einmal gesehen, aber noch nie live. Es passte zu Aleke. Zu Elfen im Allgemeinen. Türen, die sich wie von Zauberhand öffnen, wären in alter Zeit unweigerlich übernatürlichen Fähigkeiten zugeschrieben worden. Ich nahm auf der Beifahrerseite Platz und war gespannt, wie mein Reiseziel aussehen würde. Eine alte Burg auf dem Land? Eine Ruine, die nur zur Tarnung diente und die in Wahrheit unterirdisch belebt war? Ein riesiger steinerner Palast mitten in der Stadt? In meiner Phantasie hatte ich mir viele Möglichkeiten ausgemalt, die Elfenburg sogar gegoogelt, doch nichts gefunden, was auch nur im Entferntesten einen Hinweis auf das tatsächliche Heim der E.L.F. gegeben hätte.

Aleke nahm die nächstgelegene Auffahrt der Schnellstraße, was die Innenstadt aus meinen Überlegungen ausschloss. Bewundernd beobachtete ich still die vorbeiziehende Landschaft. Ich glaubte, in meinem ganzen Leben noch nie so viel Grün gesehen zu haben.

Beinahe eine Stunde lang lag zu unserer Rechten der Wicklow Mountains National Park und mir war, als spürte ich selbst in diesem raschen Tempo, in dem wir ihn passierten, eine nicht zu leugnende Anziehungskraft.

„Was ist dort?“, musste ich einfach wissen.

Aleke lächelte. „Ich wusste, dass du es spürst. Dort ist das, was du zu finden glaubst, sagen viele. Es gibt Ältere unter uns, die überzeugt sind, dort könne man noch Portale in die Anderswelt finden.“

„Die Anderswelt?“

Trotz allem, was ich inzwischen gelernt und erfahren hatte, schien mir diese mystische Welt dennoch nur zum Reich eines längst vergessenen Glaubens zu gehören.

„Eine Welt muss nicht immer greifbar sein, Lioba. Man kann sie auch im Geiste erreichen. Deine Erfahrungen mit dem Einklang der Natur sehen einige ebenfalls als das Öffnen eines Portals. Darum sind alle sehr gespannt auf dich.“

Eine andere Welt hatte ich meiner Ansicht nach nicht erreicht. Da waren keine geflügelten oder gehörnten Wesen, keine Naturgeister oder ähnliches. Nur die Vergangenheit und die Menschen darin. Doch was wenn ...

„Du meinst, was ich erlebt, gesehen oder erfahren habe, wenn ich versuchte, mit Hilfe des Einklangs Antworten zu suchen, war sozusagen in der Anderswelt? Ich meine, wenn man diese als eine erweiterte Wahrnehmungsebene verstehen würde.“

„Das könnte man so sagen.“

„Jetzt bin ich noch verwirrter als vorher. Ich dachte, was ich erlebt habe, entstand aus meinen Erinnerungen. Aus dem genuinen Gedächtnis. Kam das denn nun von mir oder aus dieser anderen Ebene?“

„Ist das denn wichtig?“, trug Alekes Antwort nicht gerade zum besseren Verständnis bei. „Sagen wir, dein genuines Gedächtnis zeigt sich in der Anderswelt auf eine besondere Weise und gibt dir gewiss mehr Möglichkeiten als bloßes Erinnern.“

Das klang plausibel.

„Hätte ich einfach nur in Erinnerungen gegraben, hätte ich Alveradis niemals helfen können zu sterben.“

Diese gedankenlos vor mich hingemurmelten Worte hatten eine umgehende Vollbremsung zur Folge. Erschrocken schaute ich nach allen Seiten, ob wir vielleicht ein Tier angefahren hatten – und nach hinten, denn wir befanden uns zwar nicht mehr auf einer

Schnellstraße, doch gänzlich unbefahren war sie dennoch nicht. Ein rostiger alter Ford überholte uns hupend, was Aleke gar nicht beachtete. Stattdessen starrte sie mich an wie vom Donner gerührt.

„Du hast *was*?“

Oh ... das hatte ich ganz vergessen. Diese Kleinigkeit wusste sie noch gar nicht.

„Ich habe nach dem *Geheimnis der Elfen* gesucht und dabei Alveradis gefunden. Sie hatte sich einmauern lassen, um zu sterben. Aber das Gift war zu stark. Sie hat jahrelang ausharren müssen und konnte nicht sterben. Sie hat es sich mit all ihrer Kraft gewünscht, doch es gelang ihr nicht. Ich gab meine dazu. Wünschte für sie mit. Dann starb sie.“

„Wahnsinn“, kommentierte meine Freundin staunend. „Wir wussten nie, wie und wo sie gestorben ist. Ihr Nachkomme hatte keine Erinnerung daran, als er zu uns stieß.“

„Ja, ich weiß. Bei Gem hatte sie mit der Gedächtnisblockade Glück. Im Gegensatz zu Iris.“

Aleke schüttelte den Kopf, als müsse sie überflüssige Informationen abschütteln, um neue speichern zu können.

„Du weißt von Gem? Und wer ist Iris?“

„Seine Schwester. Es waren Zwillinge.“

„Das hat er nie gesagt“, flüsterte Aleke vor sich hin, was mir verriet, dass eine ihrer Vorfahren ihn gekannt haben musste. Ihr trauriger Blick deswegen entging mir nicht.

„Vielleicht war es zu schmerzhaft für ihn. Weißt du, er hatte dabei zusehen müssen, wie Ariax sie tötete.“

„Ariax hat Alveradis Tochter getötet?“

Ich nickte.

„Und ... na ja ... es wird dich vermutlich schockieren, doch es war auch *seine* Tochter.“

Die geweiteten Augen, die mich nun fassungslos anstarrten, und der wortlos geöffnete Mund bestätigten meine Vermutung. Sie *war* schockiert.

„Vielleicht hätte ich das schon früher sagen sollen, aber ...“

„Du hattest Angst, dass wir dir in Bezug auf Daniel noch mehr Schwierigkeiten machen würden, weil ihr somit beide sein Blut in euch tragt“, vervollständigte Aleke meinen Satz, wie ich es selbst nicht besser hätte sagen können. Ich nickte wieder.

„Du solltest keine Furcht vor uns haben, Lilly. Wir haben geurteilt, ohne ihn zu kennen. Dennoch ist und bleibt er ein Latène. Es sollte dir klar sein, dass der Rat auch weiterhin entscheidet, die Beziehung zu verbieten.“

„Das ist es. Aber es sollte dem Rat auch klar sein, dass ich ein solches Verbot nicht akzeptieren werde.“

„Lioba, du musst wirklich dringend mit der Bibliothekarin sprechen“, stieß Aleke seufzend aus und schüttelte den Kopf. „Es gibt so viel, das wir nicht wissen und da du ja nun über das genuine Gedächtnis verfügst, könnten viele Lücken geschlossen werden. Vorausgesetzt, du möchtest es selbst. Niemand wird dich zwingen. Doch ich bin sicher, dass dies nicht nur Lücken schließen, sondern auch zu besserem Verständnis für eure Liebe führen würde.“

„Ich werde offen sein, Aleke. Sonst wäre ich nicht gekommen. Trotz meines Problems.“

Aleke nickte lächelnd, wendete sich endlich wieder der Straße zu und fuhr los.

„Du hast mich doch vorhin gefragt, was hier ist“, fragte sie nach wenigen Minuten.

„Ja?“

Im nächsten Augenblick war ich heilfroh, dass Alekes Pick-Up über Haltegriffe über den Türen verfügte, denn sie bog völlig unvermittelt mit unverminderter Geschwindigkeit in eine Straße ein, die nicht viel mehr als ein gepflasterter Feldweg zu sein schien. Ich konnte gerade noch den Wegweiser entziffern, auf dem der Ort *Glendalough* ausgewiesen war.

Ihre nächsten Worte ließen mich nervöser werden, als ich es je zuvor gewesen war. „Dhun Gharsain ist hier.“

Nichts war zu sehen, nachdem wir das Glendalough Hotel passiert hatten und nun einen schmalen Weg zwischen dichten, großen Tannen befuhren, deren Zweige das Fahrzeug zu beiden Seiten streiften, als wollten sie verhindern, dass jemand diesen Ort je finden würde. Doch ich musste es nicht sehen. Ich fühlte es. Als ob etliche Stimmen mich zu sich riefen und nur darauf warteten, dass ich endlich bei ihnen war.

Aleke hatte damals Recht damit, dass ich hierher müsse. Nur konnte ich es früher nicht verstehen. Doch jetzt verstand ich es.

Das Gefühl, das mich zu Aleke hingezogen hatte, war hier um ein Vielfaches größer. Ich begann mich zu fragen, wie Ida freiwillig auf diese intensive Verbundenheit und diese Klarheit verzichten konnte. War es ihr wirklich um so Vieles wichtiger gewesen, mich zu schützen? Gewiss hatte sie recht mit ihrer Ansicht, dass es einen erheblichen Unterschied machte, ob man herangewachsen aus freien Stücken die E.L.F. aufsuchte oder ob man hineingeboren wurde und keine andere Wahl hatte. Auf jeden Fall war ich - obgleich magisch von dem Ort angezogen, der sich nur wenige Meter später vor mir zeigen sollte – doch froh darüber, die Welt von der „normalen" Seite aus kennengelernt zu haben. Ich dachte an Idas Argument zurück, dass es Runa gar nicht gäbe und ich Daniel nie kennengelernt hätte, wären sie und Dad mit mir hierher gegangen. Aber auch Magnus und Cat wären nie zu Teilen meines Lebens geworden. Unzählige Ereignisse, Erlebnisse, gute sowie aufreibende, hätten nie stattgefunden. Und zum allerersten Mal, gerade als ich die Elfenburg vor mir sah und gerade, als ich spürte, dorthin zu gehören, erkannte ich die Kostbarkeit des Lebens, das ich hatte führen dürfen. Ein Leben, das eben nicht von dem inneren Drang bestimmt war, hier sein zu müssen.

Vor uns lag nun ganz und gar nicht das, was ich mir ausgemalt hatte. Ein sehr moderner, architektonisch außergewöhnlich gestalteter Bau schien mit der Umgebung zu verschmelzen. Es wirkte gerade so, als verschlucke der Wald das Gebäude, denn ein Ende desselben war zwischen den dichten Bäumen und Sträuchern nicht auszumachen. Umso überraschter war ich, ein lichtüberflutetes Innenleben vorzufinden. Naturbelassene Lehmwände schufen eine warme Atmosphäre in dem scheinbar wohlgeordneten Wirrwarr von breiten Gängen. Ich fühlte mich wohl hier. Willkommen. Ich fühlte die Bewohner, spürte, wie es mich zu ihnen zog und auch zur selben Zeit die Befriedigung dieses Gefühls. In der Elfenburg zu sein, fühlte sich an wie *endlich angekommen* zu sein.

„Unglaublich", bemerkte ich staunend, als sich zu unserer Linken ein Gemüsegarten auftat, in dem eine ältere Dame und ein quirliges Mädchen von höchstens acht Jahren arbeiteten. Wo kam denn auf einmal dieser Garten her? Die Größe, die Weite, das Licht?

„Das sind Ilva und Liz. Eigentlich Elisabeth, aber wir nennen sie Liz", erklärte Aleke, die mein Erstaunen falsch interpretierte, klopfte an die Scheibe und winkte den Beiden, was sogleich fröhlich erwidert wurde. „Naturelfen. Das bedeutet, sie haben einen grünen Daumen."

Ich winkte den beiden ebenfalls. Interessante Begabung. Die beiden könnten vermutlich Kiwis im Himalaja züchten. Oder Rosenkohl in der Serengeti. Nicht, dass es nötig wäre, irgendwo überhaupt Rosenkohl anzupflanzen, aber ich war sicher, die beiden brächten es fertig.

„Ja, die Beiden sind auch unglaublich, aber das war es gar nicht, was ich meinte." Aleke hielt inne und sah mich fragend an. „Ich meine diesen Ort hier", begann ich zu erklären. „Es sieht von innen so viel anders aus als von außen. So geräumig, so hell – und das mitten im Wald. Und noch dazu ist es ganz und gar nicht das, was ich mir vorgestellt habe."

„Ach so, das meintest du", entgegnete meine Freundin und schritt voran. „Ich verstehe nicht viel davon, aber außen spielte unser Architekt mit optischer Täuschung und hier innen mit Lichtbrechung. Er ist einer von uns und arbeitet auf der ganzen Welt. Seine unglaublichen Kreationen wurden mehrfach ausgezeichnet. Aber erzähl mir doch lieber einmal, was du denn erwartet hast."

Jetzt, nachdem Aleke mir von dem Architekten erzählt hatte und mir damit bewusst geworden war, wie archaisch meine Erwartungen waren, war es mir schon beinahe peinlich, sie preiszugeben.

„Na ja ...", druckste ich herum, „eben so etwas wie eine Burg."

„Aha", kommentierte sie grinsend und deutete nach vorn, damit auch ich mein Augenmerk wieder in diese Richtung wende. „Wenn schon keine Burg, dann können wir zumindest mit standesgemäßen Gespenstern aufwarten."

Klar, dass nach dieser Aussage mein Kopf schneller in die gewünschte Richtung schnappte als gewöhnlich. Tatsächlich bewegte sich eine durchscheinende Gestalt auf uns zu. Wie Runa damals.

„Darf ich vorstellen? Das ist Nour. Sie lebt bei einem Nomadenstamm irgendwo in den arabischen Ländern. Wo genau, kann ich dir gar nicht sagen, heute hier, morgen dort. Sie besucht uns jedoch sehr oft in Dhun Gharsain."

Nun wendete Aleke sich der durchscheinenden Nomadin zu. Ich war ziemlich überrascht, dass sie auch mit ihr englisch sprach, doch da war ich wohl Opfer meiner Vorurteile geworden.

„Hallo Nour. Wie geht es dir heute?“

Wie auch Runa war es Nour nicht möglich, akustisch zu reagieren, doch sie hatte eine andere Möglichkeit der Verständigung gefunden. Mit Zeichensprache beantwortete sie die Frage meiner Freundin, was ich natürlich nicht verstand, weshalb sich mir die folgende Konversation nur zum Teil erschloss.

„Das ist ja bedauerlich. Aber gut, dass du trotzdem Zeit gefunden hast, vorbeizukommen. --- Das verstehe ich. Darf ich dir meine Freundin Lioba Alveradis aus Deutschland vorstellen?“

„Hallo. Schön dich kennenzulernen“, grüßte ich höflich, worauf Nour zu mir herüberschwebte und mir zu beiden Seiten Küsse andeutete, ehe sie abermals ihre Hände formulieren ließ.

„Ja, Alveradis. --- „Da hast du Recht. Es ist wirklich toll, dass sie endlich zu uns gefunden hat. --- O.K., dann bis später.“

Und kaum eine Sekunde später war die durchsichtige Araberin verschwunden.

„Ihr Ehemann kehrte nach Hause zurück“, erklärte Aleke. „Er weiß zwar von ihrer Begabung, ist aber nicht sonderlich begeistert davon. Sie haben die Abmachung, dass sie uns nur dann besucht, wenn er nicht da ist. Außerdem ist ihr Junge krank. Aber sie wollte trotzdem mal kurz reinschauen.“

„Gibt es noch mehr wie sie?“

„Einige. Sich projizieren zu können, ist eine häufige Begabung.“

„Runa kann das auch.“

„Runa? Wir haben gespürt, dass es jemand kann, sind aber davon ausgegangen, dass du das warst. Sehr früh. Sie ist ja noch ziemlich jung.“

„Ich glaube, wenn ich etwas üben würde, könnte ich es ebenfalls. Einmal ist es mir gelungen, das war, als ....“

„Kannst du mir vielleicht mal verraten, weshalb du so einen Krach machst?“, unterbrach mich ein ziemlich barscher, aufgebrachter Kerl, der just in dem Augenblick, in dem wir daran vorbeigingen, eine Tür aufriss. Verdattert starrte ich ihn nur an, wusste gar nicht, wovon er redete oder weshalb er mich eigentlich anschrie.

„Oh, es ist Ihre Hoheit. Hätten sie dann also die Güte, LEISE ZU SEIN!“

In Anbetracht der Tatsache, dass er schrie, während ich keinen Mucks von mir gab, fand ich seine Forderung ziemlich seltsam.

Und was meinte er mit Hoheit? Das bezog sich doch nicht etwa auf die Liaison zwischen Alveradis und Ariax, oder doch? Doch ehe ich etwas entgegnen konnte, war die Tür auch schon wieder zu und der Junge verschwunden.

„Was war denn das?“, wollte ich umgehend wissen, denn so massiv war ich zuvor höchstens von Savannah attackiert worden und hier hatte ich das nicht erwartet.

„Das war Caiden“, lachte Aleke, als wäre das die Erklärung für all meine Fragen, stellte mein Gepäck einfach an Ort und Stelle ab und öffnete eben jene Tür, die dieser wütende, schlaksige Kerl gerade zugeworfen hatte. „Komm, ich stell ihn dir vor.“

Stirnrunzelnd fragte ich mich, ob ich ihn überhaupt kennenlernen wollte, doch früher oder später würde das ohnehin passieren. Also folgte ich ihr und zog die Tür so leise zu, wie es mir möglich war.

Aleke kicherte.

„Die hättest du ruhig zuknallen können. Solche Geräusche sind ihm egal.“

Statt zu fragen weshalb, wartete ich einfach ab. Ich hatte das Gefühl, dass sie mir sowieso gleich alles erklären würde. Den abgedunkelten Raum, in dem wir uns nun befanden, hätte man leicht mit einer Abstellkammer für Elektrogeräte verwechseln können, würden nicht hier und dort Lämpchen aufleuchten, die erkennen ließen, dass all die aufeinandergestapelten Geräte angeschlossen und scheinbar zu irgendetwas nutze waren. Caiden wuselte nervös von einem Gerät zum anderen und tippte zwischendurch Daten in ein Tablet. Obwohl er keine Notiz von uns nahm, musste ihm unsere Anwesenheit bewusst sein, was mich ziemlich an Ida erinnerte, wenn sie als Kräuterweiblein aktiv war.

„Caiden war von Geburt an begabt“, begann meine Freundin zu erklären. „Aber erst mit fünf Jahren haben wir ihn gefunden.“

„Inkorrekt“, bemerkte Caiden, drehte den Knopf vor sich ein paar Millimeter, hielt seinen Kopf leicht schräg, als würde er lauschen und trug zufrieden irgendein Ergebnis in sein Tablet ein. „Tatsächlich war *ich* es, der *euch* gefunden hat. Nicht umgekehrt.“

„Er hat einen Tinnitus“, ging Aleke zu meiner Verwunderung gar nicht darauf ein. „Das ist seine Begabung.“

„Seine Begabung ist ein Tinnitus?“, fragte ich verdutzt. Also, wenn das eine Begabung sein sollte, dann gab es reichlich Elfen auf der Welt – und gewiss war keiner von ihnen besonders glücklich darüber.

Der schlaksige Kerl ließ sein Tablet sinken, petzte die Augen zu und kniff sich in die Nase.

„So laut, wie du schreist, sollte man meinen, du wärest klüger!", stellte er mich als ziemlich dämlich hin.

„Im Ernst Aleke, ich kann unmöglich arbeiten, wenn du Medusa anschleppst!"

„Hey!", wehrte ich mich gegen seinen verbalen Angriff, strich dennoch automatisch meine rotblonden Locken glatt, weil ich dachte, sein Medusenvergleich wäre darauf bezogen gewesen. „Was ist eigentlich dein Problem?"

„Deine Begabungen, Goldlöckchen", gab er zurück, legte schließlich seufzend das Tablet beiseite und nahm auf dem einzigen Stuhl im Raum Platz. Auf Gäste schien er nicht eingerichtet zu sein – oder er wollte keine haben.

Aleke zuckte mit den Schultern, schob die Utensilien auf dem Schreibtisch einfach ein bisschen zusammen, setzte sich darauf und klopfte auf den Platz neben sich, damit ich es ihr gleichtat. Man sollte meinen, dass ich dieser Einladung in Anbetracht von Caidens abweisender Art mit einem gewissen Widerwillen folgte, doch dem war nicht so. Seltsamerweise fand ich den schlaksigen Kerl auf eine verschrobene Art lustig.

„Ich habe nicht erwartet, es *dir* erklären zu müssen – offen gesagt habe ich mich auf Konversationen mit dir gefreut, denn meiner These nach geht mannigfaltigen Weiterentwicklungen enorme Intelligenz voraus. Eine These, die ich, wie mir scheint, überdenken muss – doch wenn dem nun so ist, meinetwegen. Also:"

In dem unaufhörlichen Redefluss blieb mir nicht einmal Zeit, mich über Caidens erneuten Zweifel an meiner Intelligenz zu entrüsten.

„Der Tinnitus als Begabung lässt mich die Begabungen anderer akustisch wahrnehmen. Deine sind zum einen polymorph – das war es übrigens, was ich mit Medusa meinte, nicht deine ungeordnete *Naturfrisur*, die du so verzweifelt zu bändigen versuchtest – und zum anderen extrem signifikant, womit es mir unmöglich ist, dich zu überhören."

„Gut, das habe ich kapiert", gab ich ihm mit ironischem Unterton zu verstehen, dass ich nicht ganz so weit hinter dem Mond geboren wurde, wie er annahm. „Du musst meine Anwesenheit als ziemlich unangenehm empfinden. Das tut mir leid. Aber jetzt bin ich nun einmal hier und weiß beim besten Willen nicht, wie ich leiser sein könnte."

Caiden zuckte mit den Schultern.

„Das ist der Fluch meiner Begabung."

Neugierig sah ich mich um.

„Und was ist das alles hier? Was untersuchst du mit all diesen Geräten?"

„Caiden versucht seit Jahren zu beweisen, dass der Fluss an Kraft rechnerisch dargestellt werden kann. Er versucht sozusagen, ihn wissenschaftlich zu erfassen", kam Aleke einer Antwort seinerseits zuvor und erntete dafür einen missbilligenden Blick.

„Und wieder eine äußerst ungenaue und ungenügende Beschreibung meiner Bemühungen, den Dingen ganz im Gegensatz zu der gängigen Praxis der E.L.F. auf den Grund zu gehen", kommentierte er trocken, worauf meine Freundin ihn linkisch angrinste.

„Du kennst mich doch."

„In der Tat." Caiden richtete sein Augenmerk wieder auf das Tablet und stand auf, um seiner Arbeit nachzugehen. „Doch es spielt ohnehin keine Rolle, wie ungenau du dich ausdrückst, denn eine E.L.F., die den Einklang mit der Natur zu erreichen vermag, dürfte wenig Interesse an Forschungen über das energetische Band haben."

„Da irrst du dich", entgegnete ich. „Ich bin mir der enormen Bedeutung des Flusses durchaus bewusst."

„Ach ja?" Auch wenn er es zu unterdrücken versuchte, spürte ich, Caidens Interesse geweckt zu haben.

„Ja, und zwar insbesondere auf die Grenzenlosigkeit bezogen. Während sich das genuine Gedächtnis selbst im Einklang nur auf die Erfahrungen der Vorfahren bezieht, ist es möglich, mit dem Energieband diese Barriere zu durchbrechen."

„Ist es nicht!", wiedersprach Aleke verblüfft, während Caiden mich auf eine Weise anlächelte, die mir zeigte, dass ich soeben einen Freund gefunden hatte.

„Natürlich ist es das", widersprach ich ihr. „Ich habe das selbst schon gemacht."

Als ich damals den Halsring des Keltenfürsten öffnete, war es nicht das Wissen meiner Vorfahren, das mir verraten hatte, wie der geheime Verschlussmechanismus funktioniert.

„Hast du?"

Wenn man bedachte, dass Aleke ein Ratsmitglied war, stimmte ihre offensichtliche Verwunderung ziemlich nachdenklich. Ich hatte den Weg hierher eingeschlagen, um zu begreifen und zu lernen. Doch mir schien, dass es Fragen gab, auf die nicht einmal hier Licht geworfen werden konnte. Ich nickte, was mit verständnislosem Kopfschütteln quittiert wurde.

„Ich wüsste nicht, dass so etwas schon einmal geschehen war."

„Vielleicht solltet ihr zur Bibliothek gehen", schlug Caiden nun vor und zum ersten Mal hatte ich das Gefühl, dass er das nicht nur offerierte, um uns schnell los zu werden und weiterarbeiten zu können.

Aleke hielt das für eine gute Idee und schickte sich an, den abgedunkelten Raum zu verlassen. Ich folgte ihr, doch als ich die Tür fast hinter mir geschlossen hatte, rief Caiden mir nach.

„Ja?", wendete ich mich ihm noch einmal zu.

„Könntest du deine Begabung zumindest nicht anwenden, wenn du in meiner Nähe bist? Das wäre wesentlich angenehmer für mich."

„Natürlich", versprach ich, wunderte mich aber im nächsten Augenblick, wie er das meinte. Ich hatte doch gerade gar keine Begabung angewendet ... oder doch? Oh Mann, dieser Ort sorgte für eine Menge Konfusion.

Apropos Konfusion. Ich fragte mich, weshalb Caiden in Anbetracht seines Tinnitus die Nähe anderer Elfen überhaupt suchte. Warum hielt er sich nicht lieber möglichst weit fern von ihnen? Aleke erklärte mir auf meine Frage hin, dass er sich nicht dauerhaft hier aufhielt. Tatsächlich konnte er es nicht lange ertragen. Da er jedoch auch unter den rudimentären Begabungen litt, über die gewöhnliche Menschen verfügten, ohne sich Gedanken darüber zu machen, zog er die Einsamkeit vor und lebte die meiste Zeit in einer abgeschiedenen Gegend im Norden Schottlands. Dort hatten die E.L.F. ihm einen Ort eingerichtet, an dem er in Ruhe die Daten auswerten konnte, die er bei den meist nur wenige Tage langen Besuchen in Dhun Gharsain gesammelt hatte.

Nachdem Aleke Caidens Vorschlag für gut befunden hatte, ging ich nun eigentlich davon aus, mit ihr auf dem Weg zur Bibliothek zu sein und wunderte mich erst einmal, dass sie mich stattdessen in den Wohnbereich führte. Natürlich hatte sie damit Recht. Ich sollte lieber erst einmal ein Zimmer beziehen, statt den ganzen Tag mein Gepäck durch die Elfenburg zu tragen.

Das Zimmer war nichts Besonderes, sehr neutral gehalten. Aleke meinte, wenn ich länger bleiben wollte, stünde einer Dekoration nach meinen Wünschen nichts im Wege. Doch ich beschloss, mich mit den Gegebenheiten zu arrangieren. Für ein paar Wochen würde das schon gehen und länger müsste ich hoffentlich ohnehin nicht bleiben müssen. Nicht, dass es mir nicht gefallen hätte. Nein, Dhun Gharsain war großartig! Und dabei hatte ich bisher kaum etwas gesehen. Doch nichtsdestotrotz vermisste ich meine Familie – und vor allem Daniel – schon jetzt.

Aleke überließ mich fürs Erste mir selbst und wollte mich später wieder abholen. Ich ließ mich aufs Bett fallen und rief Daniel an. Der war natürlich heilfroh, endlich von mir zu hören und glücklich, dass ich Ariax losgeworden war. Ich brachte ihn auf den neuesten Stand. Daniel fand es ebenso seltsam wie ich, dass Ariax sich so verletzlich präsentiert hatte. Doch auch er hatte Neuigkeiten zu berichten. Anscheinend hatte sich die Behauptung dieses Wissenschaftlers, von dem wir gelesen hatten, irgendwie bestätigt. Auf eine Weise, die für mich nicht im Mindesten nachvollziehbar war, sollte bewiesen worden sein, dass die Pfähle am Glauberg ursprünglich nicht nur aus Holz, sondern auch aus einem anderen Material – Silikat-Perowskit – bestanden haben. Das schien mir unmöglich zu sein.

„Google das mal“, forderte ich meinen Freund auf. „Das kann unmöglich stimmen. Dieses Material entsteht nur unter extrem hohem Druck und ist Teil des unteren Erdmantels. Das heißt in 660 bis 2900 km Tiefe. Wie wollen die Erbauer damals da herangekommen sein? Das ginge ja nicht einmal mit den heutigen Möglichkeiten.“

Doch Daniel wusste darauf keine Antwort. Wie sollte er auch? Dass die Pfähle aus diesem Material bestanden haben sollen, war schlichtweg unmöglich. Trotzdem galt diese These nun als bestätigt und es war sogar ein Geldgeber gefunden worden, der dafür sorgen wollte, dass die Pfähle wieder so aufgebaut würden, wie sie angeblich einstmals waren. Also, für mich stank die Sache zum Himmel. Irgendetwas war da oberfaul. Daniel versprach mir, deswegen am Ball zu bleiben. Ich wünschte, ich hätte selbst nach des Rätsels Lösung forschen können, doch hier und jetzt galt es erst einmal herauszufinden, wie ich es fertigbringen könnte, je wieder einen Menschen zu berühren, ohne ihn möglicherweise zu töten. Und das hatte definitiv Vorrang vor seltsamen Bauvorhaben am Glauberg.

Aleke kam im richtigen Moment zurück. Mein Pullover, Hosen und so weiter hatten gerade ihren Platz in Schrank und Kommode gefunden – ein Anblick, der sich markant von dem heillosen Durcheinander zu Hause unterschied. Vielleicht sollte ich das ein oder andere komplett ausgewaschene Teil doch langsam mal aussortieren. Cat wäre jedenfalls begeistert. Dann hätte sogar mein heimischer Schrank Ähnlichkeit mit der Ordnung, die mir nun entgegenzwinkerte als wolle sie sagen: Guck, so sehe ich aus!

Wie ich es mir dachte, machten wir uns auf den Weg zur Bibliothek. Wieder begegneten wir hier und dort einigen E.L.F., die mir auch gleich vorgestellt wurden. Dass wir auf gar keine Kinder trafen – mit Ausnahme des Mädchens im Garten – machte mich stutzig. Aleke erklärte mir, dass der Entschluss meiner Eltern, das Land zu verlassen und mich fern von Dhun Gharsain aufzuziehen, sowie Idas gleichartige Entscheidung im zwangsläufigen Anschluss, eine Wende innerhalb der E.L.F. hervorgebracht hätten. Eine Erläuterung, bei der mir einfiel, dass ich da noch etwas bezüglich der Familienverhältnisse anzugeben hatte, doch vorerst lauschte ich den Folgen dieser Wende. Seit Aleke zurückdenken konnte, war es Usus gewesen, ein Kind in der Elfenburg großzuziehen, danach begannen viele werdende Eltern, diese gängige Praxis zu überdenken. Immer mehr entschlossen sich, den gleichen Weg wie meine Familie einzuschlagen, was nach anfänglichen Schwierigkeiten mit dem Rat –Probleme, von denen Ida ein Lied singen konnte – dazu geführt hatte, dass mit den Jahren die Akzeptanz für diesen Weg gestiegen war. Heute kam es praktisch gar nicht mehr vor, dass ein Kind hier zu Hause war. Nur in besonderen Fällen regte der Rat dies an, doch die Entscheidung blieb der Familie vorbehalten. Schade, dass dies nicht der Fall gewesen war, als ich noch klein war. Dann hätte es gewiss weitaus weniger Heimlichkeiten gegeben. Wer weiß, was aus Ida und Dad geworden wäre, wenn sie nichts hätten verheimlichen müssen. Meine Schlussfolgerung, dass die quirlige Ilva dann wohl auch so ein besonderer Fall sei, negierte Aleke jedoch. Ilva war eine Waise, die von Caiden in einem Waisenhaus aufgespürt worden war. Sie hatte die Wahl, hier in der Elfenburg zu leben, selbst getroffen, weil sie in der Außenwelt Schwierigkeiten hatte und war hier sehr glücklich.

„Bitte nach dir“, forderte Aleke mich auf und öffnete eine der vielen dunklen Holztüren, die sich nicht im Mindesten voneinander unterschieden. „Wir sind da.“

Ob ich mir jemals merken konnte, wo sich welcher Raum befand?

„Das ist die Bibliothek?“, fragte ich verdutzt, denn genau wie die Elfenburg hatte ich mir auch die Bibliothek ganz anders vorgestellt. Eben eher so wie eine ... Bibliothek. Doch der Raum, in dem wir uns nun befanden, war weder umsäumt von raumhohen Regalen noch gefüllt von unzähligen Büchern. Ich fühlte mich eher an das kleine gemütliche Café in der Büdinger Altstadt erinnert, in das ich manchmal mit Cat und Magnus einkehrte, wenn wir einen Bummeltag einlegten. Oder an ein Wohnzimmer aus Urgroßmutters Zeiten. Häkeldeckchen schmückten den glänzend polierten Tisch mit seinen wunderschönen, zweifellos handgedrechselten Beinen, der von passenden, mit Flechtwerk bespannten Stühlen und einer dunkelgrünen Couch umrandet wurde. Wenn jetzt noch eine grauhaarige alte Dame mit einem Tablett voll Kaffee und Plätzchen durch den Seiteneingang gekommen wäre, hätte mich das wirklich nicht gewundert.

„Tee oder lieber etwas anderes?“, trällerte wie auf Kommando eine zarte Stimme aus dem Nebenraum. Aleke sah mich auffordernd an, doch ich wusste gar nicht, was ich antworten sollte. Wollten wir nicht in die Bibliothek?

„Ich habe auch noch etwas von der heißen Schokolade nach dem Rezept deiner Tante Ida da, wenn du möchtest.“

Bitte was? Idas Schokolade?

„Ja, gern!“

Wie war die Dame mit der zarten Stimme an Idas Rezept gekommen?

„Für mich nicht“, lehnte Aleke diese süße Köstlichkeit ab. „Ich muss los. Die Pflicht ruft. Bis später, Lilly. Wir sehen uns beim Abendessen.“

„Sofern ich den Speisesaal finde.“ Denn dass dies geschehen würde, war ganz und gar nicht sicher. Doch Aleke lachte und zog davon.

„Ich werde dir den Weg schon zeigen, Lioba“, ließ mich eine kleine, tatsächlich grauhaarige, sehr betagte Dame wissen, die mit ihrem

Tablett in der Hand ganz genau das klischeehafte Bild abrundete, das ich gerade noch vor Augen hatte. Sie stellte das Tablett mit den zwei dampfenden Bechern ab.

„Hallo. Mein Name ist Sophie. Ich bin die Bibliothekarin."

Fragend runzelte ich die Stirn. „Du bist die ..."

„Bibliothekarin ... und die Bibliothek. Ganz Recht."

„Aber ... wie funktioniert das? Wenn ich etwas wissen möchte, frage ich dich und du schaust nach?"

Sophie lachte herzlich.

„Nein, nachschlagen müssen nur die anderen. Komm, setz dich erst einmal und trink, ehe die Schokolade abkühlt. Dann will ich dir alles erklären."

Ich kam dem gern nach und nahm auf der grünen Couch Platz. Riesige Kissen und eine hohe Rückenlehne machten das alte Stück richtig gemütlich. Sophie setzte sich neben mich, lächelte verschmitzt, als sie sah, dass ich beim ersten Schluck kurz genussvoll die Augen schloss, und begann zu erzählen.

„Bibliothekare nennt man Elfen mit meiner Begabung. Sie sind heute sehr selten. Durch dein genuines Gedächtnis weißt du doch gewiss, dass die Kelten zu alter Zeit ihr Wissen nur durch Überlieferung weitergaben." Ich nickte. „Das waren Bibliothekare."

„Nicht die Druiden?"

Die alte Dame schüttelte den Kopf. „Was für einen Wert hat ein Wort, wenn seine Bedeutung sich ändert? Was für die Menschen früher ein Druide war, ist er heute längst nicht mehr. So wie sich das Verständnis für ein Wort ändert, musste sich auch das Wort selbst ändern, um bei dem alten Verständnis zu bleiben. Verstehst du, was ich meine?"

„Ich denke schon."

Wahrscheinlich hatten die Leute heutzutage ihr Wissen über Druiden in den meisten Fällen aus Comics und die hatten mit der Wirklichkeit nicht besonders viel gemein.

„Von einem zum anderen wurde alles weitergegeben, doch das System hatte auch seine Tücken. Wenn beschlossen worden war, etwas lieber in Vergessenheit geraten zu lassen, dann wurde es auch vergessen. Der Bibliothekar schwieg. Und schon war das Vermächtnis verfälscht. Damit das heute nicht mehr geschehen kann, ist es die Lebensaufgabe eines jeden Bibliothekars, nicht nur den Austausch mit anderen seiner Begabung zu suchen, sondern auch alles Erfahrene niederzuschreiben."

„Das finde ich gut. Ich habe festgestellt, dass es ein paar Lücken gibt", kommentierte ich und sah mich überflüssigerweise noch einmal um. „Aber wo ist das alles, was du aufgeschrieben hast?"

Wieder begann Sophie zu lachen. So von Herzen und aufrichtig, dass man sich gar nicht darüber ärgern konnte, gerade der Grund ihrer Erheiterung zu sein.

„Gespeichert auf der ganzen Welt. Im Netz versteckt in hunderten, nein tausenden von Kommunikationen. Gelagert auf dutzendfach verschlüsselten Servern, die nicht zu knacken sind. Und natürlich in einem komplett autarken System hier in Dhun Gharsain. Ein System, das sich bei unerlaubtem Zugriff selbst zerstört."

„Und wer kann diese Informationen einsehen?"

„Von hier aus jeder, der dies wünscht. Von woanders nicht einmal eine Handvoll. " Sophie schüttelte den Kopf und kicherte. „Ich wette, es warten schon dutzende Elfen darauf, deine Geschichte lesen zu können."

„Meine?"

„Natürlich. Du musst wissen, alles was du mir erzählst, wird jeder von uns erfahren können."

Das machte die ganze Sache hier wesentlich einfacher. Auf diese Art müsste ich einfach alles der Bibliothek – oder besser: der Bibliothekarin - berichten. Alles, mit all meinen Ansichten und Standpunkten dazu. Und jeder würde wissen, woran er bei mir war.

„Aber du musst dir wirklich sicher sein. Sonst mache ich es nicht. Fragen stellen darfst du mir allerdings dennoch, auch wenn du dich nicht öffnest."

„Ich bin mir sicher, Sophie."

Ich würde alles erzählen. Und dennoch würde ich mir nichts verbieten lassen. Und auch das musste dem Rat bewusst werden.

„Na, dann werden wir beide wohl sehr viel Zeit miteinander verbringen."

„Und wie läuft das? Erzähle ich einfach chronologisch von Anfang an?"

Das wäre vermutlich das Einfachste. So ginge nichts vergessen.

„Also vielleicht da, als ich diese Vorahnung hatte und als das mit dem Keltischen begann?"

„Das kannst du tun, musst du aber nicht. Ich werde es beim Niederschreiben ohnehin chronologisch ordnen."

Ich nahm noch einen großen Schluck heiße Schokolade, schloss die Augen und erinnerte mich an den Tag, an dem ich Daniel kennenlernte. Dass der Rat die Beziehung zwischen ihm und mir verstand war mir sehr wichtig, darum würde sie definitiv ein großer Teil der Geschichte sein – schließlich war sie das ja auch tatsächlich. Ich ließ nichts aus. Auch das nicht, was ihn erst einmal in elfischen Augen belasten musste. Es war erstaunlich, wie lebendig sich diese Erinnerungen vor meinem geistigen Auge darstellten, als ich sie zurückholte. Und es war kaum zu ertragen, welche Sehnsucht sie auslösten. Sehnsucht nach dem Mann, den ich liebte, selbstverständlich, doch auch große Sehnsucht nach meiner verrückten Freundin Cat, nach ihrer großen Klappe und ihrem wirren Wuschelkopf. Nach meinem besten Freund Magnus, der es zwar fertigbrachte, mich mit seinem Sportfanatismus zu strietzen, der mir jedoch auch immer mehr zutraute als ich mir selbst. Nach Runa, mit der ich mich in den letzten beiden Jahren stärker verbunden fühlte als je zuvor. Und nicht zuletzt nach Ida und was sie betraf, war das Gefühl der Sehnsucht begleitet von einer stechenden, bohrenden Schuld, die mich daran hinderte, weiterzureden. Ich hatte es vergessen. Bei all dem Ärger, den ich empfand, all der Enttäuschung hatte ich vergessen, was ich fühlte. Ich hatte vergessen, wie tief sie in meinem Herzen verankert war. Oder mich geweigert, es zu spüren. Als hätte ich mein Herz ihr gegenüber verschlossen. Und erst in diesem Moment erkannte ich, wie sehr die Nachricht über meine Herkunft, aufgezwungen von Ariax, mich verstockt hatte.

„Entschuldige", fiepste ich mit hoher Stimme, die offenbarte, wie nahe mir das gerade ging. „Ich muss telefonieren."

Mit verständnisvollem Blick nickte Sophie und sah mir lächelnd nach, wie ich den Raum verließ und dabei mein Handy herauskramte.

„Es tut mir leid", sprudelte es aus mir heraus, kaum da Ida das Gespräch angenommen hatte. „Ich liebe dich ... Mama."

Das plötzliche Schluchzen am anderen Ende der Leitung zeigte mir, dass es ihr gerade nicht anders ging als mir. Ich hatte sie noch nie mit diesem liebevollen Kosewort benannt. Seit ich wusste, wer sie in Wirklichkeit war, schaffte ich es bestenfalls, sie Mutter zu nennen – und das nie frei vom Unterton eines Vorwurfs.

„Ich liebe dich auch, mein Kind", antwortete sie so gebrochen, dass es die Tränen über meine Wangen laufen ließ. „jeden Tag, jede Stunde deines Lebens habe ich dich geliebt. Von dem Augenblick an, in dem ich wusste, dass du in mir heranwächst, gab es keinen wichtigeren Menschen in meinem Leben als dich."

„Ich weiß. Jetzt endlich weiß ich das."

Wie genau es zu dieser Erkenntnis gekommen war, konnte ich gar nicht bestimmen. Doch in dem Augenblick, als die Liebe zu ihr über den Wirrwarr siegreich war, waren mir ihre Beweggründe klar geworden. Die Situation war damals eine völlig andere als heute. Während es heute normal war, dass Eltern ihre Kinder in ganz normalen Familien aufzogen, war es damals beinahe undenkbar. Meine Eltern hatten Angst, was geschehen könnte, wenn ihre ungestattete Liebe bekannt würde. Was hätten die E.L.F. getan, hätten sie erfahren, dass sie ein verbotenes Kind gezeugt hatten? Nachdem, was ich bisher erfahren hatte, war ihre Furcht durchaus berechtigt. Rein aus der Befürchtung heraus, ich wäre eines Tages wie Alveradis der falschen Fährte gefolgt, hätten sie mich erzogen und verbogen, um diese Möglichkeit mit allen Mitteln zu verhindern. Ich wäre nicht der Mensch geworden, der ich bin. Und um mich vor diesem Schicksal zu bewahren, fasste meine Mutter den schwierigsten Entschluss ihres Lebens: Sie trennte sich von Dad und überließ mich ihm.

Er war der *Unbegabte*. Er wurde bei weitem nicht so sehr im Auge behalten wie Ida. Sicher, sie hatten mir Aleke geschickt, doch dadurch wurde ich nicht verbogen. Bestenfalls beeinflusst und auch das traf es nicht. Sie war damals wirklich nur eine Freundin. Nie hatte sie versucht, aus mir herauszukitzeln, was in mir steckte. In diesem Moment, ganz plötzlich und unerwartet, kam ein anderer, zuvor nie gedachter Gedanke auf. Die E.L.F. hatten mir eine kleine Freundin zur Seite gestellt. Doch was war mit Daniel? Warum war er einst da? War es auch bei ihm kein Zufall, dass er damals schon zu einem der wichtigsten Menschen in meinem Leben zählte? Doch wenn dem so war, konnte es ihm selbst nicht bewusst sein. Er hätte es mir längst gestanden, da war ich sicher. War er selbst in diesem Alter schon ein Werkzeug für Ariax? Erschüttert über diese

Möglichkeit beendete ich das Gespräch mit Ida und suchte erneut Sophie auf. Sie räumte gerade die Becher vom Tisch und ich folgte ihr in den Nebenraum, der sich als kleine Küche entpuppte.

„Wo kann ich die Dinge einsehen, die du festgehalten hast?“, fragte ich ohne Umschweife. „Gibt es so etwas wie einen Computerraum?“

Sophie stellte die Becher in das Spülbecken, wendete sich dann zu mir um und legte mir ihre Hand auf die Schulter.

„Du bist jetzt sehr aufgewühlt, nicht wahr? Sich zu erinnern öffnet immer Türen. Über Geschehenes noch einmal zu reflektieren bringt Antworten, doch es wirft auch immer Fragen auf. Ich zeige dir auf dem Weg zum Speisesaal, wo du die Informationen finden kannst, die du suchst. Sofern sie gespeichert sind.“

„Was ist mit meiner Kindheit. Daniel, Aleke und ich. Gibt es darüber etwas?“

„Oh ja. Ich habe das archiviert. Doch ich ahne, dass die Dinge, die du dort erfahren wirst, nicht zu den Antworten führen werden, die du suchst. Manchmal dauert es lange zu verstehen.“

Innerlich seufzend stellte ich mir die rhetorische Frage, wie es denn auch anders sein sollte. Schließlich gab bisher jedes Puzzlestück nur weitere Rätsel auf und keine prompten Antworten. Ich brauchte doch nur daran zu denken, wie lange es gedauert hatte, bis Daniels Geheimnis vor mir lag. Oder, dass eine Reise in meine Kindheit erst offenbarte, dass es sich dabei gar nicht um eine neue Information handelte. Nicht zu vergessen die Entdeckung und Erforschung meiner Begabungen, die, wie mein Aufenthalt hier bewies, noch immer nicht abgeschlossen waren. Warum sollte es nun in Bezug auf die Kindheitsfreundschaft zwischen Daniel und mir anders sein? Nichtsdestotrotz würde mich nichts davon abhalten, trotzdem Nachforschungen anzustellen.

Auf dem Weg zum Speisesaal versuchte ich, mir alles genau einzuprägen. Da Sophie wesentlich langsamer unterwegs war als Aleke und dabei – abgesehen von Erklärungen, welche Räume sich hinter welchen Türen verbargen – schwieg, war das auch einfacher als zuvor mit meiner Freundin. Ob es mir gelingen würde, mich zurechtzufinden, würde sich später erweisen.

Im Nachhinein betrachtet hätte ich den Speisesaal auch allein gefunden. Der gut zwei Meter breite offene Eingangsbereich hob sich markant von all den immer gleichen Türen ab und war nicht zu übersehen. Außerdem brauchte man, hatte man erst einmal die richtige Richtung eingeschlagen, lediglich dem Geruch zu folgen, der mir das Wasser im Mund zusammenlaufen ließ. Hmm ... das roch wirklich köstlich. Und mein Magen knurrte auf einmal, als wolle er mich darauf aufmerksam machen, dass ich ihn vernachlässigt hatte. Und tatsächlich, der Tag war wie im Flug vergangen. Hatte ich überhaupt schon etwas zu mir genommen? Nein, das hatte ich nicht. Nicht einmal ein Croissant bei der Überfahrt. Kein Wunder, dass mein Magen knurrte.

Der Speisesaal glich einer modernen Cafeteria. Er war nur etwas gemütlicher, nicht so steril. Eine Fensterfront über die gesamte Länge öffnete den Saal zum Wald hin und zusammen mit dem verglasten Dach ergab dies den Eindruck, man säße im Freien. Das Mobiliar intensivierte dieses Empfinden, denn es waren Stücke aus Korb, Bananenblatt und Holz, die man eher draußen oder in einem Wintergarten finden würde, als in einer herkömmlichen Cafeteria. Grob überschlagen hätte ich die Zahl derer, die in anregende Gespräche vertieft ihre Mahlzeit zu sich nahmen, auf etwa 50 geschätzt – und beinahe noch einmal so viele standen geduldig in der Schlange vor dem Buffet.

„Da bist du ja!“, hörte ich nun Aleke, die hinter uns aufgetaucht war. „Komm, wir stellen uns gleich an, bevor die Schlange noch länger wird.“

„O.K.“

Wir folgten meiner Freundin und ich fragte mich, ob ich Sophie etwas mitbringen sollte, damit sie sich derweil setzten konnte. In ihrem Alter war es gewiss nicht einfach, die ganze Zeit zu warten, bis man an der Reihe war. Dass sie nicht mehr so gut zu Fuß war, hatte ich ja bereits feststellen können. Doch zu meiner Überraschung schritt die betagte Dame einfach an uns vorbei, nachdem wir uns eingereiht hatten und wählte lieber das vordere Ende der Schlange.

„Das Privileg der Alten“, kommentierte Aleke schulterzuckend meinen fragenden Gesichtsausdruck. „Das ist hier so. Wir sind froh, dass sie bei uns sind und machen es ihnen so einfach wie möglich.“

Das gefiel mir. Ein Blick durch die Runde und ich bemerkte, dass es hier viele ältere E.L.F. gab. Sogar einige, die gewiss schon zu Zeiten des 1. Weltkriegs am Leben waren. Doch wirkten sie hier erstaunlich agil. Sie plauderten, lachten und scherzten. Nichts erinnerte an das Altenheim-Flair, von dem ich Zeuge werden durfte, als wir mit der Schule im Rahmen eines Sozialprojekts einen Tag dort helfen sollten. Keine traurige Grabesstille, keine gehetzten, überarbeiteten Pflegerinnen. Sicher, im Heim gab es auch einige, die Scrabble spielten oder draußen auf der Bank mit guten Freunden ein Schwätzchen hielten. Doch dort war dies die Ausnahme – hier anscheinend die Regel.

„Das Buffet am Abend ist die einzige feste Konstante hier – was das Essen betrifft“ , erklärte Aleke, womit sie meine ungeteilte Aufmerksamkeit hatte. „Ansonsten steht aber den ganzen Tag Obst bereit. Und Getränke kannst du auch immer holen.“

„Du meinst, es gibt kein Frühstück?“ Alekes belustigtem Gesichtsausdruck zufolge klang das panischer als gedacht. Aber nun einmal im Ernst: Kein Frühstück? Ich ahnte jetzt schon, dass ich den ganzen Tag Hunger haben würde.

„Und keinen 11-Uhr-Imbiss, kein Mittagessen und keinen 4-Uhr-Tee“, kommentierte Aleke grinsend und stellte mich damit hin wie einen erbosten Hobbit. „Du gewöhnst dich dran. Der Körper stellt sich recht schnell um. Und wie gesagt: Obst gibt es immer.“

Nach dieser Mitteilung fiel die Portion auf meinem Teller größer aus, als dies gewöhnlich der Fall gewesen wäre. Hobbit oder nicht: Ohne Frühstück würden die Tage für mich hier sehr lang werden.

Wir nahmen an einem der größeren Tische Platz, an dem sich schon andere ihr Essen schmecken ließen. Es waren Ilva, das Mädchen aus dem Garten, und ein gewisser Tom, ein kleiner, unscheinbarer Mann, der sich jedoch gleich verabschiedete und augenzwinkernd meinte, dass ich den Weg zu ihm gewiss noch finden würde. Was auch immer das bedeuten sollte. Ilva erzählte mir gern von ihrer Begabung, nachdem ich sie neugierig danach gefragt hatte. Sie erkannte einfach, worin das Problem einer jeden Pflanze lag und vermochte es, quasi aus dem Nichts, ihr genau das zu geben. So entzog die kleine Naturelfe der Umgebung, was nötig war und transportierte es zur Pflanze. Gelegentlich wurde es zwar nötig, von woanders etwas heranzuschaffen, doch in der Regel genügte schon ein Spaziergang in der Umgebung, um zu finden, was ihrem jeweiligen Sorgenkind fehlte. Eindrucksvoll demonstrierte das Mädchen, wie sie die Rose in der kleinen Vase auf dem Tisch, die den Kopf traurig hängen ließ, aufleben ließ, als hätte man sie gerade erst gepflückt. Aleke meinte später, dass die Kleine in mir ihr perfektes Opfer gefunden hätte. Sie zeigte so gern, was sie konnte, doch hier war keinem mehr neu, was sie vermochte. Meine Freundin ahnte, dass sie mich in den kommenden Tagen begeistert so ziemlich die komplette Palette ihres Könnens sehen lassen würde. Bei einer solch ästhetischen Begabung konnte ich mich darauf ja wirklich nur freuen.

Die Eindrücke des ersten Tages beeinflussten meine Träume und sorgten für eine recht unruhige Nacht. Ich hatte mich mit Aleke nicht verabredet, war einfach davon ausgegangen, dass sie mich gewiss abholen würde, doch als nach einer ausgiebigen Dusche um kurz vor neun noch nichts von ihr zu sehen war, beschloss ich, meine neue Umgebung auf eigene Faust zu erkunden.

Schon nach Kurzem begegnete ich Personen, die ich schon einmal gesehen hatte. Ein Zufall war das freilich nicht, denn auf der Suche nach etwas, das mir verraten würde, wo ich mich gerade befand, war ich im Garten gelandet, in dem Ilva und Liz zugange waren. Ilva freute sich sehr mich zu sehen, lief mir hopsend entgegen und zog mich am Ärmel, um mich zu ihrer Mentorin zu führen.

„Hallo Lioba“, wurde ich freundlich von Liz begrüßt, „wenn du Sophie suchst, bist du definitiv falsch abgebogen.“

„Hallo Misses ... ähm Elisabeth, freut mich, dich kennenzulernen. Ich ...“

„Liz“, unterbrach mich die kleine, sanfte Dame sogleich. „Nenn mich einfach Liz.“

Ich nickte lächelnd.

„Verzeihung. Es fällt mir etwas schwer ... ähm ... jemanden einfach beim Spitznamen zu nennen, der ...“

„Alt ist?“ Liz lachte, pflückte eine Margerite und reichte sie mir. „Ist schon gut. Wie wir von außen aussehen, sagt nichts darüber aus, wie alt wir im Innern sind. Ich bin übrigens heute früh wieder 16 geworden und warte sehnsüchtig darauf, wie die spannende Geschichte zwischen einer gewissen Leelee und ihrem Daniel weitergeht.“

Perplex runzelte ich die Stirn. „Was? Wie meinst du das?“

„Na, du hast unsere gute Bibliothek gestern mit dem Beginn eurer Lovestory beglückt. Du kannst dir nicht vorstellen, was für ein Andrang heute früh an den Lesegeräten herrschte!“

„Du meinst, das hat inzwischen fast jeder hier gelesen?“

Ich konnte nicht verhindern, bei dieser Vorstellung zu erröten. Schließlich hatte ich auch nicht ausgelassen, was diese erste Begegnung damals mit mir angestellt hatte. Natürlich war mir dabei klar, dass diese Informationen damit öffentlich zugänglich wären – zumindest hier – doch ich war davon ausgegangen, dass sich damit der Rat und nicht gleich ganz Dhun Gharsain beschäftigen würde.

„Natürlich! Eine so lebendig erzählte Geschichte. Das spricht sich rum. Alle stürzen sich darauf. Manche denken, du bist verrückt, aber ich persönlich halte das Ganze für unglaublich romantisch und bin seitdem – wie gesagt – wieder 16 Jahre alt.“

Im Augenwinkel bemerkte ich, dass Ilva sich schmollend auf der niedrigen blauen Holzbank niedergelassen hatte und wendete mich fragend zu ihr um.

„Und ich darf noch nicht“, motzte die Kleine. „Sie sagen, deine Geschichte ist noch nichts für mich.“

Na ja ... Unrecht hatten sie damit nicht. Doch ich fand schnell einen Weg, das Mädchen aufzuheitern, indem ich sie dazu aufforderte, mir ihre Beete zu zeigen.

Der Garten war größer als er auf den ersten Blick aussah. Die beiden Naturelfen bauten hier das gesamte Obst und Gemüse für Dhun Gharsain an. Rund um das Jahr. Und dabei war es völlig egal, ob es Avocados im tiefsten Winter oder Trauben im Frühling sein sollten. Was immer die beiden anbauten, trug schon bald reichlich Früchte.

„Möchtest du denn heute gar nicht zu Sophie?“, fragte Liz nach einer Weile. Ich konnte es mir nicht verkneifen, in mich hineinzukichern. Die alte Dame war wirklich gespannt darauf, wie es weitergehen würde.

„Schon. Aber eigentlich war ich auf der Suche nach Aleke. Müsste ich nicht mal zum Rat, oder so? Außerdem ist da ja noch mein Problem. Daran wollte ich eigentlich mit ihr arbeiten.“

Liz schüttelte den Kopf. „Ach Kindchen, immer schön eines nach dem anderen. Was solltest du beim Rat, wenn er sich noch gar kein Bild machen konnte? Und was dein Problem betrifft: wenn es hier eine Lösung gibt, wird sie dich finden. Keine Sorge.“

„Sie wird mich finden?“

„Natürlich! Wenn du magst, wird Ilva dir den Weg zeigen. Sie bringt gleich einige Pflanzen ins Labor und bei Sophie vorbei zu gehen, ist nur ein kleiner Umweg."

„Au ja!", kommentierte die Kleine begeistert und begann sogleich damit, mir halb verdorrtes Grünzeug in die Arme zu drücken. „Aber nicht, dass du die tötest, ja? Im Augenblick haben sie ganz genau das gewünschte Stadium der Verrottung erreicht, also entziehe ihnen bitte nichts, ja?"

„Keine Angst, ich glaube, bei Pflanzen kann ich das gar nicht", beruhigte ich das um seine Lieblinge besorgte Kind, das darauf lachend den Kopf schüttelte.

„Hahaha, das ist lustig."

„Warum ist das lustig?"

„Weil es für sie als Naturelfe das Einfachste der Welt ist", erklärte Liz. „Dass du, wesentlich begabter, es nicht vermagst, ist in der Tat erheiternd. Als wir erfuhren, worin dein Problem liegt, dachten wir, dass es doch so ähnlich sein müsste, wie den Pflanzen Leben zu entziehen. Zumal du selbst unsere Gabe in dir trägst, denn du erreichst den Einklang. Das können nur Naturelfen."

„Ihr seid diejenigen, die den Einklang mit der Natur erreichen?"

Blöde Frage. Wer sonst, wenn nicht die Beiden.

Liz lächelte, neigte den Kopf zur Seite und sah mich milde an. „So wie du diejenige bist, die zu jeder Frage eine Gegenfrage hat."

Oh ... ja, das stimmte wohl. Vor allem, seit ich an diesem wundersamen Ort weilte, der so fremd und gleichzeitig so vertraut für mich war. Fremd wegen all dem Neuen und vertraut, weil es so sehr ein Teil von mir war, dass ich es gar nicht beschreiben konnte. Ilva zeigte mir den Weg zu Sophie und zum ersten Mal kam es mir so vor, als ob ich ihn auch ohne ihre Hilfe gefunden hätte. Dabei plauderte das Mädchen unentwegt, was sich als sehr aufschlussreich erwies. Sie erzählte mir von den Pflanzen und weshalb sie im Labor gebraucht wurden, berichtete über die Elfen, die an Heilmitteln forschten und eine Menge ‚*Chemiekram*' machten, von dem Ilva nichts verstand und erwähnte, wie sehr sie es hasste, trotzdem etwas darüber lernen zu müssen, weil sie in gewissen Abständen Prüfungen abzulegen hatte. Zwar durften Kinder in Dhun Gharsain unterrichtet werden, doch die staatlichen Prüfungen mussten sie dennoch ablegen. Aleke hatte Ida schon am Telefon davon in

Kenntnis gesetzt, dass mir das ebenfalls blühte. Schließlich befand ich mich ganz offiziell in einem Austauschjahr (so hatten wir das mit der Schule geregelt), die einzige Möglichkeit, für längere Zeit Dhun Gharsain aufzusuchen.

Sophie hatte mich schon erwartet und es dauerte nicht lange, da war ich abermals vollends von den Ereignissen der letzten beiden Jahre gefesselt. Da sie sich niemals Notizen machen musste, blieben wir dabei nicht in ihren Räumen, sondern spazierten durch den gesamten Komplex. So vergingen die ersten Tage wie im Fluge und schon nach kürzester Zeit kannte ich mich bestens aus. Auch an das seltsame Speiseverhalten gewöhnte ich mich nach einigen Tagen des Unbehagens und freute mich dafür umso mehr auf das abendliche Beisammensein zu den leckersten Köstlichkeiten.

Es war ein innerer Trieb, der mich eines Morgens nicht den Weg zur Bibliothek, sondern in eine ganz andere Richtung hatte einschlagen lassen. Freilich ahnte ich nicht, wohin dieser Antrieb mich denn führen würde, doch als ich ihn spürte, erinnerte ich mich an Liz Worte, die Lösung des Problems würde mich finden. Also folgte ich meiner Eingebung und fand mich unversehens vor einer Tür wieder, von der ich absolut nicht wusste, was sich dahinter verbarg.

„Da ist ja unsere Kung Fu Kämpferin. Ich wusste, du würdest den Weg in mein Allerheiligstes finden“, wurde ich von hinten angesprochen, als ich gerade überlegte, ob ich klopfen oder einfach eintreten sollte. Es war Tom, der Mann, den ich an meinem ersten Abend im Speisesaal kennengelernt hatte. „Immer hinein, junge Dame. Auf so viel Talent bin ich ziemlich gespannt. Wie ich gelesen habe, hattest du schon zweimal das zweifelhafte Vergnügen, dich mit Latène anlegen zu müssen und bist gut dabei weggekommen.“

Den letzten Teil seiner Worte konnte ich nur mit einem Stirnrunzeln kommentieren. Gut dabei weggekommen? Im ersten Fall wäre ich ohne Daniel vermutlich gar nicht mehr am Leben und was Selena betraf: Auch wenn ich letzten Endes den Sieg davongetragen hatte, so war ich doch zuvor von ihr ziemlich schlimm zugerichtet worden.

Mein Blick musste Bände gesprochen haben, denn Tom lachte lauthals auf, öffnete mir die Tür und deutete mir einzutreten.

„Keine Sorge, zumindest bei deinem Problemchen auf der Matte kann ich dir helfen.“

Oh, die Lösung dieses Problems sollte mich also an diesem Tage finden. Die Blockade. Und ich hatte schon gehofft, endlich wieder einen Menschen gefahrlos berühren zu können. Nun, das erklärte zumindest meinen Aufzug. Zu Trainingskleidung hatte ich nicht mehr gegriffen, seit ich nach Dhun Gharsain aufgebrochen war. Und selbst davor bestenfalls zum Joggen. Kampfsport war für mich, seit dem Vorfall mit Runa und der späteren Wiederholung mit Daniel, nicht mehr in Frage gekommen. Zu groß war die Gefahr, mein Gegenüber dabei durch meine neue Begabung schwer zu verletzen. Natürlich hatte sich mein Trainer über mein Fernbleiben gewundert. Magnus war keine passende Ausrede eingefallen, doch Ida erklärte ihm einfach, ich sei derzeit *indisponiert*. Was auch immer das bedeuten sollte. Jedenfalls ging aus ihren Worten unmissverständlich hervor, dass es keine weitere Erklärung geben würde und das genügte.

Nachdem ich erfahren hatte, dass sich Toms Allerheiligstes hinter der Tür befand, wunderte ich mich auch nicht über die kleine Sporthalle, in der ich mich nun wiederfand. Obwohl Sporthalle es nicht ganz traf. Keine Sprossenwände, keine Seile, keine hochgeklappten Tore oder Basketballkörbe. Stattdessen war hier alles auf Kampfsport ausgerichtet.

„Das ist ja ein richtiges Dojo!“, entfuhr es mir begeistert, denn ich hatte mir schon immer insgeheim gewünscht, mal an so einem Ort trainieren zu können. Es war so viel authentischer als eine Gemeindesporthalle, in der man erst einmal die Tischtennisplatten wegschieben musste, um an den Boxsack zu kommen.

„Ist nicht wahr!? Bist du sicher!?“, nahm Tom mich auf die Schippe und lachte.

Er war mir sympathisch. Auf seine Art. Irgendwie erinnerte er mich an Magnus – auch wenn ich für meinen besten Freund nicht hoffte, dass er mit den ungefähr vierzig Jahren, die Tom hinter sich hatte, ebenfalls schon eine Halbglatze haben würde. „Ich beginne den Tag immer mit etwas meditativer Gymnastik. Möchtest du mitmachen?“

Das wollte ich gern. Doch bevor wir begannen, kamen noch einige weitere Akteure hinzu, die ziemlich schnell ihre angestammten Plätze eingenommen hatten. Ich stellte mich etwas seitlich hinter Tom, der, nachdem er sich überzeugen konnte, dass alle bereit waren, mit einer Übung begann, die Ähnlichkeit mit einer Kata aufwies, die ich einmal lernen musste. Doch es fehlten die Kick- oder Sprungelemente darin. Und alles wurde sehr langsam und konzentriert ausgeführt. Wenn ich mir das so betrachtete, musste es sich um Gigong handeln. Oder so etwas Ähnliches. Ich wusste nicht viel darüber, doch Einiges schien mir, als hätte ich es in meinem ganzen Leben noch nicht gesehen und gerade diese Bewegungen hatten eine verblüffende Wirkung. Es war vergleichbar mit Träumen, in denen man plötzlich eine umfassende Erkenntnis erlangte, die just im Augenblick des Erwachens wieder verlorenging. Man wusste gerade eben noch etwas wirklich wichtiges, doch nun nicht einmal mehr, worum es sich handelte. So zeigten sich auch manche der seltsamen Bewegungsabläufe. Als ob kurz ein Fenster aufgestoßen wurde und man denkt: Ja! Das ist es! Und ist die Bewegung beendet, entfleucht die Erkenntnis und man weiß nicht einmal mehr, was gerade so klar vor einem lag. Eine seltsame Erfahrung, die durch diesen wiederholenden Wechsel von Gewinnen und Verlieren oder Erkennen und Vergessen dazu führte, dass man zwischen himmelhochjauchzend und am Boden zerstört hin und her schwankte, bis man nach und nach seine eigene tief beruhigende Mitte darin fand.

Als Tom zum Ende gekommen war und die meisten der Anderen das Dojo verließen, war ich so ruhig und mit mir selbst im Reinen, wie ich es vermutlich in meinem ganzen Leben noch nicht gewesen war. Nicht einmal in den Augenblicken absoluter Klarheit im Einklang mit der Natur, denn die Suche nach dieser Klarheit, ja, sogar die Suche nach Antworten im Allgemeinen war bedeutungslos. Ich ahnte jedoch, dass dieser Zustand nicht lange anhalten würde und fühlte, dass ich ihn allein dadurch, dass ich ihn analysierte, schneller verscheuchte. Doch was sollte ich tun? So war ich nun einmal. Noch immer gelang es mir äußerst selten, dies zu unterlassen.

Tom erklärte mir, dass andere vor ihm diese Übungen konzipiert hatten, angelehnt an die alte chinesische Bewegungsform, jedoch spezialisiert für die E.L.F. Das war auch seine Begabung. Zu erkennen und umzusetzen. Den Körper und den Geist in Einklang zu bringen. Doch auch er musste die Frage, ob er den Zustand aufrechterhalten konnte, verneinen. Festzuhalten war er nicht, denn

sobald man es versuchte, verlor man ihn. Dazu wären viele tägliche Einheiten nötig und Tom fand das Leben viel zu interessant, als dass er nicht daran teilhaben wollte, wie er mich wissen ließ.
„Außerdem ist es zwar schön, den ultimativen Mittelpunkt gefunden zu haben, doch auf Dauer in gewissem Maße unbefriedigend."

„Unbefriedigend?" Das wollte mir ja gerade gar nicht einleuchten.

„Ich zum Beispiel nehme gern mal jemanden auf den Arm, lache herzhaft und bin sauer, wenn ich selbst einem Streich aufsitze. Ich streite mit meiner Gefährtin, dass die Wände wackeln und habe mit ihr die tollsten Versöhnungsexzesse, die man sich vorstellen kann. Verstehst du? So tief der innere Frieden auch sein mag, der durch die Bewegungen herbeigeführt werden kann: Ich ziehe es vor, euphorisch auf einer Bergklippe zu stehen, um dann ins Bodenlose herabzufallen. Sinnbildlich gesprochen. Die Extreme sind mir lieber."

„Aber dann übst du deine Begabung zwar aus, bevorzugst jedoch das Gegenteil von dem, was sie bewirkt?"

Um mit dieser Diskrepanz klar zu kommen, musste Tom einen weitaus tieferen Frieden in sich tragen als ihm bewusst war.

„Warum wundert dich das?", entgegnete er. „Wie ich gelesen habe, gehst du doch auch nicht mit Alveradis Lebenswandel konform und doch bist du praktisch ständig mit ihr verbunden. Und zwar wesentlich intensiver als mit anderen Vorfahren, die eher deinen Vorstellungen von Moral entsprechen. Elfen, die nicht töteten oder ihr Volk verrieten und doch ist es Alveradis, mit der du dich verbindest."

„Das ist etwas anderes. Ich habe nicht die Wahl. Alveradis ist einfach da."

„Du kannst es nicht bewusst steuern?"

„Sie war von Anfang an präsenter als andere. Ihre Erinnerungen kommen unwillkürlich. Genau wie die Mauer, die sich im Kampf einfach hochzieht, um mich zu schützen."

„Gutes Stichwort", fand Tom, der wie ich weit vom eigentlichen Grund meines Aufenthalts im Dojo abgekommen war. Während die anderen sich auf der Matte austobten, schlug Tom mir vor, mit großen Bambusstangen zu trainieren. Das war neu für mich. Training mit Waffen stand bei uns im Verein nicht gerade auf der

Tagesordnung. Doch so war die Gefahr, Tom die Lebensenergie abzusaugen, wesentlich geringer.

Ich sollte bald erkennen, weshalb er diese Art der Selbstverteidigung gewählt hatte, denn er bewegte sich schnell und geübt und landete bei nahezu jedem Angriff schmerzhafte Treffer. Rasch wurde mir klar, dass ich dem nichts entgegenzusetzen hatte, was die Blockade umgehend auf den Plan rief. Wie von selbst warf ich die Stange weg, konterte die nächsten beiden Angriffe mit dem Unterarm und setzte zu einem Kick auf den Solarplexus meines Gegenübers an, der dem nur entging, indem er sich rasch zurückbewegte.

„Das ist sie“, kommentierte er die Anwesenheit der Mauer. „Und nun fühle sie, so lange sie da ist. Spüre, wie sie sich anfühlt. Und vor allem: Konzentriere dich auf das Gefühl, das entsteht, wenn sie in sich zusammenfällt.“

Was Tom von mir verlangte, war ungemein schwierig. Ich fühlte den Schutz der Blockade und erhaschte erneut die Siegessicherheit, die so köstlich verführerisch anmutete. Diese Empfindungen waren jener der Schattenseite so ähnlich, dass ich befürchtete, vom Weg abzukommen und innerlich sozusagen einen Schritt zurück machte. Den Zusammenfall zu spüren vermochte ich nicht – abgesehen von dem Schmerzempfinden, welches plötzlich wieder einsetzte.

„Autsch“, entfuhr es mir. „Du hast ziemlich hart zugeschlagen.“

„Wie hätten wir die Mauer sonst hochziehen sollen? In deinem Fall regiert sie nun mal darauf. Das hast du ihr durch dein Hobby antrainiert.“

„Ich kann sie auch gegen andere Gaben einsetzen. Vielleicht hätten wir das versuchen sollen.“

Motzend setzte ich mich auf den Fußboden und schob das linke Hosenbein hoch, um mir die Bescherung anzusehen. Toll. Mein Schienbein würde spätestens am nächsten Tag die Farbe von Pflaumen angenommen haben.

„Schon möglich. Aber da wäre ich der falsche Ansprechpartner gewesen und zu mir hat es dich heute früh geführt.“

Oh ... ja ... das stimmte. Trotzdem sah ich nicht, dass mir dieser Besuch etwas gebracht hätte. Tom schlug vor, nach Möglichkeiten zu suchen, die Mauer zu nutzen. Er empfahl, sie möglichst häufig einzusetzen um zu lernen, was genau geschieht, wenn sie fällt. Ihm selbst ist es vor vielen Jahren gelungen, den Block aus dem vegetativen System in sein bewusstes Selbst zu verlegen. Dadurch, dass er den Zerfall zu verstehen lernte, vermochte er es nun zu verhindern, dass der Block sich in einer Notsituation von selbst aufbaute. Wenn mir das gelänge, könnte ich sogar wieder an Turnieren teilnehmen - sofern mein zweites, weitaus größeres Problem ebenfalls gelöst wäre.

„Caiden wird nicht begeistert sein, dass ich ständig den Block einsetze", äußerte ich die Befürchtung eines weiteren Zusammenstoßes mit ihm. „Er findet mich ohnehin zu laut."

„Caiden? Der ist doch schon seit einer ganzen Woche wieder weg. Der hält es hier nie lange aus."

Diese Neuigkeit machte mich traurig. Ich kannte ihn nicht gut und war davon ausgegangen, dass er mir einfach aus dem Weg gegangen war, weil er meine Begabungen nicht ertragen konnte. Trotzdem hätte ich mich gern noch einmal mit ihm unterhalten. Seine Forschungen über das energetische Band waren interessant. Und nun wusste ich nicht, ob ich ihn überhaupt noch einmal sehen würde. Ich fragte Aleke beim Abendessen, wann er vorhatte wiederzukommen, doch sie antwortete mit unwissendem Schulterzucken. Schade. Doch andererseits brauchte ich dann wenigstens kein schlechtes Gewissen beim Einsatz meiner Begabungen zu haben.

In den folgenden Tagen versuchte ich mich immer wieder an der Mauer – oder besser gesagt: am kontrollierten Abbau derselben. Gelingen wollte es mir zwar nicht, dafür provozierte es eine Menge lustiger Situationen. Zum Beispiel, als ich Ilva daran hinderte, mich zu überraschen. Sie sah schon fast so aus, als ob sie die Fuge im Bruchsteinmauerwerk, das eines der Beete umrandete, zu hypnotisieren versuchte, so angestrengt starrte sie dort hin, um ein Stiefmütterchen heraussprießen zu lassen, dessen Samen sie dort spürte. Erst als ich mir das Lachen nicht mehr verkneifen konnte, gab sie es auf und schubste mich kräftig in die Seite. Oder das andere Mal, als ich mit Aleke einen Spaziergang in der Umgebung machte und sie mir von früher erzählen wollte. Damals, als unsere Mütter noch dicke Freundinnen waren. Ich nutzte die Mauer, um Aleke daran zu hindern, auf ihr genuines Gedächtnis zuzugreifen und sie vergaß, was sie eigentlich sagen wollte. Ich verstand es immer besser, den Block gegen alle möglichen Begabungen und nicht nur zu meinem Schutz einzusetzen. Doch das, was ich eigentlich herausfinden wollte, blieb mir verschlossen. Ich erkannte einfach nicht, wie ich ihn nicht einsetzen konnte. Die Blockade sozusagen in den Offline-Modus zu versetzen, schien unmöglich zu sein. Da halfen auch weitere Stunden bei Tom nichts.

Bei Sophie war ich inzwischen bei dem Grund meines Aufbruchs hierher angelangt. Nur noch wenige Stunden und meine Geschichte wäre erzählt. Obgleich Aleke demnach über gewisse Verwicklungen und Verwandtschaftsgrade im Bilde war, hatte sie sich deswegen nichts anmerken lassen. Vielleicht hatte sie es selbst aber ohnehin längst geahnt. Daniel vermutete, dass sie vielleicht meine Erzählungen durch ihre Meinung einfach nicht beeinflussen wolle. Das schien mir plausibel zu sein. Mit ihm sprach ich beinahe jeden Abend. Er fehlte mir so sehr. Obwohl ich mich in Dhun Gharsain ausgesprochen wohl fühlte, könnte ich es gewiss niemals ertragen, für länger hier zu leben, denn die Sehnsucht würde mich vermutlich krank machen.

Nicht lange, nachdem ich mich eingefunden hatte, hatte ich die so genannte Infothek aufgesucht und nach Einträgen über Daniel gesucht. Daniels Eltern waren Latène. Aber das war mir schon vorher bewusst, schließlich war es die Blutlinie, die meinen Freund so lange davor bewahrt hatte, den Eid abzulegen ... na ja, bis ich völlig naiv in Ariax Reich gestolpert war und nicht im Geringsten dabei einkalkuliert hatte, dass unser Möchtegernfürst dies gegen Daniel verwenden könnte. Die Einträge, die mir also nichts Neues offenbarten, waren jedoch mit Zeitungsausschnitten unterlegt, die meine Aufmerksamkeit weckten. Das Bild vom ausgebrannten Fahrzeug meiner Eltern zu sehen, brachte ein verstörendes Gefühl hervor. Die sachliche Schilderung über den Tod der beiden Menschen, die ich so sehr geliebt hatte, tat ihr Übriges.

Doch ich schob das von mir und widmete mich einer ganz kleinen Meldung, die ich beinahe übersehen hätte. *Junge vermisst.* Schon beim Lesen der Überschrift war mir klar, um wen es sich handelte, doch als ich die gesamte Bedeutung des unscheinbaren Fünfzeilers erfasste, konnte ich nur noch fassungslos auf den Bildschirm starren: Am Tag des Unfalls war Daniel verschwunden. Der Bericht war viele Tage später veröffentlicht worden und bis zu diesem Zeitpunkt war er noch immer nicht wieder aufgetaucht. Umgehend suchte ich Aleke auf und befragte sie deswegen, doch sie konnte mir lediglich mitteilen, dass Daniel nicht wieder aufgefunden worden war, so lange sie noch dort war – also wenige Tage nach meiner

Abreise. Nur dass seine Mutter noch immer dort lebte, wusste sie. Doch es gab niemals eine groß angelegte Suchaktion. Selbstverständlich nicht. Den Latène war gewiss nicht daran gelegen, Staub aufzuwirbeln. Doch weshalb hatte Daniel mir das nie gesagt? Er war mir bei meinen Fragen danach, wie es ohne mich weitergegangen war und ob Freunde aus dem Kindergarten oder Nachbarn sich nach mir erkundigt hatten, einfach ausgewichen. Weshalb hatte er verschwiegen, dass er diese Dinge gar nicht wissen konnte? Nicht wissen konnte, weil er nie wieder nach Hause zurückgekehrt war. Was war damals nur geschehen? Und wie war er dann schließlich bei den Latène gelandet?

Wie Sophie es prophezeit hatte, brachte ein Blick in die Aufzeichnungen nicht das Resultat, das ich mir wünschte. Doch ich wusste, wenn ich Daniel mit dem konfrontieren würde, was ich herausgefunden hatte, würde mich das ebenfalls kein Stück weiterbringen. Also beschloss ich, erst einmal gar nichts zu unternehmen, bis sich ein weiteres Puzzleteil hinzufügen würde – und das dies geschehen würde, stand außer Frage. War es doch in der Vergangenheit immer so gewesen.

Eines Morgens fand ich ziemlich überrascht einen Einschreibebrief an meiner Zimmertür vor, den Sarai angenommen hatte. Sarai war Wandlerin, was nicht etwa etwas mit Verwandlungen zu tun hatte, wie man vielleicht annehmen würde. Nein, es war vielmehr so, dass sie schlafwandelte. Am Tag kümmerte sie sich um alltägliche Belange im Haus. Sie half oft bei der Zubereitung der Speisen, meldete sich freiwillig zum Saubermachen oder nahm – wie an jenem Morgen – die Post an. Man käme nicht auf die Idee, sie sei eine E.L.F., wäre da nicht der Umstand, dass sie nachts, sobald sie eingeschlafen war, aufstand und schnurstracks das Labor aufsuchte, um eifrig zu forschen. So manche Entdeckung war ihr bereits gelungen, doch die wache Sarai hatte mit Chemie so wenig am Hut wie Ilva. Mich erstaunte, dass sie damit zufrieden war. Ich bewunderte, mit welchem Gleichmut sie ihre Situation einfach hinnahm ohne dahinterkommen zu wollen, warum sie des Nachts ein so markant anderer Mensch war als am Tage. Einige Nächte hatte ich ihr über die Schultern geschaut und vieles gelernt.

Ich öffnete den Brief und grinste. Mein Führerschein! Zwei Tage vor meiner Abreise hatte ich sowohl die praktische als auch die theoretische Prüfung abgelegt und eine vorübergehende Fahrerlaubnis erhalten. Nun, ein paar Wochen später, war dieses Stück Plastik in Scheckkartenform an meine Adresse zu Hause geschickt worden und Mama Ida hatte den Brief sofort an mich weitergeleitet. *Viel Spaß beim Erkunden der Umgebung!,* stand auf dem einzigen kleinen Zettel, der beilag. Lächelnd strich ich über die Buchstaben. Oh ja, den würde ich gewiss haben. Zwar war ich einige Male mit Aleke unterwegs gewesen, die mir schon ganz wundervolle Orte gezeigt hatte und hatte auch mit Nour, einem anderen *Geist*, und Ilva Exkursionen in die nähere Umgebung unternommen, doch nun ganz allein Erkundungen anzugehen, war ein großer Reiz für mich.

Erst als die Tür hinter mir ins Schloss gefallen war und ich gerade gehen wollte, bemerkte ich einen gefalteten grünen Zettel. Auf solchen Zetteln übermittelte Sarai Botschaften, wenn sie etwas auszurichten hatte. Ich hob ihn auf und entfaltete ihn. *Du sollst Caiden anrufen,* stand darauf geschrieben. Darunter eine Handynummer. Caiden? Weshalb sollte er mit mir reden wollen? Vielleicht war ihm ein Durchbruch in seinen Forschungen mit dem Energieband gelungen und er wollte mir davon erzählen. Schließlich teilte ich seine Ansicht und hatte mit dem Band gute Erfahrungen. Ich zog das Handy aus der Gesäßtasche und wählte im Gehen die angegebene Nummer.

„Hallo Caiden“, grüßte ich ihn. „Hier ist Medusa. Ich sollte dich zurückrufen?“

„Witzig“, gab er spitz zurück. „Schön zu hören, dass du über Humor verfügst – und über die Fähigkeit, dir auch nebensächliches Geplauder im Sinn zu behalten.“

„Oh, scheint, als hätte ich da ein paar Intelligenzpunkte gut gemacht“, ging ich lachend darauf ein.

„Sei nicht albern. Sich etwas merken zu können, setzt nicht Intelligenz, sondern Konzentration voraus.“

Ich schnaubte und schüttelte grinsend den Kopf und fragte mich, ob er eigentlich merkte, dass er beleidigend war – und weshalb mir das egal war und ich ihn trotzdem mochte.

„Doch nun zum Grund meines Anrufs. Nach akribischer Verfolgung deiner schrecklich ausufernden Schilderungen ...“

„Schrecklich ausufernde Schilderungen?“

„Lass es mich vereinfachen: Ich nehme an, dein Bericht wurde als äußerst *lebendig* beschrieben?“

„Ja, das wurde er. Tut mir leid, wenn er dich gelangweilt hat."

„Es wäre deutlich effektiver gewesen, wenn du dich auf das Wesentliche konzentriert hättest, doch du wirst deine Gründe dafür gehabt haben, uns selbst am letzten Quäntchen deines Emotionsgewirrs teilhaben zu lassen. Da ich jedoch kein Freund erotischer Lektüre bin, war ich von diesbezüglichen Schilderungen und Andeutungen zwar nicht gelangweilt, wie du annimmst, sondern davon gestört. Beantwortet das deine Fragen? Dann könnten wir zum Grund meines Anrufs kommen."

Wieder einmal fragte ich mich, ob Caiden überhaupt atmete, während er all dies wie in einem einzigen Satz von sich gab.

„Ja, die hatte ich. Es ist mir enorm wichtig, dass man meine Beziehung zu Daniel versteht."

„Ich bin sicher, das ist dir gelungen."

Wow, nach all den versteckten Beleidigungen war das geradezu ein Lob aus seinem Mund.

„Doch es wird dir gewiss nicht bei deinem Problem helfen. Ich habe darüber nachgedacht und eigene Beobachtungen einbezogen. Da du dich noch an den Medusenvergleich erinnerst, kann ich davon ausgehen, dass dir auch der Umstand, wie unangenehm laut deine Begabungen sich mir darstellen, in Erinnerung geblieben ist."

„Natürlich."

„Gut. Obwohl ich dich darum gebeten habe, leiser zu sein, bist du dieser Bitte nicht nachgekommen, was ich dir, obwohl ich aufgrund deiner Erfahrungen mit dem energetischen Band und der mir unerklärlichen Tatsache einer gewissen Sympathieempfindung dir gegenüber, gern Zeit mit dir verbracht hätte, übrigens zuerst äußerst übel genommen habe."

Oh, das war ja mal eine interessante Form von *Ich kann dich gut leiden*. Aber es tat mir leid, dass Caiden dann wohl meinetwegen so rasch abgereist war.

„Entschuldige, ich wusste einfach nicht, wie ich leiser sein sollte."

„Nachdem ich deinen Bericht gelesen habe, war mir das bewusst. Du weißt nicht wie, weil du praktisch immer online bist – um es einfach auszudrücken."

„Wie meinst du das?"

Bezog er sich dabei auf die Mauer, die ich nicht daran hindern konnte, sich in Notsituationen zu meinem Schutz aufzubauen? Er wusste bestimmt davon, denn ich hatte mit Sophie darüber geredet.

„Nehmen wir zum Beispiel Aleke. Wenn sie nicht ihr genuines Gedächtnis zu Rate zieht, ist von ihr nicht ein einziger Laut zu vernehmen. Oder Sarai – kennst du Sarai?“

„Ja.“

„Solange sie wach ist, ist sie für mich die angenehmste Gesprächspartnerin, die ich mir vorstellen kann, obwohl der überragende Intellekt, über den sie nur während des Wandelns verfügt, weitaus ansprechender für mich ist. Du hingegen bist mir als Gegenüber immer unangenehm. Ich glaube nicht, dass es an deiner Stärke liegt, sondern vielmehr an der Vielzahl deiner Begabungen. Das führt meinen Forschungen zufolge nämlich dazu, dass es immer mindestens eine gibt, die aktiv ist. Nie sind alle inaktiv. Du setzt sogar jene ein, um den Einsatz einer anderen zu blockieren – statt diese einfach nicht einzusetzen.“

„Als ich sozusagen einen Schleier darüber legte, um die Vorahnungen fernzuhalten?“

Das war definitiv ein böser Fehler. So war es Ariax gelungen, sich an Runa heranzustehlen.

„Ja, ganz genau.“

„Aber Vorahnungen kann ich nicht abschalten. Die kommen einfach. Wie die Mauer.“

„Lioba, wie ich hörte, hat Tom schon versucht dich zu lehren, die Mauer aus dem vegetativen Bereich in den der bewussten Steuerung zu legen. Ich bin sicher, dass es auch mit den Ahnungen machbar ist. Du musst einfach einen Weg finden, die immense Vielzahl und Stärke deiner Begabungen deinem Willen zu unterwerfen. Dann wirst du sie auch abstellen können. Inklusive der Absorption.“

Das hörte sich für mich nach einer unlösbaren Aufgabe an. Außerdem hatte diese These einen entscheidenden Schwachpunkt.

„Wenn das alles so einfach ist, weshalb tust du es dann nicht? Weshalb stellst du deine Begabung nicht einfach ab?“

„Die Behauptung, es sei einfach, habe ich nie aufgestellt. Im Gegenteil bin ich sicher, dass es sich um ein sehr schwieriges Unterfangen handelt. Der Grund, weshalb es mir bisher nicht gelungen ist, liegt darin, dass ich bisher nicht in der Lage war, mein persönliches Grenzhindernis auszumachen. Eine Tatsache, die mir, da ich es gewohnt bin, durch gründliche Forschung allem auf den Grund gehen zu können, ziemlich unangenehm ist, weshalb ich dich bitte, mit dieser Information nicht hausieren zu gehen."

„Dein Geheimnis ist bei mir sicher, Caiden. Ich bin dir dankbar für deine Hilfe."

„Gern geschehen. Ich hoffe, du kannst diese Informationen zu deinem Vorteil nutzen."

Ob ich das könnte, würde sich zeigen. Zumindest war mir mein Grenzhindernis bekannt: die Analyse. Immer alles in Frage stellen zu müssen. Immer herausfinden zu wollen, was der Grund für diese oder jede Begabung war. Sicher, ich war darüber auch schon mehr als einmal hinweggekommen, in den Augenblicken im Einklang mit der Natur. Und da lag das Problem. Ich musste im Einklang sein, also beim intensiven Gebrauch einer Begabung, um alles andere loslassen zu können. Somit wäre ich wiederum nicht offline – um es mit Caidens Worten zu sagen –, sondern würde lediglich das Eine einsetzen, um das Andere auszuschalten.

Mit der Frage im Kopf, wie ich es anstellen sollte, meine Begabungen am Einsatz zu hindern, schlenderte ich ziellos durch die Gänge, bis ich mich schließlich im Gemüsegarten auf die Bank unter dem großen Rosenstrauch setzte und Liz bei der Arbeit zusah. Nach einer Weile leistete sie mir Gesellschaft und ich erzählte ihr von Caidens Schlussfolgerungen.

„Und wieder tust du es", sagte sie schließlich, holte einen Apfel aus ihrer Schürze, teilte ihn in der Mitte und reichte mir die Hälfte. „Du suchst angestrengt nach einem Weg, obwohl es gerade das ist, was du nicht tun sollst."

Seufzend biss ich in den Apfel. Mein Kopf fühlte sich vollkommen leer an. Da wollte sich einfach keine Lösung finden lassen.

„Habe ich dir, als du zu uns kamst, nicht gesagt, dass die Lösung dich finden wird, wenn es hier eine gibt?"

„Ja, das hast du. Aber wie soll das gehen?"

„Woher soll ich das wissen? Und weshalb sollte ich es wissen wollen? Lioba, hör auf dich das zu fragen. Du brauchst mal eine Pause. Geh mal raus und schalte ab. Etwa zwölf Kilometer südlich von hier gibt es einen traumhaften Flecken Erde, den du dir ansehen solltest."

Doch vorerst ging ich dieser Empfehlung nicht nach und suchte weiter nach einer Lösung. Ausspannen konnte ich immer noch und wenn es denn wirklich so war wie Liz sagte und die Lösung mich finden würde, wenn es sie hier gab, dann sollte ich auch besser hier sein und nicht Kilometer entfernt die Seele baumeln lassen.

Leider tat sich einfach nichts. Ich wartete, forschte, beendete meine Schilderungen bei Sophie, lernte von vielen E.L.F. dies und jenes, doch ich kam nicht einen Deut weiter, was den Grund meines Aufenthalts betraf. Es war zum verrückt werden und langsam wurde ich deswegen regelrecht hoffnungslos.

Eines Tages war Caiden wieder da und ich sah mir seine Ergebnisse über das energetische Band an, die ich sehr interessant fand. Da er meine Anwesenheit jedoch nicht lange ertragen konnte, beschloss ich schon einen Tag später, ihm eine Auszeit zu gönnen und Liz Rat anzunehmen – auch wenn der Abstand von 12 Kilometern die Lautstärke, mit der er mich vernahm, lediglich dämpfte, jedoch nicht unhörbar machte.

Stutzig betrachtete ich das schneeweiße, hauchdünne Sommerkleid, das Liz mir in die Hand drückte, ehe ich ging. Es war nicht nur ihre beharrliche Weigerung, mich in etwas anderem als diesem Kleid gehen zu lassen, die mich veranlasste, es tatsächlich zu tragen. Nein, es fühlte sich einfach an, als sei es das Richtige, es zu tragen. Also ging ich erst noch einmal zurück in mein Zimmer und sah kurz darauf in den großen Wandspiegel, den Nicolas, ein Seher, mir aus dem hauseigenen Fundus vorbeigebracht hatte. Sozusagen als Willkommensgeschenk – auch wenn es nur eine Leihgabe gewesen war. Seine Worte, er hätte mich wunderhübsch vor diesem Spiegel stehen sehen und ihn mir darum gebracht, kamen mir nun wieder in den Sinn. Tatsächlich sah ich in diesem anschmiegenden Hauch von Stoff ganz anders aus. Was mich sonst an mir selbst so störte, schien einfach verschwunden zu sein. Die für meinen Geschmack zu muskulösen Schenkel wurden von einer Sanftheit umhüllt, die sich ausgesprochen gut anfühlte und meine zahlreichen Sommersprossen bildeten zu dem strahlenden weiß einen solch intensiven Kontrast, dass ich selbst nur darüber staunen konnte, wie hübsch das war. Zum Abschluss löste ich die Spange, mit der ich mein Haar zusammengefasst hatte und schüttelte es leicht, damit es locker über die Schultern hing. Die unterschiedlichen Rot - und Goldtöne meiner

Strähnen schienen leuchtender zu strahlen als sonst und ich begann mich zu fragen, was es mit diesem Kleid auf sich hatte.

Ich spürte die Blicke all derer, denen ich auf dem Weg zu Alekes Wagen begegnete auf mir ruhen und wurde nervös deswegen. So angesehen zu werden war ich nicht gewohnt. Doch eine Jacke überziehen wollte ich auch nicht. Mir war, als ob dadurch die Empfindung, dieses wundersame Kleidungsstück zu tragen, gestört würde. Und das wäre sehr schade, denn meine Haut schien darin um so viel empfindsamer zu sein.

Nachdem ich Aleke erzählt hatte, wohin ich wollte, hatte sie mir das Navigationsgerät programmiert, was es mir ziemlich einfach machte, mich in den verschlungenen Pfaden des Wicklow Mountains National Park zurechtzufinden. Schließlich kam ich jedoch zu einer Stelle, an der der Weg endete und stieg aus, um den Rest der Strecke zu Fuß zurückzulegen. Meine Schuhe ließ ich im Wagen. Ich würde sie nicht brauchen. Inzwischen hatte das Gefühl, hier zu einem ganz besonderen Ort gezogen zu werden, die Oberhand gewonnen und ich ließ mich ganz und gar leiten.

Hecken, die undurchdringlich schienen, ließen mich hindurch, ohne mir einen einzigen Kratzer zuzufügen. Der zarte Stoff, der mich umhüllte, schmiegte sich sanft um meinen Körper und schützte mich. Als ich hindurch war und hinter mich blickte, konnte ich nicht nachvollziehen, wie ich unbeschadet dort durch gelangt war und schüttelte ungläubig den Kopf.

Doch lange sollte diese Konfusion nicht anhalten, denn schon im nächsten Augenblick wurde ich von einer Schönheit gefesselt, die einem den Atem raubte und von einer Empfindung überflutet, die keinen Zweifel daran aufkommen ließ, an was für einen Ort Liz mich hier geschickt hatte. Dies war einer der Kraftorte. Orte, an denen sich die Vergangenheit öffnete. Umgeben von einem Dickicht, welches diesen Ort wie ein Heiligtum vor dem Rest der Welt verbarg, lag ein Paradies vor mir. Glockenblumen, Klatschmohn, herrlich duftender, unglaublich dichter Klee ... aufzuzählen, welche Vielfalt von Pflanzen und Farben den glasklaren See umrandeten, schien ein unmögliches Unterfangen zu sein. Ob ich wohl auf den Grund sehen konnte? Wenige Schritte weiter erhielt ich meine Antwort. Jeder Stein, jedes Fischlein, ja, sogar die kleinen Krebse am Boden des

Gewässers waren zu erkennen, als lägen sie nur wenige Zentimeter unter der Oberfläche, obwohl sie sich tief unten tummelten. Die Sonne schien sich genau über der Mitte zu befinden und ich fragte mich, ob es Zufall war, dass ich genau in diesem Augenblick hier angekommen war. Das Dickicht umrandete das gesamte Areal, rund umgab die üppige Flora den See, der ebenso rund wie eine gläserne Schatulle dem schönsten aller Lichter eine verzauberte Heimat gab. Hier musste es die Portale geben, von denen Aleke gesprochen hatte, davon war ich überzeugt. Ich pflückte eine Schlüsselblume, schloss die Augen und wünschte mir ein solches zu finden.

„Weshalb suchst du diesen Weg, wo du doch auch ohne ihn hierher gelangen kannst?“, summte eine bekannt klingende Stimme aus dem Nichts. Verblüfft darüber, wie einfach dies gewesen war, öffnete ich die Augen und sah mich einer Frau gegenüber, die mir, ebenso wie ihre Stimme, sehr vertraut war, obwohl es mir nicht möglich war, sie zu erkennen.

„Weil ich einen Weg suche, meine Gaben nicht zu nutzen und darum nicht im Einklang zu euch gelangen wollte“, antwortete ich, obwohl mir der Grund bis zu diesem Augenblick selbst noch nicht klar gewesen war.

„Zu uns?“

„Ja. Wer bist du?“

Ich fragte mich, mit wem ich es hier zu tun hatte. Einem der Wesen, an die man früher glaubte? Einem Verstorbenen?

„Wer bist du?“, entgegnete die Frau in gleicher Weise.

„Ich bin Lioba Alveradis.“

„Dann bin ich Lioba Alveradis.“

Ich runzelte die Stirn. Was sollte das bedeuten?

„Dann bist du gar nicht echt? Sind wir hier in meinem Unterbewusstsein oder so etwas? Ich dachte, dies sei die Anderswelt.“

„Wenn du dachtest, dies sei die Anderswelt, dann ist es so. Doch was ist echt? Nach welchen Maßstäben willst du das definieren? Und weshalb?“

Mit der Nase darauf gestoßen, schon wieder zu analysieren, seufzte ich und sah mich um. Es sah aus wie zuvor, nur dass alles wie in einem Traum in weiches Licht getaucht war. Mein Kleid leuchtete so sanft wie die Frau mir gegenüber, die vorgab, ich zu sein.

„Weißt du, wie ich meine Probleme lösen kann?“

„Selbstverständlich weiß ich das. Ich bin Lioba Alveradis."

Das war völlig unlogisch, denn ich wusste es nun mal nicht. Sonst wäre ich ja gar nicht erst nach Dhun Gharsain gekommen. Ich hatte das Gefühl, unfruchtbare Selbstgespräche zu führen.

„Wenn ich es weiß, was du mir damit anscheinend zu verstehen geben willst, warum komme ich dann nicht drauf? Warum sehe ich es nicht?"

„Was möchtest du sehen?"

Die warme Stimme, mit der sie sprach, fühlte sich an, als würde sie mich damit umhüllen. Doch woher sollte ich wissen, was ich sehen wollte? Wie soll man etwas ausdrücken, von dem man nun einmal nicht weiß, was es ist oder wie es geht? Vielleicht sollte ich es mit etwas Einfacherem versuchen. Etwas, das mich ebenso beschäftigte.

„Zum Beispiel, wohin Daniel an jenem Tag verschwunden ist. Damals, nach dem Unfall."

„Dann sieh!"

Mit einer ausladenden Handbewegung lenkte die Frau meine Aufmerksamkeit auf den See, über dem in den Strahlen der Sonne ein Bild entstand, in dem ich mich sogleich wiederfand.

Ich rannte. Welcher Tag es war, das spürte ich sogleich. Und bereits um die nächste Ecke fand ich mich in der Straße wieder, in der das Unglück geschehen war. Abermals bemerkte ich die Blicke der Menschen auf mir. Abermals sah ich zu, wie das Blut meines Vaters vom Bordstein gewaschen wurde. Doch etwas war anders. Ich fühlte, dass ich den Blicken standhalten musste. Ich fühlte, ganz tief in mir drin, dass ich mir all die Menschen ansehen musste, die mich mitleidig betrachteten. Ich erstarrte, als ich in die Augen eines Mannes sah, in denen sich kein Mitleid fand. Augen, die ich kannte. Ariax Augen. Niemals war es mir in den Sinn gekommen, dass er einst dort gewesen sein könnte. Und doch hatte ich es die ganze Zeit gewusst. Er musste Daniel damals dazu gebracht haben, mit ihm zu gehen. Wahrscheinlich war er es auch, der dem Jungen von damals die Schuld für diesen Unfall eingeredet hatte. Doch war es ein Unfall? Ariax Anwesenheit stellte dies nun in Frage. Ich blickte zum Wagen. Der Anblick irritierte mich. Sogleich startete ich einen weiteren Versuch.

„Ich möchte sehen, weshalb es sich anfühlt, als ob etwas nicht stimmt, wenn ich das Auto angucke."

Umgehend erinnerte ich mich an den Zeitungsartikel mit dem ausgebrannten Fahrzeug. Doch so war es nicht. Der Artikel entsprach nicht den Tatsachen. Zu dem Zeitpunkt, als ich meinen Weg dorthin gefunden hatte, war von Feuer keine Spur. Kein Brand. Und doch stand in dem Artikel, dass Mom nur noch anhand ihres Zahnabdrucks hatte identifiziert werden können.

Überfordert von den neuen Informationen schloss ich meine brennenden Augen.

„Sind das die Antworten, die du gesucht hast?“, summte die Stimme von überall. Verwirrt öffnete ich die Augen, doch die Frau war verschwunden.

„Nein, das waren sie nicht.“

Ich sah mich um und hatte Angst, den Faden verloren zu haben. Was, wenn sie nicht wiederkehren würde?

„Dann hör auf, danach zu suchen und schalte ab“, hallte es.

„Das hat Liz mir geraten ...“

„Ich weiß. Ich bin Lioba Alveradis.“

Mir wurde schwindlig und ich war müde. Es schien viel Energie dazu nötig zu sein, zu tun, was auch immer ich gerade tat. Langsam sank ich ins Gras, um mich für einen ganz kleinen Augenblick zu sammeln. Nur ganz kurz ausruhen, dann konnte es weitergehen. Nur ganz kurz.

Als ich erwachte, war es nicht mehr die Sonne, die hoch über dem See stand. Der Mond hatte den Platz mit ihr getauscht und warf sein Licht wie eine kostbare silberne Kugel hinein.

„Daniel?“, fragte ich verwirrt, als ich in das wohlbekannte tiefe Blau der mir so bekannten Augen blickte. „Wie ... wie bist du hierhergekommen?“

„Du wolltest mich hier haben.“

So perfekt er auch war und so gern ich ihn auch berührt hätte, wusste ich doch, dass er nicht wirklich hier war. Ich war noch immer nicht wieder zurück, hatte bereits Stunden verbracht in dieser Welt zwischen Traum und Wirklichkeit. Doch was sagte sein Ebenbild? Ich wollte ihn hier haben? Nur mühsam erinnerte ich mich an den Traum, der mir die letzten Stunden versüßt hatte und an die Gefühle, die dabei von mir Besitz ergriffen hatten. Ohne darauf zu achten, dass die Gestalt vor mir verschwand wie das weiche Licht um uns herum, richtete ich mich auf, zog ich mein Mobiltelefon aus dem kleinen Rucksack, in den ich vor meinem Aufbruch etwas Wasser und einen Apfel gepackt hatte und wählte Daniels Nummer.

„Leelee“, begrüßte er mich mit einer Zärtlichkeit in der Stimme, dass sich der Drang, bei ihm sein zu wollen, ins Unermessliche steigerte. „Es ist schön, dein Bild auf dem Display aufleuchten zu sehen. Kannst du nicht schlafen?“

„Ich bin gerade aufgewacht. Aus einem Traum von ...“

Ich zögerte.

„Aus einem Traum von ...?“

Ich konnte nicht verhindern, dass sich eine Träne aus meinem Augenwinkel stahl, weil es wieder nur ein Traum gewesen war, der mich hatte erleben lassen, wonach ich mich so schrecklich sehnte.

„Einem Traum von der Erfüllung deines Versprechens, Daniel“, wisperte ich leise.

„Weine nicht, meine Elfe“, entführte mich der Tonfall, den ich so sehr liebte, erneut zurück in den Traum. „Alles, was du dir erträumst, wird wahr.“

Allein mir das vorzustellen fühlte sich an, als würden winzige Flügel die feinen Haare meiner Arme streifen und kitzelnd simulieren, was ich ersehnte.

„Alles?“

„Alles. Und jetzt erzähle es mir.“

Seine sanfte Unerbittlichkeit war entwaffnend. Ich ließ mich zurück in das grüne Bett aus frischem Klee und zartem Moos sinken, schloss die Augen und folgte dem Weg zurück in meinen Traum.

„Den Ort kenne ich nicht. Es war warm. Sehr warm. Die große Glasfront des Zimmers, in dem ich mich befand, war vollständig geöffnet. Zarte Windstöße, die nach Meer rochen, bewegten die hauchdünnen Schals davor, wehten ihre Enden zu den elfenbeinfarbenen Seidenlaken, in denen ich auf dich wartete und streiften meine Schenkel.“

Verblüfft, die beschriebene Berührung tatsächlich zu spüren, hielt ich kurz inne, erkannte jedoch sogleich, was dies ausgelöst hatte. Während meiner Erzählung musste ich wohl die Position leicht verändert haben, denn der zarte Stoff meines Sommerkleides war mir über die Haut geglitten. Wie authentisch sich das angefühlt hatte. Hatte ich nicht schon zuvor das Gefühl gehabt, in diesem Hauch aus strahlendem Weiß intensiver zu fühlen?

„Du siehst wunderschön in diesen Laken aus, meine Elfe."

Ich lächelte über die Erkenntnis, Daniel an den Ort meiner Träume mitgenommen zu haben. Es war schön zu wissen, dass er es sich bildlich vorzustellen vermochte.

„Ich höre die Terrassendielen knarren und weiß, dass du jeden Augenblick bei mir sein wirst. Mein ganzer Körper summt in freudiger Erwartung. Ich liege auf dem Rücken, bin vollkommen nackt. Als ich höre, dass dir mein Anblick den Atem raubt, recke ich mich in die Richtung, in der ich dich erahne und bin verzaubert von der Silhouette, die sich mir vor dem gleißenden Licht der hereinfallenden Sonne präsentiert. *Berühr mich,* flehe ich aus purer Verzweiflung, du könntest es nicht tun. In einer der geschmeidigen Bewegungen, die so oft meinen Augen entgehen, eilst du zu mir und lässt mich damit wissen, dass du es ebenso wenig erwarten kannst wie ich. Du stützt deine Arme zu den Seiten meines Kopfes ab und siehst mir direkt in die Seele. Deine nackte Haut schwebt über der meinen. Lächelnd beugst du dich nieder und inhalierst meinen Duft. Deine Haarspitzen kitzeln ..."

Ich keuchte. Abermals vermochte ich es, dies tatsächlich zu empfinden. Mit der Hand fühlte ich, was dies verursacht hatte und ertastete die Kleeblüten, die sanft meinen Hals berührten.

„Es gefällt mir, wie intensiv du dich erinnerst. Mach weiter", raunte Daniel am anderen Ende, nichtsahnend, dass es sich mitnichten um pure Erinnerung handelte.

„Sie kitzeln, meinen Hals, mein Schlüsselbein."

Mir war, als würden sich die Blumen, die Halme und allem voran das Kleid verselbstständigen. Es gelang mir nur schwer, meine Atmung zu kontrollieren. Längst hatte ich damit verraten, in welchen Zustand ich im Begriff war zu gelangen.

„Deine Lippen liebkosen die zarte Haut meiner Brüste. Es fühlt sich an, als ob du sie entzündest. Flammenzungen scheinen über mich hinwegzugleiten, in mich einzudringen und bringen etwas hervor, das so unglaublich intensiv ist, dass ich es nicht beschreiben kann. Du legst dich zu meiner Linken nieder. Ich fühle deinen Körper an meinem."

Oh ja, ich fühlte ihn tatsächlich.

„Während du jeden Zentimeter meines Bauches mit zarten Küssen übersäst ..." unwillkürlich keuchte ich, „ ... nimmst du meine Hand und führst mir den Arm über dem Kopf, um dann an meiner Seite entlang nach Süden zu wandern und ..."

Leise stöhnte ich auf.

„Nicht aufhören!", der schwere Atem, mit dem Daniel dies forderte gab meinen Gefühlen zusätzlich Nahrung.

„Deine Zunge ... ich fühle, wie sie um meinen Nabel kreist. Ich genieße, ich fühle, mein Körper steht in Flammen, doch ich will mehr."

In mir entstand das Gefühl, einen Gipfel erklimmen zu müssen, ja, gar nicht anders zu können, der Drang, dies immer schneller und mit mehr Anstrengung tun zu wollen, raubte mir den Atem. Ich vermochte es nun nicht mehr, zu beschreiben was ich träumte. Zu intensiv war es zu fühlen. Jeder Gedanke, jede Erinnerung wurde umgesetzt, so schien es. Ich ließ mich vollkommen davon mitreißen und verlor jeden Gedanken an die Realität.

Ob Daniel mir zuhörte, was er dachte, was überhaupt irgendwer gerade von mir denken könnte oder wie es vonstattenging, so intensiv, so leidenschaftlich zu empfinden nur durch natürliche, winzige Reize unterstützt, die sonst so unempfindliche Nervenenden eine ungeahnte Stimulanz boten – das alles hatte an Bedeutung verloren. Es war unwichtig. Ich trieb auf einem Meer reinen Gefühls und spürte, wie sich jede Welle weiter aufbäumte und mich einfach mit sich riss. Der Gedanke an Daniel, dem sich bereitwillig meine Schenkel öffneten, als er seine Küsse vom Nabel abwärts weiter führte, ließ mich keuchend den Kopf in den Nacken werfen. Seine Haarspitzen berührten die zarte Haut an der Innenseite meiner Schenkel. Meine Finger gruben sich in die Laken, als ich das Gefühl hatte, dem Gipfel näher zu sein als je zuvor. Um zu beschreiben, wie sehr ich mich in diesem Augenblick danach sehnte, seinen Kuss an meiner intimsten Stelle zu spüren, fehlte es an Worten. Doch gerade, als ich den Gipfel erreichte, als ich auf dem höchsten Punkt absoluten Genusses schwelgte, folgte er nicht meinem unausgesprochenen Flehen, sondern stieß mich mit der Leichtigkeit einer Feder über einen Abgrund, der mir bis zu diesem Augenblick völlig fremd war. Einzig ein Lufthauch, ein zartes Pusten aus listig gespitzten Lippen war nötig gewesen, mir den letzten Schubs zu geben. Doch folgte dem Verlust des Gipfelsturms kein Bedauern, oh nein. Wer hätte gedacht, dass Fallen so schön sein kann? So erfüllend? Wer hätte gedacht, dass man gar nicht aufhören möchte zu fallen und sich wünscht, der Abgrund möge unendlich sein?

Ich nicht. Nicht einmal nach all dem, was sich mir aus Alveradis Erlebnissen offenbart hatte.

Tief und gleichmäßig ging mein Atem. Die innere Zufriedenheit, die mich bis in die letzte Fingerspitze erfüllte, ließ mich bleiern am Boden liegen. Keine Regung war nötig, kein Kommentar erforderlich.

„Und nun schlaf gut, Leelee. Ich liebe dich", drang es wie aus einer anderen Welt an meine Ohren, ehe ich mich einer Erschöpfung ergab, die ich nie zuvor kennengelernt hatte.

Es war bereits Morgen, als ich erwachte. Silberglänzender Reif überzog das Grün mit seinem Zauber und unzählige Vogelstimmen begrüßten den Tag. Lächelnd richtete ich mich auf und streckte mich. Die Feuchtigkeit des Morgens war in mein Kleid gezogen und es klebte an mir. Doch das spielte keine Rolle. Ich war so zufrieden, von solch seltenem Glück erfüllt, dass es mir sogar gleich gewesen wäre, wenn es Matsch statt klarem Wasser gewesen wäre, was an mir zog. Ich nahm das Handy vom Boden, überrascht, dass dem kleinen Technikwunder die Nacht im Freien anscheinend nichts hatte anhaben können, und öffnete die Textnachricht, die Daniel mir geschickt hatte.

>>Ich bin der glücklichste Mann der Welt, keinen Mensch, sondern eine Elfe an meiner Seite zu haben. Noch nie habe ich gehört, dass man aus der Erinnerung heraus so empfinden kann, wie du es letzte Nacht getan hast. Ich danke dir dafür, dass du diesen Moment mit mir geteilt hast und freue mich auf ein wundervolles Leben voller solcher und schönerer Augenblicke mit dir. Ich liebe dich. <<

Mit einem Lächeln auf den Lippen klappte ich das Handy zu und machte mich auf den Rückweg. Zwar hatte ich die Antwort, nach der ich so dringend suchte, noch immer nicht gefunden, doch Liz hatte Recht behalten. Diese Pause war so nötig gewesen wie sonst nichts. Mit neuer Energie und innerer Stärke kehrte ich ausgeruht nach Dhun Gharsain zurück.

Zuerst suchte ich mein Zimmer auf, duschte und wechselte die Kleidung. Das Kleid hängte ich an meine Zimmertür, was für Sarai das Zeichen war, es in die Wäscherei zu geben. Schon morgen würde es gebügelt zurück sein, das wusste ich. Mein erster Anlaufpunkt war selbstverständlich Liz, denn auch wenn ich nicht vorhatte ins Detail zu gehen, musste sie ziemlich genau gewusst haben, was auf mich zukommen würde, wenn ich es tragen würde. Doch ich hatte den Garten kaum betreten, da stürmte von der anderen Seite ein weiterer Besucher herein.

„Lilly, das war unglaublich! Was für ein Durchbruch!“, lief Caiden mir begeistert entgegen. „Erkläre es mir ganz genau!“

Er hatte sein Pad dabei und begann, noch ehe er sich auf der kleinen hellblauen Gartenbank niedergelassen hatte, etwas darin einzutippen.

„Ich muss es ganz genau erfassen, um es einer sorgfältigen Untersuchung zu unterziehen. War das energetische Band in dein Tun involviert? Wobei ... diese These kann ich im Grunde ausschließen. Die Präsenz des Bandes schließt deinen Erfolg eigentlich aus.“

Er machte ein Häkchen, dem sogleich weitere folgten.

„Sowie sämtliche in Begabungen begründete Bemühungen, was mich zu dem Schluss führt, dass es eigentlich nur nüchterne, sachliche Wissenschaft gewesen sein kann, die es ermöglichte. Hat der Schmutz unter deinem linken kleinen Fingernagel etwas damit zu tun? Oder die leichte Rötung, mit der deine Haut überzogen ist? Du musstest dich doch nicht irgendeiner Tortur unterziehen? Ach, genug der Theorien. Rede endlich, oder willst du uns alle noch länger auf die Folter spannen?“

„Ähm ... nein, das möchte ich nicht“, stammelte ich überrumpelt und errötete verräterisch, als ich unter meinem Nagel tatsächlich etwas Schmutz fand. Na ja ... es war eben der Erdboden und kein elfenbeinfarbenes Seidenlaken. „Ich weiß nur ehrlich gesagt gar nicht, wovon du redest.“

Selbst wenn, wäre ich während Caidens Redefluss vermutlich gar nicht dazu gekommen, zu antworten.

Fragend setzte ich mich Caiden gegenüber auf die niedrige Natursteinmauer. Liz war inzwischen hinzugekommen und lächelte mich wissend an, was meine Röte vertiefte. Eine Reaktion, die sogar Caiden nicht entging, der nun perplex zwischen der alten Elfe und mir hin und her schaute.

„Was meinst du damit? Du weißt nicht, wovon ich spreche?“

Ich schüttelte den Kopf, worauf Caiden fast sein Pad vom Schoß rutschte, weil er sich die Haare raufte.

„Lioba, du hast es geschafft! Was immer du letzte Nacht getan hast, hat dazu geführt, dass ich dich nicht hören konnte. Glaub mir, ich habe es versucht. Aber nichts, du warst mucksmäuschenstill. Nicht eine einzige Gabe klingelte in meinen Ohren.“

„Ich war offline?“

„Komplett und absolut. Du hast den Stecker gezogen. Und ich verlange unbedingt zu erfahren, wie dir das gelungen ist.“

Meine Wangen mussten glühen wie eine Infrarotlampe, denn ich hatte das Gefühl, das Blut darin würde kochen.

„Ich ... ähm ... ich glaube nicht, dass ich das mit dir teilen möchte ... oder irgendwem.“

Mein Blick huschte zu Liz.

„Himmel, sag mir nicht, dass ich *das* Sophie erzählen muss!“

„Ich denke, es genügt, wenn du erwähnst, dass du das Kleid getragen hast.“

„Das Kleid?“ warf Caiden überrascht ein, stand auf und wendete uns pikiert den Rücken zu. „Nun, dann bin ich hier wohl fehl am Platz.“

„Was ist jetzt mit ihm?“, fragte ich, als er außer Hörweite war.

Liz kicherte.

„Ich glaube, er hat dich für *empirischer* gehalten. Dass du auch nur eine ganz normale Elfe bist, enttäuschte ihn.“

„Aber das bin ich. Ich bin ein empirischer Mensch.“

„Ich weiß. Und darum gab ich dir das Kleid. Vor vielen Jahren wurde der Stoff dafür von einer wirklich großen E.L.F. in China gewebt. Sie hatte die Begabung, die Empfindungen anderer zu steigern und gelernt, dies in ihre Stoffe zu übertragen. Ich will gar nicht wissen, was geschehen ist. Das ist sehr privat, da bin ich sicher. Es gab Elfen, die sich darin von einem Wasserfall gestürzt haben und danach mit der Welt im Reinen waren. Doch wenn ich mir deine roten Wangen ansehe und dazu an deine wundervollen Geschichten denke, war es bei dir gewiss etwas gänzlich anderes. Behalte es für dich. Das ist dein Geheimnis. Aber entsinne dich des Moments, in dem du die Zügel aus der Hand gegeben hast. Halte ihn ganz fest.“

Ich schloss die Augen und versuchte, mich zu erinnern.

„Es kam zu einem Augenblick, in dem alles an Bedeutung verloren hatte. Eine Zeit frei von Träumen, frei von Wünschen und Zwängen. Ein Moment tiefer Zufriedenheit und absolutem Nichtstun."
Ein Lächeln trat auf meine Lippen, als ich mich in dem Moment wiederfand. Tief und gleichmäßig ging mein Atem. Die innere Zufriedenheit erfüllte mich erneut bis in die letzte Fingerspitze. Keine Regung war nötig, kein Kommentar erforderlich. Absolutes Nichtstun, so wie Liz es beschrieben hatte.

„Und nun, öffne die Augen."

Gehorsam kam ich dem nach und blickte in ihr lächelndes Gesicht. Sie senkte ihren Blick und ich folgte – nur, um in der nächsten Sekunde erschrocken meine Hand aus der ihren zu ziehen.

Mit weit aufgerissenen Augen starrte ich sie an. Ungläubig verfolgte ich, wie mein Geist zu verstehen begann, was gerade geschehen war.

„Meine Güte, ich habe es geschafft!", rief ich aus und packte nochmals die zarte Hand der alten Naturelfe, nur, um sie quiekend vor Freude wieder loszulassen und noch ein weiteres Mal zu berühren. „Aaahh! Ich kann es!!"

Übermütig stürmte ich aus dem Garten, lief direkt zum Trainingsraum und begrüßte Tom, der gerade dabei war, die Stangen an der Wand zu befestigen, mit einem kräftigen Sidekick, der ihn glatt zu Boden warf. Nach einem kurzen, erstaunten Blick war er jedoch sofort wieder auf den Beinen, ging in Angriffsstellung und wartete, was ich tun würde. Also ging ich in die Offensive. Wie immer blockte er meine Angriffe mühelos und die wenigen Treffer, die ich erzielen konnte, waren kaum der Rede wert. Nicht so die Seinen. Einem Kick zum Oberschenkel krönte er nach einer Drehung mit einem Fußfeger, was dazu führte, dass ich den Halt verlor und unsanft landete.

„Autsch!", rief ich lachend. „Genug! Hast du gesehen, sie ist nicht da!"

Tom nahm sogleich eine lockere Position ein.

„Ja, das ist mir aufgefallen. Musstest ja ganz schön einstecken. Aber Hut ab, du hast dich auch ohne ziemlich gut gehalten. Heißt das, du hast die Blockade jetzt im Griff?"

„Oh ja, und weißt du, was noch?"

Auffordernd reichte ich ihm die Hand, damit er mir beim Ausstehen helfen konnte. Tom starrte darauf und grinste, ehe er der Aufforderung nachkam und mir aufhalf.

„Ich habe es mir schon gedacht, weil du mich auch mit den Fäusten angegriffen hast. Herzlichen Glückwunsch. Das ist echt super."

„Danke. Ich bin so froh, das kann ich gar nicht sagen."

„Kann ich mir vorstellen. Dann verlässt du uns nun bald?"

„Keine Ahnung", antwortete ich ehrlich.

Daran hatte ich noch gar nicht gedacht. Aber warum nicht? Ich hatte gefunden, wonach ich suchte.

„Wahrscheinlich schon. In Deutschland sind jetzt Sommerferien. Vielleicht haben meine Freunde Lust, etwas zu unternehmen. Aber zuerst muss ich noch ein- oder zweimal zu Sophie und dann noch zum Rat."

„Wir werden dich hier vermissen. Ich hoffe, du lässt dich irgendwann wieder blicken."

„Ganz bestimmt." Ja, da war ich sicher. Eines Tages würde mich mein Weg wieder in die Elfenburg führen.

Tatsächlich rauschten die nächsten Tage wie im Fluge an mir vorbei. Ich war so euphorisch. Jeder gratulierte mir zu meinem Durchbruch und Daniel lachte, als ich ihm erzählte, dass es grob umrissen postkoitale Gelassenheit war, die mir den Freiraum ermöglichte, den ich brauchte.

„Oh, dann wirst du ziemlich bald sehr oft auf deine Begabungen verzichten", raunte er in den Hörer, worauf ich ihn abermals einen Schuft nannte und lachte.

Da ich jedoch ziemlich schnell feststellte, dass die Euphorie mit dem Nichtverwenden meiner Begabungen Hand in Hand ging – was ziemlich wahrscheinlich dem Umstand geschuldet war, auf welchem Wege ich auf des Rätsels Lösung gestoßen war – ließ ich sie die meiste Zeit dennoch an, um nicht wie ein grinsendes Eichhörnchen auf Drogen herumzuhüpfen. Allein den Absorber zu regulieren, war nur eine Sache der Übung und schon bald hatte ich raus, wie ich mit nur minimalem Zugriff auf das benötigte Gefühl diese Begabung ausschalten konnte, ohne dabei von Glückshormonen überflutet zu werden.

Eines Morgens holte Aleke mich vor meinem Zimmer ab. Es war der Tag, an dem der Rat mich sprechen wollte. Zu meiner Überraschung gingen wir in den Speisesaal, in den zu dieser Zeit nur ab und an jemand vorbeikam, um sich etwas zu trinken oder ein wenig Obst zu holen. Nicht gerade das, was ich für ein Ratstreffen erwartet hatte. Doch andererseits: Weshalb sollte man die Zusammenkunft abschotten? Hier wusste ohnehin jeder alles von seinen Mitbewohnern. Na ja, so ziemlich jedenfalls.

Aleke holte uns zwei große Kakao, ehe wir uns an den einzig besetzten Tisch begaben. Ich kannte jeden der Ratsmitglieder zumindest vom Sehen, auch wenn ich mir - mit Ausnahme von Aleke – bei Niemandem der Anwesenden dessen Mitgliedschaft bewusst war. Sophie war dabei, ebenso Nour und eine weitere Projektion. Außerdem ein sehr betagter Herr, den ich schon oft hier im Speisesaal gesehen hatte. Er spielte hier häufig Schach mit wechselnden Gegnern und hatte es nicht nötig, dazu seine Hände zu benutzen. Er bewegte die Figuren Kraft seines Geistes. Ich wusste noch genau, wie sehr ich erschrocken war, als zum ersten Mal ein Becher Joghurt an mir vorbeiflog, den er sich auf seine Art zum Nachtisch holte.

„Wir haben alle mit großem Interesse deine Erzählungen verfolgt", begann der alte Mann, der sich als Joseph vorstellte. „Und sind zu einem sehr ungewöhnlichen Schluss gekommen."

„Zu welchem Schluss?"

„Wir glauben, dass du von ganzem Herzen unseren Weg einschlagen möchtest", übernahm nun Aleke. „Du bist gut und hast ein hervorragendes Unterscheidungsvermögen. Doch wir sehen das große Hindernis durch Alveradis. Trotz allem was du willst, glauben wir, dass ihr Einfluss dich vom Wege abbringen könnte."

„Ich sehe keine Möglichkeit, ihren Einfluss zu mildern", entgegnete ich. „Außer, wenn ich meine Begabungen vollkommen ausschalte, doch das führt meinerseits zu seltsamem Verhalten ... ich meine ..."

„Keine weitere Erklärung notwendig, Lilly", winkte Aleke ab. „Wir haben dich alle tagelang grinsen gesehen. Von daher ist ein permanenter Verzicht keine Option."

„Aber ich verstehe nicht ... Sagtet ihr nicht, ihr wäret zu einen ungewöhnlichen Schluss gekommen?"

Nour nickte und begann, etwas zu erklären, was ich natürlich nicht verstand. Ich sollte die Zeichensprache erlernen.

„Was Nour dir sagen möchte ist Folgendes:“, ergriff nun Sophie das Wort. „Wir sehen nicht, dass Daniel in der Gefahr schwebt, je wieder vom Wege abzukommen. Und das, obwohl er nach wie vor zu ihnen gehört. Du hast einen Schatz gefunden, den es seit Menschengedenken nicht gegeben hat. Viele verließen das Licht, gingen in die Dunkelheit und fanden nie wieder zurück. Doch er stammt aus der Dunkelheit. Nie zuvor hat jemand seinen Weg von dort ins Licht gefunden. Wir freuen uns sehr darüber und wünschen, dass er an deiner Seite bleibt, um euch beide auf dem Weg zu halten. Außerdem würden wir ihn eines Tages gern hier willkommen heißen, denn deinen Berichten zufolge ist auch er nicht gänzlich unbegabt.“

Die folgende Stille sprach Bände. Ungläubig schaute ich von einem zum anderen, um in Erfahrung zu bringen, ob sie sich gerade einen Scherz mit mir erlaubten. Doch nichts deutete darauf hin.

„Ihr meint das ernst?“, fragte ich überflüssigerweise noch einmal nach. „Trotz allem, was ihr nun wisst, darf, nein SOLL ich mit Daniel zusammen sein?“

„Nein“, entgegnete Aleke. „Nicht trotz allem, sondern gerade weil du es erzählt hast. Deine Offenheit war entwaffnend.“

Das war das unglaublichste, am wenigsten zu erwartende Ergebnis dieser Sitzung. Und obwohl ich auch ohne das Einverständnis des Rates nicht auf Daniel verzichtet hätte, war ich sehr erleichtert zu wissen, dass sie mich vollkommen verstanden und billigten, ja sogar wünschten, dass er auch weiterhin an meiner Seite sein würde.

Doch wenn ich dachte, das sei das Beste gewesen, was an diesem Tage hätte kommen können, befand ich mich im Irrtum.

„Wir sind der Ansicht, du und vermutlich auch Runa solltet gewisse Traumata aufarbeiten und Antworten finden, die bisher unentdeckt geblieben sind“, erklärte meine Freundin und zwinkerte mit ihren kleegrünen Augen. „Darum haben wir dir einen Flug gebucht. Du wirst schon morgen nach Kalifornien aufbrechen. Taxi zum Hotel und so weiter ist alles schon bestellt. Ida und Runa folgen dir in wenigen Tagen, eine entsprechende Mail ging heute früh raus. Und es wird dich bestimmt interessieren, dass wir kaum eine Stunde nach Absendung dieser Mail eine weitere Buchung registrieren konnten. Auf den Namen Daniel Finnigan. Sein Flug geht schon heute. Es würde mich nicht überraschen, wenn er morgen am Flugsteig steht um dich abzuholen."

Zu behaupten, ich wäre während des Fluges nicht nervös gewesen, wäre glatt gelogen. Bis zu meinem Aufbruch war ich noch nie so lange von meiner Familie getrennt gewesen - und Daniel vermisste ich ohnehin wie wahnsinnig. Zu wissen, dass ich sie alle schon bald wiedersehen würde, brachte mich in eine Art freudiger Erwartung.

Na ja ... wenn ich ganz ehrlich war, dann war es eher das Wiedersehen mit Daniel, das die Nervosität hervorbrachte. *An dem Tag, an dem wir uns wiedersehen,* war der Gedanke, den ich seit dem Augenblick, in dem Aleke mir all dies offenbarte, nicht mehr aus meinem Kopf verbannen konnte.

Dabei gab es vor der Abreise noch eine Menge zu erledigen. Mich zu verabschieden zum Beispiel. Doch da kamen mir all die neuen Freunde zuvor, die ich hier gefunden hatte. Kaum zwei Stunden nach der Ratssitzung hatten sich die Neuigkeiten wie ein Lauffeuer verbreitet und im Speisesaal war eine kleine Abschiedsparty für mich gegeben worden. Es war sehr lustig, völlig frei von dem bedrückenden Beigeschmack eines Verlustgefühls. Als ob jedem klar war, dass man sich irgendwann wiedersehen würde.

Ich schlug Caiden grinsend vor, doch mal Liz Kleid zu tragen. Nur um zu schauen, ob ihm das ebenfalls helfen würde. Ein Vorschlag, den er ausnahmsweise mal wortlos ablehnte, einzig mit einem missbilligenden Blick, was alle ziemlich witzig fanden. Sogar Caiden stimmte in die Fröhlichkeit ein und witzelte darüber, wie Tom das besagte Kleidungsstück wohl stehen würde.

Ilva machte eine kleine Zaubershow und ließ unaufhörlich Blumen aus einem Hut, einem Buch und ihren bloßen Händen wachsen. Die Samen hatte sie geschickt versteckt. Besonders der Trick, als sie die Zeichnungen auf den Seiten des Botanik-Buches lebendig werden ließ, war sehr beindruckend – und dass, obwohl jeder von uns wusste, wie sie das machte. Aleke bedauerte augenzwinkernd, dass sie sich nun einen neuen Lieblingsfeind suchen müsse und schenkte mir ein irisches Kreuz, was ich zwar sehr hübsch fand, jedoch den Zusammenhang mit ihrer Einleitung nicht verstand.

„Irland wurde sehr früh christianisiert“, erklärte sie daraufhin. „Doch die irische Kirche ist voll keltischer Symbolik. Schau nur die vielen Keltenknoten.“ Tatsächlich war das Kreuz über und über damit geschmückt.

„Du hast mir beigebracht, was die Menschen hier schon vor ewigen Zeiten verstanden haben: Unterschiede müssen sich nicht ausschließen. Ich wünsche euch Beiden eine tolle Zukunft."

Dankbar umarmte ich meine Freundin und feixte: „Dann springst du nicht mehr auf seinen Rücken, wenn du ihn siehst?"

„Mal sehen", entgegnete sie lachend. „Das ist ja schon fast eine lieb gewonnene Tradition."

Nachdem ich mich von allen verabschiedet hatte, ging ich in meinen Raum und fing an zu packen. Und dort kam mir ein Gedanke, der die Hochstimmung trübte, in der ich mich befand. Würde ich mich wirklich fallen lassen können? Immerhin würde ich drohendes Unheil nicht mehr wahrnehmen können, sobald ich auf meine Begabungen verzichten würde. Mit der Entscheidung, die ich letzten Endes traf, hatte ich lange zu ringen. Doch schließlich nahm ich mein Handy und wählte die Nummer, die sich, nur mit einen x gekennzeichnet, seit der Bahnfahrt in meinem Speicher befand. Womöglich hineingeschmuggelt, als ich kurz eingeschlafen war.

„Ich hatte gehofft, du würdest anrufen, jedoch nicht damit gerechnet", meldete sich, wie erwartet, Ariax persönlich.

„Die Ehrlichkeit zwischen uns ist dir wichtig?", ging ich erst gar nicht auf seine Floskeln ein.

„Natürlich. Das weißt du."

„Dann hör mir zu. Ich möchte die Schuld eintreiben."

Kurzes Schweigen am anderen Ende zeigte, dass Ariax in diesem Fall tatsächlich um eine Antwort verlegen war.

„Weißt du, meine Blume, ich könnte einfach so tun, als sei mir bewusst gewesen, dass du es ohnehin nicht getan hättest. Doch du würdest wissen, dass ich damit nur zu leugnen versuche, was an diesem Tag wirklich vorgegangen war und da du auf die Ehrlichkeit zu sprechen kommst, will ich dieses kostbare Band zwischen uns nicht zerschneiden. Also, nur zu: Was verlangst du im Gegenzug für mein Leben?"

Beeindruckt, dass Ariax nicht versuchte, um die Einlösung herumzukommen, fasste ich mir ein Herz und trug meinen Wunsch vor. „Ich möchte freie Zeit, Ariax. Ich möchte ein paar Wochen nicht in der Befürchtung leben, du könntest etwas planen. Und ich möchte das für uns beide, Daniel und mich. Lass uns in Ruhe. Wenigstens für eine Weile. Keine Angriffe, keine Aufträge. Gar nichts."

„Du willst eine Lebensschuld einlösen und alles, was du dir wünschst, ist Zeit?"
„Ja."
„Ich bin einverstanden."
„Habe ich dein Wort darauf?"
„Ja."
„Dann danke ich dir."
Erleichtert legte ich auf. Natürlich wusste ich, dass Ariax nicht zu trauen war, doch ich war ebenso sicher, dass er – und sei es lediglich, um unsere „Beziehung" nicht zu gefährden – sein Wort halten würde. Meine Erfahrung mit ihm hatte mir gezeigt, dass ihm dies langfristig wichtiger war als ein kurzzeitiger Erfolg. Also konnte ich so frei sein, zumindest für die Stunden der Zweisamkeit auf die Nutzung der Begabungen zu verzichten. Und das war für mich ein weitaus größerer Gewinn, als es Ariax vermutlich bewusst war.

Daniel und ich hatten in meinen letzten Stunden in Dhun Gharsain permanent aneinander vorbeitelefoniert. Entweder ging er nicht ran oder er hatte keinen Empfang – und umgekehrt war es das Gleiche. Somit hatte ich nur Alekes Aussage, nach der er in Kalifornien auf mich warten würde. Natürlich gab es keinen Grund, dies zu bezweifeln, doch ohne es schwarz auf weiß zu sehen oder aus Daniels Mund zu hören, blieb dennoch so ein winziges Gefühl der Unsicherheit, das einen wahnsinnig machen konnte.

Doch nachdem ich einige Stunden in der Luft war, löste sich dieses Gefühl allmählich auf. Er war dort. Ich fühlte es. Umso langwieriger und störender empfand ich die gesamte Ankunftsprozedur. Der Weg vom Flugzeug durch den Rüssel, der es mit dem Terminal verband und der dann von einem Gang in den nächsten mündete, schien einfach nicht enden zu wollen. An den Kofferbändern angekommen zu sein, war schon ein regelrechtes Erfolgserlebnis. Ich löste mir mit dem Quarter, nach dem ich, ohne zu wissen weshalb, am Abreisetag so ziemlich jeden in der Elfenburg gefragt hatte, einen der Gepäckwagen und wartete, bis ich alles beisammen hatte, um zum letzten Kontrollpunkt zu gelangen. Eine dunkelhäutige, dicke Dame mit blond gefärbtem Haar besah sich meine Papiere, befragte mich nach dem Grund meines Aufenthalts und wollte wissen, wo ich wohnen würde. Als ich ihr das Hotel nannte, pfiff sie staunend und versicherte mir, dass ich garantiert unglaubliche Ferien haben würde. Eine Aussage, die ich stirnrunzelnd zur Kenntnis nahm und mich zu fragen begann, was das eigentlich für ein Hotel war, in das Aleke uns da gebucht hatte.

Doch Sekunden später spielte das keine Rolle mehr. Ein Blick durch die geöffnete Doppelflügeltür vor mir und nichts spielte mehr eine Rolle. Ob ich den Gepäckwagen überhaupt mitgenommen habe? Ich erinnere mich nicht. Wie viele Menschen dort sonst noch auf ihre Lieben warteten? Waren überhaupt andere da? Ich sah nur einen. Und der erste Augenblick, an den ich mich wieder erinnere ist der, in dem er meine Lippen mit einem Kuss verschloss, der seinesgleichen sucht. Ich hatte nicht geglaubt, dass überhaupt je ein Mensch so geküsst werden könnte. Es war wie der erste Kuss – multipliziert mit gemeinsamen Erinnerungen und Sehnsüchten. Daniels Präsenz, seine Aura, all die feinen Nuancen, die mich unmittelbar an die schönsten Plätze der Welt entführten - hätte er mich nicht gehalten, ich wäre gewiss hingefallen, so weich fühlten sich meine Beine an. Und dazu kam noch die Gewissheit, endlich wieder komplett zu sein. Es würde der Worte nie genug geben, dies treffend zu beschreiben. Es fügte sich zusammen, was zusammen gehörte. Als er sich schließlich von mir löste und sich unsere Blicke trafen, war die Reinheit zwischen unseren Seelen so deutlich wie das Licht der Sonne am Tage.

„Hätte mir früher jemand erzählt, dass man so sehr lieben kann ... ich hätte es nicht geglaubt“, äußerte er seine Gefühle, legte seine Hand auf meine Wange und streichelte mich sanft mit dem Daumen.

„Das hätte ich auch nicht“, wisperte ich zurück. „Ich liebe dich so sehr, dass es sich anfühlt, als stünde die Zeit still, wenn du bei mir bist. Oder als gäbe es sie gar nicht. Weißt du, was ich meine?“

„Zu einhundert Prozent.“ Daniel lockerte den Arm um meine Taille, was mich augenblicklich zum Schwanken brachte. Er schmunzelte.

„Sag mal, glaubst du, du kannst stehen? Ich würde nämlich gern dein Gepäck zum Wagen bringen und mit dir in dieses unglaubliche Resort fahren, in das deine neuen Freunde dich einquartiert haben.“

Nur widerwillig besann ich mich auf die Nutzung der Muskulatur in meinen Beinen. „Ja, geht schon.“

Daniel übernahm sogleich den Gepäckwagen. Ich hakte mich bei meinem Freund ein und schmuste mich so eng an ihn, wie es eben möglich war, ohne dabei zu behindern.

Die Hitze des kalifornischen Sommers schien uns erschlagen zu wollen, als wir die Ankunftshalle verließen. Zum Glück war der Mietwagen, den Daniel bereits organisiert hatte, nicht weit vom Ausgang geparkt. Er brachte die Reisetaschen im Kofferraum unter und überließ einem Jungen, der sich damit wahrscheinlich das Taschengeld aufbesserte, den Gepäckwagen, der sogleich eine Wagenstation ansteuerte, um sich den Quarter zu holen.

Die Klimaanlage im Auto fühlte sich an wie ein Geschenk des Himmels. Seltsam, so lange hatte ich hier gelebt, doch an diese Hitze erinnerte ich mich nicht. Oder vielleicht doch ... ja ... es war sehr warm, doch es hatte mir nie etwas ausgemacht. Natürlich musste man bedenken, woher ich gerade gekommen war. In Irland sprach Liz manchmal schon von schönem Wetter, wenn es nur nieselte und die Temperaturen waren im Gegensatz zu dem, was einen hier überrollte, eher frühlingshaft. Nur an zwei Tagen hatte sich das Thermometer der 30 Grad Marke genähert – und die war hier in Kalifornien eindeutig weit überschritten.

Daniel erzählte mir, er habe das Hotel gegoogelt und dabei festgestellt, dass es gar keines im herkömmlichen Sinne sei, sondern ein Resort direkt am Meer. Man buchte dort kein Zimmer, sondern ein Haus. Ich war neugierig, ob unseres so aussehen würde wie in meinem Traum. Doch diesen Gedanken behielt ich vorerst für mich und lächelte in mich hinein.

Während der Fahrt brachte ich Daniel erst einmal auf den neuesten Stand. Er war wie ich ziemlich verblüfft von der Entscheidung des Rates und monierte, dass der einzige Fehler in dieser Überlegung darin läge, dass ich ohnehin nicht auf ihn hören würde. Na ja, im Grunde hatte er damit recht. Meine Entscheidungen traf ich selbst, doch Daniel hatte mir bisher immer helfen können, den Weg zurück zu finden, wenn ich mich verlaufen hatte.

„Und das werde ich auch immer tun", versprach er daraufhin.

Die meiner Ansicht nach großartige Idee, uns durch Schuldeintreibung bei Ariax Zeit zu erkaufen, fand er weniger gut.

„Was, wenn er erst dadurch darauf aufmerksam geworden ist, dass wir hier sind?“, gab er zu bedenken. „Er hat so viel um die Ohren, wahrscheinlich wäre es ihm gar nicht aufgefallen.“

„Das glaubst du doch selbst nicht“, gab ich zurück. „Daniel, er lässt Flüge überwachen. Er brauchte nur eins und eins zusammenzuzählen um zu wissen, dass wir in Kalifornien sind. Und ich möchte auf meine Gaben verzichten können, wenn ...“ Ich errötete, was Daniel lächelnd zur Kenntnis nahm.

„Also hast du dir für den Sex freigenommen?“, feixte er grinsend, woraufhin ich ihn in die Seite knuffte.

„Hey, musst du das so sagen?“ Meine Röte vertiefte sich und Daniel lachte.

„Für so eine Reaktion? Natürlich!“

Wir brauchten eine gute Stunde, um vom Flughafen in San José zu dem am Pescadero State Beach gelegenen Resort zu gelangen. An einem kleinen, unscheinbaren Empfangshäuschen meldeten wir uns an. Ein freundlicher junger Mann mit Motorradshirt und rotem Bart erklärte Daniel anhand einer Karte den Weg zu unserem Haus. Weder Barbarossa noch das Empfangshäuschen hätten vermuten lassen, dass nur wenige Meter weiter ein Paradies beginnen würde. Doch kaum hatte man die Schranke hinter sich gelassen und war über den kleinen Hügel gefahren, der das Resort vor neugierigen Blicken bewahrte, fand man sich in einer äußerst gepflegten Anlage wieder, die einen auffälligen Kontrast zu der kargen Strecke bot, die uns hierher geführt hatte. Ohne künstlich angelegt zu wirken, unterbrachen Blütenoasen die Wege und zwangen zum Richtungswechsel. Niedrige, dickfleischige Pflanzen mit zartlila Blüten trotzten dem felsigen Untergrund in Küstennähe, während der sandige Boden zum Landesinneren hin ganz andere Arten hervorbrachte.

Unser Haus lag direkt an der Küste. Obwohl ich natürlich wusste, dass es neben uns Beiden auch noch Ida und meine Schwester beherbergen musste, war es größer, als ich gedacht hatte. Da der Weg hier endete, ließ Daniel den Wagen einfach direkt dort stehen. Meeresrauschen empfing uns und lockte uns an den Rand der Klippe, auf der wir uns befanden. Die Aussicht war unglaublich. Raue See brach sich an riesigen Felsen in Ufernähe und beruhigte sich bis zum Erreichen eines nicht enden wollenden Sandstrandes, der sich derart abwechslungsreich präsentierte, dass man hätte meinen können, alle paar Meter an einem anderen Ort zu sein. Sah man hier grauen, meterhohen, starren Fels, der den Witterungen Paroli bot, übersäten direkt daneben diese dickfleischigen Pflanzen einen im Vergleich dazu sanften Hügel, den man bequem hinabgehen konnte, während anderswo tonnenschwere, schneeweiße Felsen von einer Klippe abgebrochen waren, die dazu einluden, darauf herumzuklettern.

„Wow“, entfuhr es mir.

„Du sagst es.“

Erst ein Blick zu ihm ließ mich erkennen, dass wir nicht dasselbe meinten. Ein angenehmer Schauer lief mir über den Nacken, als ich in die tiefblauen Augen sah, die mich hungrig betrachteten.

„Komm!“

Mehr als dieses eine Wort und eine einladende Hand brauchte es nicht, um den Schauer zu intensivieren und mein Rückgrat hinuntersausen zu lassen. Stumm folgte ich Daniels Aufforderung, reichte ihm die Hand und ließ mich zum Haus führen.

„Welches Zimmer?“, fragte er, nachdem er die Tür aufgeschlossen hatte und fügte meines fragenden Blickes wegen hinzu: „Es war dein Traum“.

Ich sah mich um. Das große, zur Hälfte bis zum Dach hin geöffnete Wohnzimmer, in dem wir uns befanden, hatte einen offenen Durchgang zur Küche. Geradeaus ging es in einen kleinen Flur, in dem sich drei Türen befanden. Ich spürte, dass keine davon die richtige war und blickte auf die Treppe, die den Raum optisch teilte und nach oben führte.

„Es ist dort“, ließ ich ihn wissen, woraufhin er nicht zögerte, sondern mich schnell die Stufen hinaufzog, als würde jegliche Verzögerung unbedingt vermieden werden müssen. Abermals standen wir vor verschlossenen Türen und Daniel öffnete die eine direkt vor uns. Es war ein Badezimmer.

„Nein“, widersprach ich, noch ehe er seines Irrtums selbst gewahr wurde. „Es ist diese Tür.“

Nur Sekunden später fühlte ich mich augenblicklich in meinen Traum zurückversetzt. Alles war genauso, wie ich es mir erträumt hatte. Daniel ging gleich zu der verglasten Fensterfront und öffnete sie. Sofort brachte der Wind den zarten Stoff davor dazu, auf und ab zu fliegen. Und mitten darin der Mann, den ich liebte. Ich stand da wie versteinert, war fasziniert und sah ihn einfach nur an. Ich schmunzelte, als er sich die Hand in den Nacken legte und unsicher im Zimmer umherschaute. Es war schön zu erkennen, dass ich nicht die Einzige war, die nervös wurde.

„Ich würde gern erst einmal ins Bad gehen“, ließ ich ihn wissen. „Der Flug war lang und ich bin verschwitzt.“

„Dann hole ich das Gepäck und schau mal, ob es in der Küche etwas zu trinken gibt.“

„Das Gepäck?“, hauchte ich so verführerisch wie es mir eben möglich war, betrat das Bad durch die Zwischentür in unserem Zimmer, zog mir schnell das Shirt über den Kopf und warf es hinter mich. „Wie kommst du darauf, dass ich etwas anziehen werde, so lange wir allein hier sind?“ Dann schnickte ich die Tür mit dem Fuß zu, ohne ihm die Möglichkeit einer Antwort zu lassen und genoss das Gefühl, soeben die Oberhand gewonnen zu haben.

Nach der Dusche war diese Empfindung allerdings wieder verflogen und hatte einer Nervosität Platz gemacht, die in Anbetracht der Tatsache, wie sehr ich mir wünschte, was geschehen würde, völlig fehl am Platze war. Obwohl ich zuvor überzeugt war, nackt zu sein sei eine gute Idee, schien mir das auf einmal nicht mehr so zu sein. In Ermangelung frischer Kleidung und aufgrund des Fehlens großer Badetücher, blieb mir letzten Endes jedoch gar nichts anderes übrig. Ich atmete tief durch, drehte langsam den Knauf und linste um die Ecke. Daniel war nicht zu sehen. Ich schaute mich überflüssigerweise noch einmal um und huschte dann, als könne man mich ansonsten erwischen, schnell ins Bett hinein. Mein Herz klopfte bis zum Himmel, als ich mich komplett unter der seidenen dünnen Decke versteckte. Doch es sollte nicht lange dauern, bis mir dämmerte, wie dämlich das war. Und sexy ganz gewiss auch nicht. Also versuchte ich mich zu beruhigen. Und ich besann mich darauf, alle Begabungen für den Augenblick zu verschließen. Nur Frau wollte ich sein. Nicht vorahnend, was geschehen würde. Nicht beeinflussend. Nur fühlend. Als dies gelungen war, hatte ich auch die Ruhe gefunden, die ich brauchte. Ich wollte das hier. So sehr. In Erwartung der schönsten Nacht meines bisherigen Lebens drehte ich mich auf den Rücken und begrub dabei die Decke unter mir. Das Meer rauschte, die Luft schmeckte salzig und auch ohne meine Begabung spürte ich die Anwesenheit des Mannes, den ich liebte. Ich reckte den Kopf nach hinten und blickte in seine bewundernden Augen.

Was nun geschah, war das Privateste, Intimste, das ich je erlebte. Ich kann es nicht in Worte kleiden. Ich möchte es auch gar nicht. Denn diese eine allererste Nacht gehört nur Daniel und mir. Eine Nacht der Vollkommenheit. Eine Nacht puren Seins. Und ich wusste, dass ich für den Rest meines Lebens glücklich sein würde, dies nur mit ihm geteilt zu haben. Denn nichts, keine Erinnerung, kein Flashback, keine Schilderung würden je an das heranreichen, was wir in dieser Nacht fühlten. Er war der Eine. Er war der Einzige. Und er würde es immer sein.

Es sollten noch drei Tage vergehen, ehe uns das Leben aus unserer sinneserweiternden Isolation riss. Eine sms erinnerte uns daran, Mama Ida und Runa vom Flughafen abzuholen.

„Das ist eine gute Gelegenheit, die Traumata, von denen Aleke gesprochen hat, in Angriff zu nehmen“, fand ich. „Es gibt Dinge, denen ich auf den Grund gehen möchte und Dinge, denen du auf den Grund gehen solltest.“

„Ich weiß nicht, wovon du redest“, entgegnete Daniel kühl mit einem derart beherrschten Blick, dass auch dem Blindesten klar geworden wäre, dass der Hase in die andere Richtung lief. Doch wir waren nun einmal hier und ich hatte nicht vor, ihn mal wieder davonkommen zu lassen.

„Ich rede davon, dass Ariax am Todestag meiner Eltern dort gewesen ist. Und ich rede davon, dass du an diesem Tag verschwunden bist. Ich rede davon, dass ich glaube, dass du deine Eltern nie wieder gesehen hast und davon, dass ich der Ansicht bin, du solltest sie wissen lassen, dass es dich noch gibt.“

Ich hatte mir zwar schon gedacht, dass er nicht begeistert sein würde, doch die folgende Reaktion erschreckte mich dennoch ein wenig. Daniel erhob sich vom Frühstückstisch, ohne mich noch eines einzigen Blickes zu würdigen, ließ einfach alles stehen und verschwand zur Haustür hinaus. Autsch. Die direkte Konfrontation mit der Vergangenheit war dann wohl doch etwas zu hart. Ganz zu schweigen davon, dass ich ihm gerade auf den Kopf zugesagt hatte, dass ich mehr wusste, als ihm bis dato klar gewesen war. Ich räumte den Tisch ab und ließ Spülwasser einlaufen. Suchend blickte ich dabei aus dem Fenster über der Küchenzeile. Daniel war nicht zu sehen. Ich vermutete, dass er wahrscheinlich einfach nur am Rande der Klippen stand und aufs Meer hinaus schaute, stellte das Wasser ab und ging in eines der unteren Schlafräume, um von dort bessere Sicht zu haben und tatsächlich, ich hatte recht. Abgesehen davon, dass er nicht stand, sondern saß. Mit hängenden Schultern heftete er seinen Blick nach unten und ich bekam ein furchtbar schlechtes Gewissen.

Ich wusste doch, dass er sich schwer tat mit verschütteten Wahrheiten – ich brauchte ja nur daran zu denken, wie lange es gedauert hatte, bis er mir die Sache mit dem Unfall gestand. Wie konnte ich ihn nur derart in die Enge treiben? Als ich dann auch sehen musste, dass er die rechte Hand hob und sich über das Gesicht wischte, traten mir Tränen in die Augen. Er weinte? Am liebsten wäre ich zu ihm gestürzt und hätte ihn in den Arm genommen, doch ich ahnte, dass er Zeit für sich brauchte. Schweren Herzens wendete ich mich ab und ging zurück, um die Schüsseln und Tassen abzuwaschen. Ich war gerade fertig damit abzutrocknen, als Daniel zurückkam. Er nahm mir das Geschirrtuch aus der Hand, ohne mir in die Augen zu sehen, und hängte es zum Trocknen über die Stuhllehne.

„Tut mir leid, dass ich dir nicht geholfen habe."

„Schon gut. War ja nicht viel. Außerdem tut es mir leid", ließ ich ihn wissen, und legte meine Hand auf seinen Arm mit der stummen Bitte, mich anzusehen. „Ich habe dich damit überfallen. Das war nicht richtig. Wir müssen natürlich nicht ..."

„Doch, das müssen wir, Leelee", unterbrach er mich und sah mich direkt an. Der Anblick seiner verweinten Augen brach mir fast das Herz. „Ich hätte es schon so lange tun müssen. Und je länger wir Beide zusammen waren, desto bewusster wurde mir das." Er legte seine Arme um mich und zog mich dicht an sich heran.

„Ich hatte sehr lange keine Gefühle, meine Elfe. Sehr, sehr lange. Aber dann kamst du." Er seufzte, als läge ihm eine schwere Last auf der Seele. „Ihr habt recht, du und Aleke. Es wird Zeit, sich mit der Vergangenheit auseinanderzusetzen."

Und so kam es, dass wir uns schließlich auf den Weg nach San José machten. Vieles hatte sich so sehr verändert, ich hätte den Weg in unser altes Viertel niemals gefunden. Doch seit wir das Haus verlassen hatten, waren bis auf eine alle meine Begabungen wieder voll einsatzbereit und so spürte ich recht eindeutig, wohin wir fahren mussten.

„Links", empfahl ich, als Daniel an einer Kreuzung ratlos hin und her schaute, „und dann da vorn rechts".

Daniel folgte meiner Eingebung. Wir waren nun ganz in der Nähe des Parks. Der Guadeoupe River, an dem wir früher so viele glückliche Stunden verbracht hatten, war nicht weit. Doch statt kleiner Einfamilienhäuser säumten weiße, moderne Hochhäuser den

Straßenrand und vervielfachten die Einwohnerzahl unserer alten Gegend. Es gefiel mir nicht. Das hier fühlte sich nicht an wie eine Rückkehr nach Hause. Es fühlte sich eher so an, als hätte man mich meiner Heimat beraubt. Daniels Elternhaus musste in der nächsten Querstraße liegen. Meines ein paar Straßen weiter.

„Da vorn“, wies ich Daniel den Weg.

„Ja, ich weiß“, gab er finster zurück. Ihm gefiel es hier anscheinend genauso wenig wie mir. „Es ist alles zerstört. Als hätte man ein Viertel ausradiert und ein anderes daraus gemacht.“

„Fühlt sich nicht gut an.“

„Nein.“

Umso erstaunter waren wir, als hinter einem weiß getünchten, mit Graffiti besprühten Wohnblock der kleine, mit Kakteen bepflanzte Vorgarten auftauchte, den Daniel als Kind so oft verflucht hatte, weil er dort nie spielen konnte, ohne sich Dornen einzufangen. Daniel parkte auf der gegenüberliegenden Straßenseite und sah zum Haus.

„Ich weiß nicht, was ich sagen soll“, brummte er bedrückt. „Manchmal war ich richtig sauer auf die beiden. Weil sie mir nie sagten, was wir waren. Wenn ich es gewusst hätte ... wenn ich gewusst hätte, dass ...“ Er schüttelte den Kopf.

„Dass sie Latène waren?“

Daniel seufzte. „Als der Unfall passierte, war ich vollkommen geschockt. Da ist Ariax aufgetaucht. Ich kannte ihn schon von Besuchen bei uns. Er muss das zufällig mitbekommen haben, war wahrscheinlich gerade auf dem Weg zu uns. Er sagte, ich hätte meine Eltern damit in große Schwierigkeiten gebracht. Sie würden ins Gefängnis müssen. Er redete mir damals die Schuld an allem ein und offerierte mir einen Ausweg, der angeblich meine Eltern schützen würde.“

„Mit ihm zu gehen?“

Er nickte traurig. „Natürlich war das Unsinn, aber ich war ein Kind. Und am Ende. Ich habe ihm geglaubt.“

Ariax. Dieses verfluchte Schwein. So hatte er Daniel also dazu gebracht, mit ihm zu kommen. Mit Lug und Trug. Wie auch sonst? Eine so reine Seele wie Daniels hätte er anders nie auf seine Seite ziehen können.

„Ich habe mich oft gefragt, ob ich es damals durchschaut hätte, wenn ich von alldem gewusst hätte. Von der Organisation. Wenn mein Vater mich beiseite genommen und gesagt hätte: Pass mal auf, das ist so und so und Ariax wird irgendwann wollen, dass du ihm folgst – vielleicht wäre ich dann nicht mitgegangen. Und dann dachte ich, vielleicht wollten sie es sogar so. Haben sie mich denn gesucht? Nein!“

„Du irrst dich, Daniel“, wandte ich sanft ein und streichelte ihn am Arm, bis er mich ansah. „Es gab eine Suchanzeige in der Zeitung. Ich habe sie im Archiv der E.L.F gefunden. Also müssen sie dich als vermisst gemeldet haben.“

„Eine Suchanzeige?“

Ich nickte, worauf er den Kopf auf das Lenkrad sinken ließ.

„Oh Mann, das muss die Hölle für sie gewesen sein.“ Doch der Moment währte nicht lange. Daniel atmete tief ein, setzte sich auf und löste seinen Gurt. „Na dann mal los.“

Entschlossen nahm Daniel mich bei der Hand und überquerte die Straße. Die abgetretenen Holzstufen zur Veranda knarrten. Als hätte man damals die Zeit angehalten, hingen links Laken und Tücher zum Trocknen. Zu unserer Rechten stand noch der hölzerne Butler Tommy, auf dessen Tablett Mrs. Finnigan immer Limonade für uns abgestellt hatte, wenn wir am Boden saßen und dabei waren, sorgsam unzählige Dominosteinchen aufzubauen.

Daniel drückte den Klingelknopf. Es dauerte einen Moment, doch dann vernahmen wir Schritte. Mein Herz klopfte heftig und ich fragte mich, wie es dann erst meinem Freund gehen musste. Wie es in weiten Teilen der U.S.A. üblich war, hatte auch der Eingang der Finnigans zwei Türen: eine richtige Haustür und eine weitere, die die Fliegen draußen hielt. Die erste wurde geöffnet und ich erkannte auf den ersten Blick Daniels Mutter. Er hielt den Atem an.

„Ja?“, fragte sie und Daniel drückte meine Hand so fest, dass ich mich beherrschen musste, um nicht zu quieken. Da er nicht ein einziges Wort hervorbrachte, öffnete sie auch die zweite Tür, um zu erfahren, was wir denn hier wollten – und wer wir waren. Doch ich glaube, letzteres wusste sie bereits. Sie brauchte nur einen Moment, ihren Verstand akzeptieren zu lassen, was ihre Augen gerade wahrnahmen.

Sie sah Daniel direkt in die Augen. Ihre vom Leben gezeichneten Züge begannen zu zittern und sie schluchzte. Dann fasste sie einfach Daniels T-Shirt, zog ihn zu sich und umarmte ihn stumm. Er löste sofort den Griff um meine Hand und erwiderte ihre Umarmung. Als ich auch ihn schluchzen hörte, war es mit meiner Beherrschung vorbei. Tränen liefen mir über die Wangen. Ich zog ein Taschentuch heraus und trocknete sie. Dabei fiel mein Blick auf den Wohnblock nebenan, aus dem uns neugierige Blicke zugeworfen wurden.

„Vielleicht sollten wir lieber hineingehen?“, schlug ich vor, worauf Mrs. Finnigan erst wieder einzufallen schien, dass Daniel nicht allein gekommen war. Sie sah mich verwirrt an, ehe sich ihre Augen vor Schreck weiteten. „Lioba Alveradis?“

Ich nickte, woraufhin sie sich sogleich hektisch umsah.

„Meine Güte, Kinder. Ihr seid ja verrückt! Kommt sofort rein!“

Sie ging voraus. Wir folgten ihr ins Wohnzimmer, wobei ich Daniel ein Taschentuch zusteckte, das er wirklich gebrauchen konnte. Er sah sehr bewegt aus und hatte noch immer nicht ein einziges Wort gesprochen. Auf der breiten Couch, welche die einzige Neuerung in dem ansonsten von der Zeit konservierten Raum zu sein schien, nahmen wir Platz. Daniels Mutter zog sich stattdessen den Sessel heran und legte ihre Hände auf seine Knie.

„Weißt du, wie sehr ich mir diesen Tag gewünscht habe?“, fragte sie mit zitternder Stimme.

Er senkte den Blick, fühlte sich schuldig, ihr das angetan zu haben. Sie streckte ihre Hand aus und hob sein Kinn an, damit er sie ansehen musste. Unwillkürlich lächelte ich. So lange die Beiden sich auch nicht gesehen hatten, steckten dennoch Gesten in Daniel, die er zweifelsohne von seiner Mutter übernommen hatte.

„Es tut mir leid“, waren die ersten Worte, die seine Lippen verließen. Sie lächelte und schüttelte den Kopf.

„Es gibt nichts, was dir leidtun müsste, Daniel. Gar nichts. Ich weiß, wer dich uns genommen hat und es tut mir leid, dass ich nicht in der Lage war, dich davor zu schützen.“

„Du ... du hast es gewusst?“, fragte Daniel irritiert. Diese Neuigkeit verwunderte auch mich.

„Nicht gleich. Aber was hältst du davon, dass ich dir die ganze Geschichte berichte. Von Anfang an.“

Als er nickte, lehnte sie sich zurück und begann eine Geschichte zu erzählen, die ganz und gar verwoben war mit einer Welt, die sie nie für sich gewählt hätte.

„Es war in den 30er Jahren, als ein junges Mädchen von kaum 16 Jahren aus einer Kleinstadt mitten in Idaho auf einen Mann traf, der ihr Leben und das ihrer Nachkommen zum Schlechten verändern würde. Sie stammte aus einfachen Verhältnissen. Seine Art, nie auf das Geld schauen zu müssen, die Geheimnisse, die ihn umgaben und wie er mit ihr sprach ... all das imponierte dem Mädchen sehr. Ich denke, ihr Beiden wisst, wer dieser Mann war. Das Mädchen war meine Großmutter Ashley.

Natürlich wurde ihr bald bewusst, in welche Kreise sie geraten war, doch sie genoss den Status an Ariax Seite. Sie wurde schwanger und gebar eine Tochter. Er war unglaublich stolz auf das Kind, sagte immer, sie sei seine Erstgeborene. Er und Ashley wünschten sich noch mehr Kinder, doch sie starb. Er zog das Mädchen, Justine, allein auf und schickte sie auf die besten Schulen der ganzen Welt. Das hatte allerdings zur Folge, dass Justine die Naivität ihrer Mutter völlig abging. Ariax konnte sie nie dazu bringen, an seiner Seite der Organisation zu dienen.

Dennoch war sie seine Tochter. Sie war hineingeboren. Es war ihr nicht möglich, sich dem gänzlich zu entziehen. Immer wieder wurde sie trotz ihres Widerwillens in Belange der Welt ihres Vaters involviert.

Dabei kam es zu einer folgenschweren Nacht mit einem seiner Gefolgsleute. Es war nur ein schwacher Moment, hat sie immer gesagt, wenn sie mir davon erzählte. Aber sie war glücklich über die Folgen dieser Schwäche. Neun Monate später erblickte ich dann das Licht der Welt, Justines Tochter und Ariax Enkelin.

Auch ich wuchs aufgeklärt auf, besuchte gute Schulen und war mir absolut bewusst, was für ein Mensch mein Großvater war und was er tat. Als ich eines Tages einen jungen Soldaten kennenlernte und Ariax klar wurde, dass dies etwas Ernstes war, ließ er mich wissen, dass er nur einen Latène als Schwiegersohn akzeptieren würde. Ich dachte damals: super, dann lässt er mich vielleicht endlich in Ruhe.“

Schnaubend schüttelte Mrs. Finnigan den Kopf.

„Ich war so dumm. Zwei Tage vor der Hochzeit wurde Jack getötet. Angeblich war es ein Raubüberfall. Es vergingen viele Jahre, ehe ich mich wieder verliebte. Es war Phillip, dein Vater. Nach einiger Zeit vertraute ich mich ihm an. Und um unserer Liebe Willen tat er etwas, was ich mir nie verzeihen werde: Er wurde ein Latène.

Ariax ließ uns trotzdem weitestgehend in Frieden, übertrug ihm nur sehr selten kleine Botengänge. Phillip hatte seine Metzgerei, es ging uns recht gut. Als du auf die Welt kamst und Ariax dich besuchte wusste ich, dass er dich haben wollte. Ich sah es in seinen Augen und wusste, eines Tages würde er einen Weg finden, dich uns wegzunehmen. Doch die Zeit verging und nichts geschah.

Als du zwei Jahre alt warst, kaufte Ariax uns dieses Haus und meinte, wir müssten umziehen. Sogar eine neue Metzgerei für Phillip stand schon bereit. Als ich mich dennoch weigerte, kam er plötzlich auf den Soldaten zu sprechen und wie leid ihm getan hätte, was ihm zugestoßen war. Die Botschaft kam an. Wir zogen nach San José und hatten fortan nur noch einen einzigen Auftrag."

Mit eindringlichem Blick sah Daniels Mutter mich an und ich erfasste, worum es sich bei dem Auftrag gehandelt hatte.

„Du warst noch ein Baby, Lioba. Aber Ariax wollte, dass wir dich im Auge behielten. Ariax wollte unterrichtet werden, sobald sich Begabungen zeigen würden. Ich war immer froh, wenn dein Vater ein paar Tage mit euch in eurem Haus in den Weinbergen war. Ich wollte kein Kind beobachten – und ganz sicher keines verraten. Als ihr Beide euch angefreundet habt, habe ich mich erschreckt. Wie konntet ausgerechnet ihr zwei zueinander finden? Aber wie ich sehe, habt ihr euch erneut gefunden, also muss es wohl einfach Schicksal gewesen sein."

Mrs. Finnigan erhob sich seufzend, legte die Hände vors Gesicht und ging umher. Es schien ihr schwerzufallen, weiterzureden. Vor dem Kaminsims blieb sie schließlich stehen. Er war mit Familienfotos bestückt. Daniel bei der Einschulung, ein Hochzeitsfoto, Vater und Sohn mit dem Crossrad. Daniel stand auf, ging zu ihr und legte den Arm um ihre Schulter.

„Es ist schon gut. Du musst nicht, wenn du nicht willst. Wir können später weiterreden. Oder ein andermal."

„Ein andermal? Heißt das, ihr werdet wiederkommen?"

Sie drehte sich um. Ein Lächeln huschte über ihr Gesicht - wenn es auch nicht vermochte, die Bedrückung zu vertreiben.

„Ja, wenn du es willst."

Ich war stolz auf Daniel. Und glücklich für ihn. All die Jahre hatte er das mit sich herumgeschleppt und nach wenigen Minuten mit seiner Mutter war sein Herz geöffnet.

Sie nickte. „Natürlich will ich das, mein Sohn. Aber du solltest erst den Rest der Geschichte hören um zu entscheiden, ob du es willst. Oder Lioba.“

Stirnrunzelnd fragte ich mich, weshalb ich nicht wollen sollte, dass mein Freund seine Mutter besucht.

„Daniel, du warst gerade 8 Jahre alt, als die Zeichen, auf die wir achten sollten, einfach nicht mehr zu ignorieren waren. Einmal warst du zum Beispiel mit deinem Vater in unserer Metzgerei zum Einkaufen. Niemand hatte eine Gefahr bemerkt, aber du sagtest: Daddy, mach die Tür auf! Da dein Vater darauf reagierte, ohne dies zu hinterfragen, schien das nicht das erste Mal gewesen zu sein.

Im nächsten Augenblick bekam Simon Headsinger, der immer mit seinem Butterfly-Messer herumspielte, einen Anfall. Er war Epileptiker. Wäre die Tür geschlossen gewesen, wäre er geradewegs dagegen gestürzt und vermutlich in sein offenes Messer gefallen. Doch nun war sie offen. Headsinger stolperte die Stufen hinunter und das Messer fiel ihm aus der Hand. Wir riefen einen Krankenwagen, die Sanitäter konnten helfen.

Es gab noch weitere solcher Vorfälle und als man in der Nachbarschaft anfing, deswegen zu tuscheln, war mir klar, dass ich es Ariax berichten musste. Wenn er es auf anderem Wege erfahren hätte ... bitte versteht, ich hatte Angst um meine Familie.“

Mrs. Finnigan setzte sich wieder in den Sessel und zog ein Taschentuch aus der Box neben sich. Sie schnäuzte und trocknete die Tränen, die plötzlich in ihre Augen getreten waren.

„Bis heute frage ich mich, ob ich schuld an allem bin. Ich habe Ariax angerufen, habe ihm alles erzählt. Und schon vier Tage später geschah der fürchterliche Unfall deiner Eltern, Lioba. Schon vier Tage später warst du verschwunden, Daniel. Das konnte doch kein Zufall gewesen sein! Als du nicht gefunden wurdest, sah ich meine schlimmsten Befürchtungen bestätigt: Ariax musste dich geholt haben. Und um das Verhältnis zu mir nicht zu trüben, hat er das vor mir verborgen. Er hat es nie zugegeben. Niemals. So oft er mich besuchte, hatte er immer beteuert, nicht zu wissen, was mit dir geschehen sei. Doch ich konnte ihm nicht glauben. Dein Vater konnte nicht mitansehen, wie sehr ich unter der Ungewissheit litt. Er gab die Metzgerei auf und versprach herauszufinden, ob du bei Ariax warst. Dafür ließ er sich mit Aufträgen betrauen. Machte

Drecksarbeit für meinen Großvater. Es dauerte nicht lange und *Der Metzger* hatte eine andere Bedeutung. Als Ariax eines Tages vor unserer Tür stand und mir mit seinem falschen bedauernden Blick mitteilte, dass Phillip leider in Ausübung seiner Pflicht zu Tode gekommen sei, wusste ich, dass mein Ehemann es herausgefunden hatte. Ariax hatte meinen Sohn. Und er hatte den Mann, den ich liebte, getötet."

Niemand sagte ein Wort. Wir waren betroffen von dem, was wir soeben erfahren hatten. Obwohl gerade ich die Abgründe kennen müsste, die sich unter Ariax auftaten, war ich dennoch geschockt von so viel Kaltschnäuzigkeit und Manipulation. Wie sehr Mrs. Finnigan gelitten haben musste ... ich konnte mir nicht einmal ansatzweise vorstellen, wie schrecklich das für sie gewesen war.

„Vom Metzger habe ich gehört", sagte Daniel verächtlich schnaubend. Auch wenn er leise sprach, war die Wut in seinen Worten nicht zu überhören. „Ariax hat immer betont, dass er ein ganz großer Latène war. Ein eifriger, ergebener Anhänger. Ein Werkzeug für schwierige Fälle. Der Metzger. Ich wusste nicht, dass es mein Vater war, von dem er sprach."

„So war das nicht, mein Junge", wandte Daniels Mutter ein und nahm seine Hand in die ihre. „Er war ein guter Mensch. Und er hat all das nur getan, um mir zu helfen. Um dich zu finden. Um unsere Familie wieder zusammenzuführen."

„Ich weiß", schnaubte Daniel. „Jetzt weiß ich das auch. All die Jahre habe ich Ariax geglaubt. Er hat mir eingeredet, ihr müsstet in Haft, wenn herauskäme, dass ich den Unfall verursachte. Und als ich älter wurde ..."

„Ist schon gut", meinte Mrs. Finnigan und drückte fest Daniels Hand. „Ich verstehe schon. Jetzt bist du ja da."

Daniel schüttelte den Kopf und brummte wütend.

„Dieser Intrigant. Zerstört Leben, ohne mit der Wimper zu zucken. Tötet ohne Reue."

Ich zuckte zusammen, als er mit einem Blick zu mir herübersah, der verborgene Gefühle der unguten Sorte preisgab.

„Vielleicht kannst du DARAN das nächste Mal denken, wenn du glaubst, ihm vertrauen zu müssen", spie er vorwurfsvoll aus und ich schluckte. Mrs. Finnigan blickte fragend auf, doch ich wich ihrem Blick aus und heftete ihn auf meine Knie. Die ganze Sache mit Ariax, Alveradis und mir machte ihm mehr aus, als er je zugegeben hätte.

„Daniel, es tut mir leid, du weißt, dass ich es nicht immer auseinanderhalten kann. Manchmal ist Alveradis …“

„Ich rede nicht von Alveradis“, unterbrach Daniel meinen Versuch, etwas zu erklären, was er ohnehin schon wusste. Seufzend vergrub er sein Gesicht in den Händen, ehe er zu mir herüberrutschte und mich in den Arm nahm.

„Es tut mir leid. Ich bin nur … besorgt. Du schenkst Ariax zu viel Vertrauen, Leelee. Diese Masche mit der gegenseitigen Ehrlichkeit ist nichts anderes als nur das: Eine Masche. Wenn er es nicht mehr als vorteilhaft ansieht, wird er davon abkommen.“

Natürlich pflichtete seine Mutter ihm bei. Wie sollte sie auch anders, nach all ihren Erfahrungen mit Ariax. Ich nickte, doch zur Gänze konnte ich den Beiden einfach nicht recht geben – was ich für mich behielt. Ich wusste, was für ein Mensch Ariax war. Niemand musste mir sagen, wie grausam er war. Wie verschlagen. Und gerade diese Verschlagenheit war es, die mich tendenziell eher zu einer anderen Ansicht trieb. Ariax brauchte mich. Nicht nur die verborgene Vorfahrin in mir. Weshalb und wozu, das wusste ich nicht, doch die Zeit in der Elfenburg, als ich alles noch einmal Revue passieren ließ, hatte mich zu diesem Schluss gebracht. Und so lange er mich brauchen würde, wähnte ich mich in ungefährer Sicherheit. Natürlich auch in Gefahr, denn bis er erreichen würde, was auch immer er vorhatte, befand ich mich zweifelsohne in seinem Fokus, doch ich wusste, dass mir das auch einen gewissen Spielraum gab. Und wenn ich an die sorglosen und wunderschönen letzten Tage mit Daniel zurückdachte, sah ich meine Ansicht bestätigt. Ariax hatte Wort gehalten. Nichts war geschehen.

Wir verbrachten noch viele Stunden bei Mrs. Finnigan, die mich schließlich bat, sie Ellen zu nennen. Daniels anfängliche Anspannung löste sich und er wurde immer gelassener. Es wurde viel gelacht und in schönen Erinnerungen geschwelgt. Daniels Begeisterung für sein Crossrad zum Beispiel. Ellen lachte herzlich, als ich ihr davon erzählte, mit welcher Begeisterung er nun von seinem Melkus sprach. Als wir gingen, hatten die Beiden zu einer lange vermissten Mutter-Sohn-Beziehung zurückgefunden.

Nun galt es, Mama Ida und Runa vom Flughafen abzuholen. Wir waren ziemlich verdutzt, als wir auch Cat und Magnus durch die Schleuse kommen sahen.

„Du glaubst ja wohl nicht, dass ihr euer Strandhaus ganz allein genießen dürft“, kommentierte Magnus meinen fragenden Gesichtsausdruck und drückte mich.

Oh, wie könnte ich. Klar, dass er die Ferien nicht allein verbringen wollte. Cat war die Wahl zwischen Urlaub mit ihren Freunden und einer diplomatischen Reise mit ihren Eltern auch nicht gerade schwer gefallen und so verbrachten wir zwei unglaubliche Wochen im sonnigen Kalifornien, in denen wir so ziemlich alles erlebten, was es zu unternehmen gab. Zu sechst hatten wir eine Menge Spaß und erlebten Ferien, die wir sobald nicht vergessen würden.

Kapitel 10

Runa war unglaublich aufgeregt. Kein Wunder, denn ihr 12. Geburtstag stand vor der Tür! Sich schon in aller Früh vor dem Spiegel betrachtend, war sie zu dem Schluss gekommen, wesentlich älter auszusehen. Man hätte sie für 15 halten können, meinte sie. Na ja, ich wollte ihr die Illusion nicht rauben. Schließlich war es ihr Geburtstag und außerdem musste ich zugeben, nicht ganz objektiv sein zu können. Blieb eine kleine Schwester nicht immer eine kleine Schwester? Doch brauchte ich nicht nur ein paar Jahre zurückzudenken, um mich daran zu erinnern, dass Cat mit knapp zwölf erstmals fürchterlich verschossen in einen Jungen war und ihn sogar auf den Mund geküsst hatte? Aber wie das nun einmal bei einer großen Schwester war, weigerte ich mich anzunehmen, dass auch Runa sich schon so *erwachsen* fühlen könnte.

Daniel und ich hatten Runa bereits am Telefon eine super Party versprochen. Mit ihren Freunden würde sie zu Hause nachfeiern, doch hier im sonnigen Kalifornien würde sie mit all denen den Tag verbringen können, die sie zu ihrer Familie zählte, also mit Ida, Daniel, Magnus und Cat und mir.

Was Magnus betraf, wurde ich nachdenklich. Irgendetwas stimmte schon wieder nicht mit ihm. Ich hoffte nur, er war auf keine weitere elfische Intervention gestoßen, die ihm Kopfzerbrechen bereitete. Und ich hoffte auch, er würde bald ausspucken, worum es sich handelte. Ehe ich zur Elfenburg gefahren war, schien noch alles in Ordnung gewesen zu sein, doch schon, als meine Freunde und meine Familie hier an unserem Ferienort angekommen waren, bemerkte ich, dass etwas nicht stimmte. Runa war immer so vertraut mit Magnus, schon von klein auf. Er war sozusagen ihr großer Bruder, ihr allerbester Freund, der Spielgefährte, der sie durchs Haus jagte. Ich erinnerte mich, dass sie sich auf seinen Schoß kuschelte und an ihn schmuste, bis sie eingeschlafen war oder dass er sie auf seinem Rücken überall hingetragen hatte. Sogar Küsse bekam er damals zu Hauf, wenn nicht sogar mehr, als Mutter und ich je bekommen hatten. Gut, das hatte nachgelassen, doch lag das nicht in der Natur der Sache? Wurden Küsse nicht irgendwann peinlich?

Doch darum ging es gerade nicht. Etwas war nicht in Ordnung mit Magnus. Das bemerkte ich an seinem Verhalten meiner Schwester gegenüber. Zum Beispiel gestern, als er eingewilligt hatte, mit ihr ins Kino zu gehen und sie ihn übermütig drückte. Statt die Umarmung zu erwidern, wie er es immer getan hatte, machte er sich stocksteif. Und am Tag zuvor, als wir draußen den Sonnenaufgang genossen und sie sich an ihn lehnte, hatte er plötzlich ein *wichtiges Telefonat* zu erledigen, das *keinen Aufschub duldete.* Wirklich seltsam. Geradezu, als sei sie es, mit der er nun ein Problem hatte, nachdem er einen Weg gefunden hatte, mit dem unseren klarzukommen.

Zur Feier des Tages erlaubte Ida meiner Schwester sogar Make-up. Das war das erste Mal. Cat machte sie zurecht und ich war der Ansicht, dass sie sich dabei mal wieder selbst übertroffen hatte. Zart und sanft waren Runas Vorzüge hervorgehoben worden, ohne überhaupt geschminkt zu wirken. Nun sah sie wirklich ein wenig älter aus. Stolz, doch auch etwas verwundert, schaute Runa in den Spiegel.

„Wow, bin ich das wirklich?" Fasziniert drehte sie sich in Cats rotem Sommerkleid hin und her.

Wir hatten die gesamte Dekorationsarbeit vor ihr verheimlicht. Nachdem Magnus mit ihr aus dem Kino zurückgekommen war, hatten wir ihr die Augen verbunden, damit sie es nicht vor dem heutigen Tage sehen konnte. Als sie nun oben an der großen, freien Treppe stand und den Blick über das wunderschön dekorierte Wohnzimmer schweifen ließ, war sie erstmal sehr beeindruckt. Ich bekam etwas Gänsehaut, als ich sah, wie ergriffen meine kleine Schwester war.

Girlanden über Girlanden schmückten den Raum. Cat hatte bei der großen Auswahl in dem Laden, in dem wir deshalb waren, kein Ende gefunden. Trotzdem war es nicht überladen oder kitschig, sondern richtig schön geworden. Ein großer Tisch mit Kuchen und Torte stand an der Seite. Es lief der neueste Song von Runas Lieblingsband – was sie wahrscheinlich am meisten beeindruckte, weil sonst eigentlich niemand ihren ausgefallenen Musikgeschmack teilte. Nur Magnus hörte ab und zu mal mit hinein, doch selbst er hatte nach kurzer Zeit genug davon.

Alle lächelten über Runa. Wir freuten uns über ihre Freude. Selbstverständlich registrierte das Geburtstagskind sofort die Päckchen in unseren Händen. Ein Strahlen trat auf ihr Gesicht. Sie liebte Geschenke und flog geradezu die Treppe runter. So schnell, dass Ida sie erst einmal verdutzt und mit rügendem Blick ansah, weil sie dabei beinahe hingefallen wäre, doch dann lachte sie und gab Runa kopfschüttelnd das erste Geschenk.

„Alles Gute zum Geburtstag, Kleines“, gratulierte sie ihr und umarmte meine kleine Schwester herzlich. „Ich hoffe, du bist nicht schon zu groß dafür.“

Runa riss das Päckchen auf - Holzperlen! Sie liebte Holzperlen. Schmuck daraus herzustellen, war bei Runa und ihren Freundinnen gerade unheimlich angesagt. Sie hatte schon dutzende von Ketten und Armbändern gemacht. Dankbar fiel sie ihrer Tante um den Hals und drückte ihr einen dicken Kuss auf. Dann hüpfte sie, fröhlich wie ein kleines Kind, dass man hätte meinen können, es sei ihr sechster und nicht ihr zwölfter Geburtstag, zu Cat. Deren Geschenk war ein MP3-Player und Runa bedankte sich genauso stürmisch wie zuvor bei Ida. Dann schaute sie in die Runde und schien zu überlegen, wessen Geschenk sie sich als nächstes vornehmen sollte.

Ihre Wahl fiel auf Magnus Päckchen, wohl, weil es das größte von allen war. Er grinste und schüttelte den Kopf, als sie ihm das Paket einfach aus den Händen riss. Sie ließ sich damit auf den Boden sinken und nahm die Verpackung auseinander - nur um noch mehr Verpackung zu finden. Aha, ein Päckchen-im-Päckchen-Geschenk. Das kannte ich schon von ihm. Es machte ihm diebischen Spaß, die Spannung damit zu erhöhen. Wie damals, als ich von ihm das Schreibset mit der hübschen Gravur bekam. Es war in einem Karton, in den auch eine Waschmaschine gepasst hätte!

Auch Runa hatte nun sage und schreibe 27 Verpackungen zu entfernen, um zum Kern der Sache vorzudringen. Wie lange Magnus wohl gebraucht hatte, um es einzupacken? Nun, dieses Geschenk erklärte zumindest seine beinahe zweistündige Abwesenheit, als wir im Shopping-Center waren. Ein Wunder, dass er wegen des enormen Verbrauchs von Geschenkpapier an der Einpackstation nicht von der Verkäuferin hinausgeworfen worden war.

Während Runa auspackte, warf sie Magnus immer wieder wütende Blicke zu, die er jedes Mal mit einem selbstzufriedenen Grinsen kommentierte. Am Ende hielt sie einen Umschlag in der Hand. Gespannt öffnete sie ihn - und war im nächsten Augenblick völlig aus dem Häuschen.

„Konzertkarten!“, rief sie begeistert. „Für meine Lieblingsband! Und das schon morgen!!!!!“

„Deine Tante traut mir zu, mal einen Abend zwischen wilden Teenies auf dich aufpassen zu können“, kommentierte Magnus, sichtlich zufrieden, mit seinem Geschenk den großen Clou gelandet zu haben.

Vor Freude sprang Runa auf und fiel ihm um den Hals. Dass er sich schon wieder sofort versteifte, ignorierte sie einfach, doch mir war es nicht entgangen. Was war nur mit ihm los? Erst machte er ihr eine Riesenfreude und dann so eine Reaktion. Es war ihr Geburtstag! Da würde sie ihn ja wohl mal drücken dürfen. „Danke, Magnus, Danke, Danke, Danke, Danke, Danke“, quiekte meine Schwester ganz außer Rand und Band, schlang ihre Arme noch fester um ihn und drückte ihm übermütig einen dicken Kuss auf den Mund.

O.K., und das war dann der Moment, in dem sogar bei mir der Groschen fiel. Und ich musste meine Schwester nur ansehen um zu erkennen, dass dies bei ihr noch dauern würde – wenn auch nur Sekunden. Gewiss war es für sie nur ein ungestümes Dankeschön, herrlich ungezwungen, wie früher ... bevor es seltsam werden sollte.

Mal ganz abgesehen davon, dass Magnus dastand wie in Stein gemeißelt und, von der Situation überfordert, absolut nicht wusste, wie er reagieren sollte, flippten die Augen meiner kleinen Schwester nach kaum zwei Sekunden Superdickemdauerschmatzer erschrocken auf. Ihre Wangen färbten sich so rasch, dass man hätte meinen können, ihre gesamten Blutreserven wären dort hingeströmt. Feuerrot von der plötzlichen Scham, die sie überrollte, stieß Runa Magnus weg und schaute ihn entsetzt an. Als wäre das unfreiwillige Selbsteingeständnis des überwältigendsten aller Gefühle nicht der Emotionen bereits genug gewesen, wurde sie nun auch noch wütend, das sah ich ihr an. Diesen Ausdruck kannte ich, denn in diesem Gemütszustand hatte ich sie öfter erlebt, als ich zählen konnte. Ich war ziemlich sicher, Runa wusste gar nicht, weshalb oder auf wen sie wütend war, doch irgendwo musste das Gefühl scheinbar entladen werden. Ohne zu überlegen, gab sie Magnus eine schallende Ohrfeige. Dann drehte sie sich um und rannte, so schnell sie konnte, mit Tränen in den Augen die Treppe hinauf in ihr Zimmer. Nachdem die Tür krachend zugeflogen war, konnte ich mir bestens vorstellen, dass Runa schluchzend ihr Gesicht nun im dicken Daunenkissen vergrub.

„Das … das tut mir leid“, stotterte Magnus. „Ich wollte nicht, dass so etwas passiert.“

„Das wissen wir doch“, beruhigte Mama Ida ihn. „Deine Reaktion war vollkommen in Ordnung.“

Dann kehrte sie uns den Rücken zu und folgte meiner aufgebrachten Schwester.

„Seit wann wusstest du es?“, wollte ich nun wissen. „So wie das gerade aussah, wusste sie bis eben selbst nicht, was sie wirklich fühlt. Warum du?“

Magnus ließ sich nach hinten auf die Couch fallen und vergrub das Gesicht in den Händen.

„Ihr Alveradis-Frauen seid echt noch mein Untergang. Erst das Herumgepfusche in meinem Hirn durch eure Großmutter, dann die Sache mit dir und nun auch noch das.“

Cat stimmte ihm nickend zu, setzte sich zu ihm und rieb ihm den Rücken.

„Als ob du es mit uns Frauen überhaupt je leicht gehabt hättest, was? Und jetzt verliebt sich auch noch die Kleine in dich.“

„Ich hab erst gedacht, das ist nur so eine Schwärmerei.“

„Das dachte ich auch. Damals, als sie rot geworden ist, weil du dich wegen des Papptellers so gefreut hast“, stimmte ich seiner Beobachtung zu.

Er ließ die Hände sinken und sah fragend zu mir auf. „Pappteller?“

„Klar, wegen des Turniers! Ich erinnere mich“, pflichtete Cat mir bei.

„Scheiße, so lang geht das schon?“ Schnaubend schüttelte unser Freund den Kopf. „Im Kloster, da hatte ich Probleme mit dem Training.“

„Probleme?“, schaltete sich nun auch Daniel ein – vermutlich, weil das Training etwas war, wo er weiterhelfen konnte.

„Jepp. Körperliches Training ist eine Sache, aber die bringen das dort ganz anders rüber. Körper und Geist im Einklang, versteht ihr? Und das konnte ich nicht. Einer der Mönche checkte, dass bei mir etwas nicht in Ordnung war. Nachdem ich mit der Sprache rausgerückt war …“

„Du hast es ihm erzählt?“, fragte ich überrascht. Dass Magnus jemandem von Oma Menas Manipulation berichtet hatte, wunderte mich.

„Ja, habe ich. Und Meister Siun war nicht überrascht.“

„Du hast Siun kennengelernt?“, fragte Daniel, was dazu führte, dass er es nun war, dem meine Aufmerksamkeit galt und nicht mehr Magnus. Woher kannte Daniel diesen Meister Siun? Und wer war das?

„Ja, habe ich. Weil die Mönche in dem Kloster mit mir nicht weiterkamen und merkten, dass da irgendwas blockiert sein muss, brachten sie mich rauf.“

„Rauf?“ Nun war es Cat, die anhand dieser Einwortfrage zum Ausdruck brachte, dass sie dem Ganzen nicht mehr ganz folgen konnte.

„In den Himalaya. Nach Bhutan in die Höhlen des Tigernest Klosters“, erklang die Antwort überraschend aus dem Mund meines Freundes. O.K., Daniel wusste über Magnus Reise definitiv mehr als ich.

Magnus nickte.

„Warum hast du nichts gesagt?“ fragte Daniel und nun kam ich ganz und gar nicht mehr mit.

„In der Nacht in Ranstadt?“

Moment, was hatte denn das eine jetzt mit dem anderen zu tun?

„Wenn du es Lilly hättest erzählen wollen, hättest du es getan. Das lag nicht an mir.“

„Wenn er mir *was* hätte erzählen wollen?“, unterbrach ich das entstandene Zwiegespräch an Magnus gerichtet, erkannte jedoch, dass er auch weiterhin schweigen würde und wendete mich an Daniel: „Was habt ihr da für ein Geheimnis? Was hast du mir nicht erzählt?“

Doch statt zu antworten, schlug er die Augen nieder und redete weiter mit Magnus, als wäre ich gar nicht da. „Geht es ihr gut?“

Moooment! Ihr? Ist dieser Meister Siun eine Sie?

„Naja, sie schwankt zwischen abgrundtiefem Hass auf dich und tiefer Dankbarkeit.“

„Das ist gut. Ich hatte nicht erwartet, dass sie schon schwankt. Siun ist großartig.“

„Könntet ihr vielleicht aufhören, in Rätseln zu sprechen“, schaltete Cat sich ein. „Lilly platzt sonst noch der Kopf. Wer ist diese Siun? Ist das eine Ex von dir? Und was hast du verdammt nochmal angestellt, dass sie dich abgrundtief hasst?“

Nach kurzem, verständnislosem Blickkontakt der beiden Männer schüttelte Daniel als erster grinsend den Kopf, weil ihm wohl der Grund des Missverständnisses, dem Cat und ich erlegen waren, gedämmert war.

„Meister Siun ist ein etwa 90 Jahre alter, bemerkenswerter Mönch. Zu ihm habe ich Selena gebracht. Wenn es überhaupt jemanden gibt, der ihr helfen kann, dann er."

Oh ... nun ergaben die Bruchstücke, die ich zuvor aufgeschnappt hatte, einen Sinn. Jetzt verstand ich auch, was Magnus mit *Ranstadt* meinte: Das Gespräch zwischen Daniel und mir, als ich meine Vermutung offenbarte, Daniel hätte nicht nur Marlon, sondern auch Selena meinetwegen getötet. „Und sie hat dich erkannt?", richtete ich meine Frage an Magnus.

„Klar. Ich war dein Coach. Aber mach dir deswegen keine Gedanken. Glaub' mir, in den Höhlen bekommt man ganz schön den Kopf gewaschen. Das geht noch nicht einmal an jemandem spurlos vorbei, der jahrelang unter Ariax Einfluss stand. Sie wird bestimmt noch lange brauchen, aber ich glaub' echt, sie kommt drüber weg."

„So wie du über Menas Einfluss weggekommen bist?"

„Das ist etwas anderes. Deine Großmutter hat mich sozusagen neu verdrahtet. Weißt du, irgendwie hat sie mir dabei etwas von sich gegeben. Ein Stückchen Elfe sozusagen. Das musste sie wohl, sonst hätte das nicht geklappt. Es ist in mir und hat fortwährend dafür gesorgt, dass die Manipulation bestehen bleibt."

„Tut mir leid." Das hatte ich zwar schon zigmal gesagt, doch ich konnte das schlechte Gewissen, das ich empfand, weil es doch meinetwegen geschehen war, einfach nicht ablegen.

„Ach scheiß drauf. Ich hab's ja hingekriegt. Ich erkenne die Manipulation. Aber das ist nur der eine Teil. Mit dieser Tiefenentspannung, von der ich euch erzählt hab, hat Siun es hinbekommen, dass dieses Stück Mena in mir die Beeinflussung nicht mehr ... hmmm ... *füttert*, oder so."

„Gut, aber was macht es dann?"

„Feinere Sensoren. Ich bekomm' jetzt irgendwie mehr mit als vorher. So Gefühlskram."

„Herzlichen Glückwunsch!", feixte Cat. „Du hast im Kloster deine feminine Seite entdeckt!"

„Ich sagte fein, nicht feminin“, brummte Magnus. „Jedenfalls hab' ich recht bald gemerkt, dass da was im Busch ist. Ich dachte halt, sie schwärmt ein bisschen und fand es nicht schlimm. Aber dann bin ich neulich wach geworden und die Kleine lag wie ein Geist neben mir im Bett, schlief mit einem Lächeln im Gesicht auf meinem Arm.“

„Oh ...“

„Ja, oh. Und von da an wusste ich nicht, was ich machen sollte. Ich meine: Sie ist doch noch ein Kind ... Miniteenager ... oder was auch immer. Seitdem war es einfach nur schräg, wenn sie mich umarmt hat. Was sollte ich denn machen? Wenn ich sie wie früher gedrückt hätte, wäre das auf einmal irgendwie falsch gewesen.“

„Also hast du sie abgewehrt, so gut es eben ging. Ich verstehe.“

Armer Magnus. Arme Runa. Wir würden einen Weg finden müssen ihr zu helfen, über diese Gefühle hinwegzukommen, sonst würde von dem ungezwungenen Miteinander zwischen den Beiden bald nichts mehr übrig sein.

„Schon klar“, warf Cat ein. „Das hab ich auch alles verstanden. Was ich aber überhaupt nicht kapiere ist: Du musstest ins Kloster gehen, meditieren um deine feminine Seite zu finden, damit du erkennst, dass ein selig in deinen Armen schlafendes Mädchen dich liebt? Das hätte wahrscheinlich sogar ein Soziopath in dem Moment erkannt!“

„Fein, nicht feminin! Und ja, wahrscheinlich hätte ich es in dem Moment auch so gemerkt.“

Ich grinste in mich hinein und schüttelte den Kopf. Ob sie nun je wieder damit aufhören würde, ihm eine feminine Seite zu unterstellen?

Mama Ida kam die Treppe herunter und bat mich, nach Runa zu sehen. Anscheinend hatte meine Schwester nicht mit ihr reden wollen. Vielleicht gelänge es ja mir, zu ihr durchzudringen, weil ich nicht viel älter war als sie. Womöglich war es zu peinlich, ihrer Tante zu offenbaren, was mit ihr los war. Wenige Minuten später klopfte ich leise an Runas Tür. Sie antwortete nicht, wollte niemanden sehen und - wie ich vermutete - schon gar nicht darüber sprechen, was gerade geschehen war.

Doch ich öffnete die Tür und steckte den Kopf durch den Spalt. „Darf ich reinkommen?“

„Nein, geh weg!“, verlangte Runa trotzig.

Natürlich ging ich nicht, sondern trat ein, schloss die Tür hinter mir und setzte mich auf den Bettrand. Runa sah nicht auf. Sanft streichelte ich über ihr Haar, um Zugang zu ihr zu finden.

„Es ist alles in Ordnung. Du hast nichts falsch gemacht“, versuchte ich sie zu beruhigen.

„Lilly, geh weg! Ich will nicht darüber reden.“ Das war ihr alles viel zu peinlich. Doch ich blieb.

„Es hat sich etwas geändert, nicht wahr? Die Art und Weise, wie du für Magnus empfindest.“

Sofort schnappte sie sich ein weiteres Kissen und verbarg darunter auch noch den Rest ihres Kopfes.

„LILLY!“

„Aber das ist doch nichts Schlimmes, Runa“, versuchte ich einzulenken. „Das ist ganz normal.“

„Und total peinlich“, platzte sie heraus, setzte sich auf und begann mit hochrotem Kopf aufgeregt zu gestikulieren. „Alle haben es mitbekommen. Die komischen Gefühle da auf einmal ... ich ... ich ... ach Lilly, ich hab das vorher gar nicht so richtig gewusst.“

Jetzt kullerten Tränen aus ihren Augen. Sie kam mit diesem plötzlichen Gefühlschaos, das ihr den Tag durcheinander brachte, überhaupt nicht klar, zog ihre Knie an, schlang die Arme darum und vergrub ihren Kopf so gut es ging dazwischen.

Ich legte tröstend meinen Arm um sie. „Wir verstehen das alle. Du bist eben jetzt in dem Abschnitt deines Lebens, in dem diese Gefühle erwachen.“ Oh Mann, jetzt klang ich wie die Oma in einem schlechten Film.

„Das kommt manchmal völlig unvorbereitet und heftig. Aber im Laufe der Zeit lernst du, damit umzugehen.“ Hörte sich das in ihren Ohren auch so oberlehrerhaft an, wie in meinem Kopf?

Doch egal, wie altklug es sich für mich anhörte, zu ihr war ich nun irgendwie vorgedrungen. Scheinbar war es schon mal ein kleiner Lichtblick, zu wissen, dass alle schon mal so was erlebt hatten.

Schniefend sah meine kleine Schwester auf.

„Wenn ich das gut verstecke, bekommt Magnus das dann trotzdem mit? Ich meine, auch wenn ich es nicht so zeige?“ Dass Magnus längst dahinter gekommen war, schien ihr noch nicht klar zu sein.

Ich lächelte entschuldigend. „Ja Runa, das ist etwas, womit wir nun alle klar kommen müssen. Wie ich gerade erfahren habe, hat

Magnus, seit er im Kloster war, ziemlich feine Antennen. Er hat es auch vor deinem Kuss schon bemerkt. Mal abgesehen davon, dass du ihr *besuchst*, wenn du von ihm träumst."

Verräterische Röte färbte ihre Wangen. „Was ... was hab ich da gemacht?"

Stirnrunzelnd versuchte ich diese Frage einzuschätzen. „Was glaubst du denn, was du getan hast? Was hast du denn geträumt?"

Kaum zu glauben, doch diese Röte konnte sich sogar noch vertiefen.

„Och nichts. Gar nichts."

Ich glaubte ihr zwar kein Wort, erkannte aber, dass sie sich mir in dieser Hinsicht nicht öffnen würde. Also beschloss ich, Runa lieber zu beruhigen.

„Du hast in seinem Arm geschlafen."

Ihr erleichtertes Aufatmen war nicht zu übersehen. Was ging nur vor im Kopf dieses Mädchens?

„Ist Magnus jetzt böse auf mich? Ich meine, weil ich ihn geschlagen habe?"

„Nein, bestimmt nicht."

„Und ist die Party vorbei?"

Anscheinend befürchtete sie, mit ihrem Verhalten alle in die Flucht geschlagen zu haben.

„Nein, sie sind alle noch da und werden so tun, als sei nichts gewesen, wenn du wieder runter kommen möchtest", versicherte ich ihr, denn ich war überzeugt, dass niemand ein Wort darüber verlieren würde.

Und als sei das alles gar nicht geschehen, fegte Runa es beiseite, sprang auf und rief: „Na dann los, komm, ich hab noch Geschenke auszupacken."

Am nächsten Tag sah die Welt schon wieder anders aus – zumindest was Runa betraf. Wir konnten nicht einschätzen, ob sie nur so tat, doch sie war unbefangen wie eh und je.

„Wann fahren wir heute Abend?", fragte sie mit vollem Mund am Frühstückstisch. „Wir sehen uns ja bis dahin gar nicht und ich will rechtzeitig fertig sein."

„Warum?", entgegnete Magnus, der den Grund dafür noch gar nicht mitbekommen hatte. So viel zu den feinen Antennen. „Ich hatte nicht vor, irgendwo hinzugehen."

„Aber ich", ließ Runa ihn wissen. „Ich durfte mir von Lilly was wünschen ... und jetzt muss sie mit mir nach San Franzisco zum Shopping fahren."

Magnus schaute erst verständnislos drein, doch den wissenden Blick unseres Krauskopfs aufschnappend, ging ihm recht schnell auf, weshalb Shopping heute so wichtig war. „Du brauchst unbedingt coole Klamotten für das Konzert, was?"

Ich war von der Tour zwar nicht besonders begeistert, zum einen, weil mein Führerschein ja wirklich noch taufrisch war und zum anderen, weil ich mich mit den amerikanischen Straßenverkehrsregeln nicht besonders gut auskannte, doch ich hatte es nun mal versprochen. Sogar Daniel redete mir gut zu, was schon etwas heißen sollte, denn sich um mich zu sorgen war für ihn normalerweise ein Grundsatz. So kam es mir jedenfalls manchmal vor. Nicht so an diesem Tag. Er fand es gut, dass ich Runa auch weiterhin auf andere Gedanken brachte und traute mir die Fahrt ohne weiteres zu. Sah so aus, als sei ich die Einzige, der es an Vertrauen in meine Fahrkünste mangelte. Und Runas Koffer gab auch wirklich nichts her, was sie zu einem Konzert dieses wilden Punkhaufens tragen könnte. Also sprang ich unter die Dusche, zog mich an und los ging es.

„Dann bis heute Abend", flüsterte ich Daniel sehnsuchtsvoll zu, der dazu nur lächelte. Entdeckte ich Schadenfreude in seinem Blick? Dieser Schuft. Ich würde heute gewiss etwas finden, womit ich ihn necken könnte.

In San Franzisco angekommen steuerten wir Läden an, von denen ich noch nie was gehört hatte – ganz im Gegensatz zu Runa. Sie hatte sogar extra nach diesen Läden gegoogelt! So kam es, dass ich nun skeptisch vor einer Eingangstür stand, über der ein großes Motorrad hing.

„Lilly, jetzt komm schon. Ich kann doch nicht mit meinen Mädchenjeans und dem Ringelshirt zum Konzert fahren."

Resolut zog sie mich am Ärmel hinein. Drinnen dröhnte die Musik so laut, dass Menschen bestimmt ihr eigenes Wort nicht verstanden. Die Bässe waren weit aufgedreht – sogar der Boden vibrierte. Ohne zu zögern, stürzte sich Runa begeistert auf die Lederjacken.

„Boah, cool!", war ihr Kommentar, als sie sich mit der ersten im Spiegel betrachtete.

Ich war überrascht. Das entsprach ja nun wirklich ganz und gar nicht den Sachen, die sie sonst trug. Noch vor einem Jahr war ein rosafarbenes Kleid ihr Lieblingsstück. Darin war sie so süß … wenn sie mal nicht herumkeifte … aber süß zu sein war wohl vorbei.

„Das gefällt dir?“, erkundigte ich mich verwundert.

Runa verdrehte genervt die Augen.

„Ja, *das* gefällt mir. Die Sachen, die Tante Ida kauft, sind O.K., aber, na ja, mir gefallen eben andere Sachen besser. Darum habe ich mir gewünscht, mit dir zu shoppen. Tante Ida hätte mich wieder ins Kaufhaus geschleppt.“

Ich lächelte. Kein Wunder, dass sie es vorzog, mit mir zu shoppen. Für Mama hätte diese Lederjacke nicht zur Debatte gestanden.

Nachdem sie einige Ständer inspiziert hatte, verschwand Runa mit einem Arm voller Röcke, Hosen und Oberteile in der Umkleidekabine.

„Wie findest du den Rock?“, fragte sie aufgeregt, als sie nur Sekunden später wieder vor mir stand und stolz ihre erste Wahl präsentierte.

„Das ist ein Gürtel“, antwortete ich trocken und hob die Augenbrauen.

Es war wirklich nicht viel mehr. Keinesfalls würde Runa damit herumlaufen. Ich wüsste nämlich beim besten Willen nicht, wie ich das dem Rest der Familie erklären sollte.

Runa stemmte erbost die Hände in die Hüften. „Das ist ein Rock, Lilly!“

„Das ist ein Gürtel. Röcke haben mehr Stoff.“

„LILLY!“ Meine Schwester schien von ihrer Idee, mit diesem Stofffetzen herumzulaufen, nicht abweichen zu wollen. Ich musste energischer werden. Mehr wie Ida.

„Im Ernst Runa. Nein. Deine Pobacken gucken raus. Ich habe nichts gegen deinen eigenen Stil, aber *das da* kommt nicht in Frage. Was glaubst du, was Ida mit dem Ding macht, wenn sie es in die Finger bekommt?“ Runa zog einen Schmollmund und funkelte mich böse an. Ich änderte die Taktik und versuchte es mit vermeintlicher Verstärkung. „Außerdem nimmt Magnus dich damit ganz sicher nicht mit zum Konzert.“

Doch Magnus zu erwähnen, erwies sich als klassisches Eigentor. Sofort wurde mein Schwesterchen knallrot und verschwand wieder in der Kabine. Aha! Daher wehte der Wind. Sie wollte für ihn älter aussehen. Ich seufzte. Da hatte sie sich heut früh wohl doch nur ausgezeichnet verstellt.

Mein Blick schweifte durch den Laden. Eine breite Metalltreppe führte in einen weiteren Verkaufsraum. Ich überlegte, ob ich mir auch etwas aussuchen sollte. Grinsend ging mir durch den Kopf, wie Daniel wohl reagieren würde, wenn ich zum Beispiel diesen *Gürtel* tragen würde.

Runa kam aus der Kabine und steuerte den nächsten Kleiderständer an.

„Ich sehe mich auch mal um“, sagte ich und ging die Treppe hinauf.

Wow! Ich dachte die Dessous, die Cat mir nur allzu gern unterschob, waren gewagt, doch im Vergleich zu dem, was es hier gab, waren die geradezu spießbürgerlich. Der Geruch von Leder lag schwer in der Luft. Man roch kaum noch etwas anderes. Ich nahm ein ledernes *Etwas*, hielt es mir vor dem Spiegel an und kicherte. Daniel würde ausflippen. Wie lange Runa wohl noch brauchen würde? Das lederne Etwas legte ich zur Seite. Das würde ich auf jeden Fall kaufen. Und sei es nur, um einen gewissen blonden Kopf gehörig zu verdrehen.

Ich schaute mir noch ein paar andere Teile an, als ich bemerkte, dass irgendetwas nicht stimmte. Mir war zuerst nicht klar, was es war, doch es machte mich unruhig. Ich vernahm die Musik, die Bässe hämmerten boom, boom, boom, ...

Dann fiel es mir ein. Es war eine Eingebung, die ganz plötzlich und bar des Gefühls gekommen war, mit dem es sonst Hand in Hand ging. Das Gefühl, an das ich mich so sehr gewöhnt hatte. Ein Gefühl, dem ich blind vertraute und dessen Abwesenheit mich zutiefst schockierte – vor allem wegen der Eingebung, dem Ergebnis, welches mich mit einer Wucht übermannte, die nicht zu beschreiben war.

Es war etwas geschehen. Ohne, dass ich es vorher gespürt hätte, war etwas geschehen.

Mit einem Satz sprang ich über die Brüstung in den unteren Verkaufsraum, ohne darüber nachzudenken, ob ich mich verletzen könnte. Ich achtete auch nicht darauf, was die Verkäufer oder anderen Kunden denken könnten. Das spielte keine Rolle.

Runa war nicht hier. Panisch riss ich den Vorhang der Umkleidekabine zur Seite. Keine Runa.

Ich hatte das Gefühl, mir würde der Boden unter den Füßen weggezogen. Es war, als bräche eine Welt zusammen.

Auf der niedrigen Bank in der Kabine lag auf der kurzen Lederjacke, die sie so gern haben wollte, ein kleines, samtbesetztes Schmuckkästchen. Mir stockte der Atem. Ich hätte es nicht öffnen müssen. Ich wusste, woher es stammte. Trotzdem nahm ich es hoch, machte es auf und erkannte den kleinen Anhänger, der mir noch vor nicht allzu langer Zeit bei Ariax aufgefallen war. Nur, dass dieser ganz und gar silbern war.

Es war eine Botschaft. Eine Botschaft von den Latène. Sie hatten meine Schwester. Warum auch immer. Fiebernd heiß sann ich über meine nächsten Schritte nach. Sie konnten unmöglich weit sein. Wo sollte ich sie suchen? In diesem Augenblick tauchte Runa mit verweinten Augen in ihrer körperlosen Form vor mir auf. Ich trat sofort in sie hinein und erkannte durch ihre Augen den Flughafenterminal näher kommen.

„Sie werden nicht weit kommen“, knurrte ich mit fester Stimme und trat wieder einen Schritt zurück, um meine Schwester zu verlassen. Dann verließ ich den Laden, startete den Wagen, der nur wenig entfernt parkte und fuhr, so schnell es eben möglich war, zum Flughafen. Der Verkehr behinderte mich. Die Latène mussten sämtliche Verkehrsregeln gebrochen haben, um so schnell dort angekommen zu sein. Ich tat es ihnen gleich, pfiff auf rote Ampeln und drückte aufs Gas.

Ich war unsagbar wütend und krank vor Sorge um meine Schwester. Was dachte sich Ariax? Er könnte einfach kommen und mir Runa wegnehmen? Dachte er, das hätte keine Konsequenzen? Sollte ihr irgendetwas geschehen, würde er dafür bezahlen. Ein Gefühl von Reue erfasste mich. Die Reue darüber, ihn am Leben gelassen zu haben. Reue, ihm vertraut zu haben. Daniels Warnung klang mir in den Ohren. Es war genauso gekommen, wie er es prophezeit hatte. Als es dienlicher war, mich zu hintergehen, schlug Ariax sofort diesen Weg ein. Wie hatte er meine inneren Warnungen umgehen können? Ich konnte es nicht verstehen.

Am Flughafen angekommen gelang es mir nicht, sie zu entdecken. Ich wusste ja nicht einmal, wohin sie wollten. Ich schloss die Augen und versuchte, mich zu sammeln, was im Augenblick schwieriger war als je zuvor. Und dann rannte ich los ohne zu überlegen. Ich rannte einfach dorthin, wohin meine Füße mich trugen und vertraute darauf, dass meine Begabungen, mein Innerstes oder meinetwegen auch das energetische Band mich an der Hand nehmen und leiten würden.

Ich fand mich auf dem Aussichtsbalkon wieder und erblickte die Privatmaschine der Latène. Bis dato war mir nicht bewusst gewesen, dass sie über eine solche verfügten – und dies so offensichtlich kennzeichneten. Doch es war unschwer zu erkennen, dass es ihre war, denn das Wappen, das Ariax hatte entwerfen lassen und das nun auch in meiner Hosentasche brannte, zierte die Flügel. Gerade in diesem Moment hob sie ab - mit meiner Schwester an Bord. Tausende Emotionen wühlten mich auf. Angst, Wut, Hass, Sorge, Liebe - um nur einige zu nennen. Doch Emotionen halfen im Moment nicht weiter. Stattdessen musste ich einen klaren Kopf behalten.

Ich ging zum Flugschalter.

„Wann geht die nächste Maschine nach ... nach ...?“

Ja, wohin eigentlich? Ich zog das Schmuckkästchen aus der Hosentasche, öffnete es und zeigte es der Dame am Schalter.

„Dahin, wo *die* hingeflogen sind.“

Die Dame mit der blauen Uniform schaute sich das Schmuckstück kurz an und tippte dann etwas in ihren Computer.

„Oh, da müssen sie sich aber beeilen. Der planmäßige Abflug nach Frankfurt ist in 25 Minuten.“

„In Ordnung. Buchen sie.“

Nach Frankfurt? Dann wollte er bestimmt zum Glauberg. Aber warum? Ich hoffte, die Dame war schnell in ihrem Job.

Sie gab die Daten ein.

„Ich habe nur noch Plätze in der ersten Klasse.“ Das klang fast entschuldigend und würde den Rest der Familienersparnisse kosten, doch das spielte in diesem Moment keine Rolle.

„Kein Problem.“

Ich zog die Kreditkarte aus der Tasche, die Mama Ida mir heute früh gegeben hatte, um Runas Shopping-Tour zu finanzieren und legte sie der Dame auf den Tresen.

Mit dem Ticket in der Hand rannte ich wenig später zum Flugsteig. Die anderen Fluggäste waren bereits an Bord und die Tür wurde direkt nach meinem Einstieg geschlossen. Auf meinem Platz nahm ich zuerst mein Handy heraus und rief Daniel an.

„Na, Leelee? Tanzt sie dir schon auf der Nase herum?" Er klang erfreut über meinen Anruf und war unzweifelhaft in der Stimmung, mich zu necken. Er wusste ja auch nicht, was passiert war.

„Nein", begann ich, „Die Latène haben sie. Ich bin am Flughafen und nehme die nächste Maschine nach Frankfurt. Sie sind mit einer Privatmaschine geflogen. Ich habe es nicht mehr rechtzeitig geschafft."

Ich weiß nicht, ob es die vollkommene Stille am anderen Ende der Leitung war, die mit einem Male bröckeln ließ, was mich gerade vor Sekunden noch zu all dem angetrieben hatte, was nötig war, doch nun spürte ich das Brennen in meinen Augen und begann ein Gefühl von Hilflosigkeit zu verspüren.

„Oh Daniel, es tut mir so leid. Ich weiß gar nicht, wie das geschehen konnte, ich war mit ihr im Laden und ..."

„Nein Leelee, hör auf", unterbrach er mich. „Mach dir keine Vorwürfe. Ich mache mich sofort auf den Weg und fliege mit. Ich schwöre, ich wusste nicht, dass sie hier waren. Bastarde." Ich hörte Daniel vor Wut und Ärger in den Hörer knurren.

„Du wirst es nicht mehr schaffen Daniel. Ich bin bereits im Flugzeug."

„Steig sofort aus! Du wirst nicht allein zu den Latène gehen! Wenn sie zu solchen Mitteln greifen, hat Ariax nichts Gutes im Sinn."

Ärger, aber auch Verzweiflung lagen in seiner Stimme. Ich seufzte. Seine Worte waren vergebens. Ich konnte unmöglich auf den nächsten Flug warten. Ich musste Runa retten.

„Leelee, bitte." Bei der Eindringlichkeit, die in diesem kleinen Wort schwang, wurde ich beinahe schwach und schluchzte. Doch ich konnte nicht auf ihn hören. Ich musste zu Ariax. Nicht in einigen Stunden, sondern jetzt.

„Du weißt, dass ich nicht aussteigen werde. Daniel, ich glaube, ich muss allein gehen. Sie haben eine Botschaft hinterlassen. Ein silbernes Wappen. Das, was ich schon auf der Reise bei Ariax sah. Und nun übrigens auf dem Flugzeug."

Daniel fluchte.

„Dann ist es eine Falle. Sie wollen, dass *du* kommst. Ariax weiß genau, dass ich das Wappen noch nie gesehen habe. Auf dem Flieger, das muss ganz neu sein. Bitte sei vorsichtig. Pass auf dich auf. Sie sind verschlagen und hinterlistig, das weiß niemand besser als du. Wenn sie Runa oder dir etwas antun ... ich schwöre, dann bringe ich sie um. Einen nach dem anderen."

„So weit wird es nicht kommen", ließ ich ihn mit fester Stimme wissen. „Ich werde nachholen, was ich versäumt habe. Die Fehde wird enden."

Die Geschichte geht weiter!

Keltâ

Ariax

[der Fürst]

„Lass sie in Ruhe!“, schrie ich und wollte mich voller Verzweiflung auf ihn stürzen, doch sofort wurde ich von zwei Latène festgehalten.

Im Hintergrund lachte Kyla gehässig. Ich fühlte, dieses Biest wäre am liebsten selbst diejenige gewesen, die meiner Schwester schaden durfte. Doch es war Ariax, von dem ihr gerade Unheil drohte und das war keinen Deut besser.

Ich versuchte mich loszureißen, doch ohne den Einsatz meiner Begabungen hatte ich keine Chance gegen die Latène, die gewiss als Leibwächter für Ariax fungierten. Ich erwog, Runa zumindest mit einer Blockade zu umgeben um ihren Schmerz zu dämpfen, doch ich konnte nicht sicher sein, dass dies unbemerkt bliebe. Und was würden sie ihr antun, würden sie meines Wortbruchs gewahr? Gut möglich, dass ich es dann augenblicklich mit allen zu tun gehabt hätte – und das wäre selbst in Anbetracht meiner Stärke ein aussichtsloser Kampf geworden. Ich hätte nicht kämpfen und gleichzeitig meine Schwester beschützen können. Also schluckte ich gegen jeden Instinkt meine Gefühle herunter und harrte verzweifelt der Dinge, die kommen würden.

Ariax nahm Runas linke Hand, und schenkte mir sein grausamstes Lächeln. Ich wusste, er hatte etwas vor und ich wusste, es würde schlimm werden. Mir jagte ein eiskalter Schauer über den Rücken, als er die kleine Hand mit einer einzigen Bewegung unter leisem Knacken brach. Runa wurde mit markerschütternden Schmerzensschreien aus der Bewusstlosigkeit gerissen. In ihren verquollenen Augen, die sie unter Schmerzen aufzureißen versuchte, spiegelte sich unglaubliche Furcht wieder. Noch nie im Leben hatte dieses Kind solche Angst haben müssen. Was hatten sie ihr nur angetan, um sie so sehr in Furcht zu versetzen?

Ich wollte nichts mehr als Runa retten, denn ich wusste, sie machte gerade die schlimmste Zeit durch, die sie je erlebt hatte – und hoffentlich auch je erleben würde. Doch es gab keinen Ausweg. Keinen, außer den, den SIE diktierten. In diesem Moment, bar jeder anderen Möglichkeit, ergab ich mich dem Willen der Latène. Ich hatte begriffen, das jedwede Gegenwehr das Los meiner Schwester verschlimmern würde und ergab mich – um ihr Leben zu schützen – dem Schicksal, welches Ariax für mich erdacht hatte.

„Hör auf, hör auf, ich bleibe!“, schrie ich panisch, woraufhin Ariax, mit einem Ausdruck überlegener Zufriedenheit in den Augen, von Runa zurückwich und seinen Untergebenen zunickte.

Die Leibwächter ließen mich los. Sofort stürzte ich zu Runa und nahm sie vorsichtig in die Arme. Zuerst wich sie zurück und starrte mich ängstlich an, doch im nächsten Moment erkannte sie mich und sackte erschöpft an meiner Brust zusammen. Sie zitterte am ganzen Körper und wimmerte vor Schmerzen. Es zerriss mir das Herz, sie so zu sehen. Streichelnd versuchte ich, ihr durch Trost Linderung zu verschaffen, doch sie zuckte bei jeder neuen Berührung vor Schmerz. „Runa, meine allerliebste, wunderhübsche Runa“, flüsterte ich ihr zu. „Ich sorge dafür, dass es vorbei ist.“

Dann sah ich meinem Widersacher in die Augen.

„Eine Bedingung stelle ich.“

„Du stellst eine Bedingung?“, säuselte Ariax belustigt und klatschte, von seinem künstlichen Lachen begleitet, in die Hände. „Na gut, ich höre.“

Entschlossen reckte ich ihm mein Kinn entgegen und stellte meine Forderungen.

„Du und deine Anhänger dürfen meiner Familie nie wieder zu nahe treten. Ab jetzt und bis in alle Ewigkeit werden sie sicher vor euch sein. Sobald Daniel hier auftaucht, übergebt ihr ihm Runa, ohne ihr noch ein einziges Haar zu krümmen. Willige ein und ich bleibe. Lehne ab, und du wirst uns töten müssen.“

Wenn das Wohl meiner Familie mich meine Freiheit kostete, dann sollte es so sein. Ich würde mich an diesen Fürsten der Finsternis verkaufen, um die, die ich liebte, für immer zu retten.

Keltâ

Lubiias

[die du liebst]

ist der erste Band der Romanreihe Keltâ von Yvonne Taddeo.

Lioba lebt mit ihrer kleinen Schwester Runa bei ihrer Tante Ida im oberhessischen Ortenberg. Als sie eines Tages mit ihren Freunden Cathérine und Magnus den Kalten Markt besucht, trifft sie einen Fremden, der sie gleichzeitig magisch anzieht und in Todesangst versetzt.

Sie gerät in eine uralte Fehde, die mit ihrer eigenen Herkunft zu tun hat. Doch die Menschen, die ihr Auskunft über ihre besondere Gabe geben könnten, bleiben stumm. So begibt sie sich auf die Suche nach Antworten und merkt schnell, dass sie sich auf eine lebensgefährliche Mission eingelassen hat.

Keltâ - Lubiias
Geschichtswerkstatt Büdingen 2011
ISBN 978-3-939454-64-9
12,00 €

Keltâ

Diligentir

[dass sie verbunden sind]

Der zweite Band der Romanreihe Keltâ von Yvonne Taddeo.

Lioba lebt seit dem Tod ihrer Eltern bei ihrer Tante in Ortenberg. Eigentlich wollte sie die Sommerferien nutzen, um die Spuren des sagenhaften Ganges vom Glauberg zum Kloster Konradsdorf zu finden, doch dann taucht ihre alte Freundin Aleke wieder auf.

Mit Alekes Hilfe bietet sich Lioba die Möglichkeit, ihre Fähigkeiten zu erkennen und auszubauen. Auf der Suche nach den Hintergründen für ihre seltsamen Vorahnungen und Begabungen lernt sie Stück für Stück mehr über die Geschichte ihrer keltischen Vorfahren und wird dabei immer tiefer in eine uralte Fehde hineingezogen.

In dieser turbulenten Zeit offenbart ihr Daniel ein Geheimnis, an dem ihre Liebe zu zerbrechen droht.

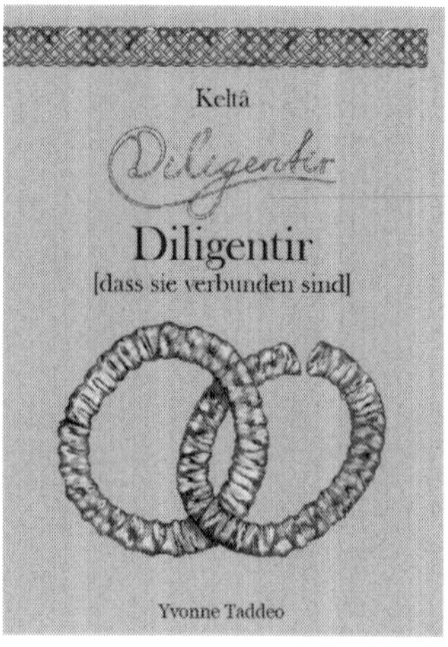

Keltâ - Diligentir
Geschichtswerkstatt Büdingen 2012
ISBN 978-3-939454-73-1
10,00 €

Keltâ

Alveradis

[die das Geheimnis der Elfen kennt]

Der dritte Band der Romanreihe Keltâ von Yvonne Taddeo.

Nicht nur Lioba und Daniel, sondern auch Liobas Freunde und Familie werden immer tiefer in den uralten Machtkampf zwischen den E.L.F. und den Latène hineingezogen. Fürst Ariax will das Geheimnis der Elfen und schreckt nicht davor zurück, seinen Willen mit Gewalt durchzusetzen.

Doch die Suche nach der Lösung dieses jahrhundertealten Geheimnisses erfordert nicht nur seltsame Allianzen und eine gehörige Portion Glück, sie bringt die Freunde auch in höchste Lebensgefahr. Mehr als einmal muss Lioba sich entscheiden, ob sie ihre Fähigkeiten einsetzen soll - auch auf die Gefahr hin, sich selbst dabei zu verlieren.

Keltâ - Alveradis
Geschichtswerkstatt Büdingen 2014
ISBN 978-3-939454-80-9
10,00 €

Über die Autorin

Yvonne Taddeo wurde 1974 in Friedberg (Hessen) geboren. Ihre frühe Kindheit verbrachte sie in Assenheim, wanderte jedoch mit ihren Eltern und der damals einzigen Schwester Jennifer in die U.S.A. aus. Dort lebten sie in Easton, Pennsylvania. Als die Familie zurückkehrte und den Reichelsheimer Ortsteil Weckesheim zu ihrer Heimat machte, besuchte Yvonne, die damals den Mädchennamen Piee trug, die Grundschule Melbach und anschließend die Singbergschule Wölfersheim. Weitere zwei Schwestern, Vanessa und Annika, vergrößerten bald die Familie.

Schon in der vierten Klasse schrieb Yvonne ihre erste Geschichte. Es ging um einen kleinen Hamster, der große Abenteuer erlebte. Es folgen viele Kurzgeschichten, die sie nie veröffentlichte. Nachdem sie die Schule mit der mittleren Reife verlassen hatte, schrieb sie ihr erstes Werk in „Buchlänge", damals noch per Hand. Es war eine Story über einen Teenager, der seine Großmutter in Amerika besucht und sich dabei zum ersten Mal verliebt. Auch diese Geschichte blieb unveröffentlicht, liegt jedoch noch immer handschriftlich in der Schublade.

Yvonne begann eine Ausbildung bei der Polizei und besuchte ein Jahr die Polizeischule in Kassel. Sie sah ein, dass dies nicht der richtige Weg für sie war und machte eine Ausbildung als Kauffrau im Einzelhandel. Trotz dieser zweckmäßigen Entscheidung hatte sie immer zwei Träume, nämlich Romane zu schreiben und ein eigenes Café zu eröffnen. Nur erschienen ihr diese Träume damals als viel zu groß, um verwirklicht werden zu können.

Sie lernte ihren späteren Ehemann Thomas kennen und gründete mit ihm eine Familie. Heute haben die beiden 5 Kinder zwischen 22 und 3 Jahren, Tobias, Lea, Thorben, Ruben und David und ein einjähriges Enkelkind, Lara.

Über Jahre schrieb Yvonne immer wieder Geschichten und Gedichte, die sie außer ihrem Mann nie jemandem zeigte. Bei fanfictions machte sie erste Gehversuche in Richtung Veröffentlichung, doch sie wollte ihre eigene Geschichte. Ihr Ehemann Thomas ermutigte sie dazu, die nächste große Story, die in ihrem Kopf herumspukte und von der sie ihm immer wieder erzählte, niederzuschreiben und diesmal bei einem Verlag zu veröffentlichen.

2011 erschien bei der Geschichtswerkstatt Büdingen der erste Band der Romanbuchreihe Keltâ. Er trug den Titel Lubiias [die du liebst]. Es folgten 2012 Band 2 Diligentir [dass sie verbunden sind], 2013 eine Kurzgeschichte der Anthologie 24 kurze Alpträume (Begedia Verlag), 2014 Keltâ Band 3 Alveradis [die das Geheimnis der Elfen kennt] und 2016 Band 4 Dhun Gharsain [die Elfenburg]. Der Abschluss der Saga ist mit dem nächsten Band geplant.

Nachdem sie viele Jahre ehrenamtlich für Vereine Zeitungsberichte verfasste, fand sie 2016 eine Stelle als freie Redakteurin bei einem Journal. Neben dieser Tätigkeit, ihrer Familie und ihrer Leidenschaft für das Schreiben von Romanen, arbeitet Yvonne derzeit gemeinsam mit ihrem Ehemann an der Verwirklichung ihres zweiten Traumes: Mitte 2017 wird ihr „Café am Obertor“ eröffnet.

Bedanken möchte ich mich bei ...

... einer ganzen Menge Menschen, denn ohne Gespräche, Fragen, lustige Situationen oder auch mal einen handfesten Streit wäre es zu so mancher Inspiration gar nicht gekommen. Also Danke, liebe Mitmenschen.

Vielen Dank meinen Lesern und Leserinnen. Eure Ungeduld war mein Ansporn. Ich hoffe, euch hat Dhun Gharsain gefallen.

Die Stelle, in der Lioba beinahe Runa tötet ... oh Mann, ich muss gestehen, es gab eine ziemlich reale Inspiration zu dieser Szene. Mitten im Training für die Gürtelprüfung stellte sich mir meine Schwester Jenni als Übungspartner zur Verfügung – mit dem Resultat, dass sie ebenso nach Luft ringend am Boden lag, wie Runa im Buch. Also an dieser Stelle, liebe Jenni, vielen Dank für dein maßgebliches Mitwirken an dieser Szene. Ich bin froh, dass du lebst. Hab dich lieb.

Mein größter Dank gebührt wie immer meinem Mann Thomas. Egal, welche Ideen ich wieder ausbrüte – er ist an meiner Seite. Durch ihn habe ich das große Glück, tun zu können, was ich liebe. Zu Hause zu sein und sich Zeit selbst einteilen zu können, ist der pure Luxus. Und nun, bei der Erfüllung meines zweiten Traumes, ist er wieder ganz vorn dabei und baut für mich aus einer denkmalgeschützten alten Werkstatt ein wunderschönes Café. Ich freue mich jetzt schon darauf, es gemeinsam mit ihm mit all den antiken Möbeln zu füllen, die wir hier und dort erstanden haben. Und natürlich darauf, dass Gäste es mit Leben füllen. Danke Thomas für deine Liebe und die wirklich großen Geschenke, die du mir machst. Nicht jeder würde das tun. Ich liebe dich.